Canadienne [illegible] avocate avant de devenir professeure d'anglais, puis de se consacrer à l'écriture. Best-seller en Grande-Bretagne et aux États-Unis, *Le Couple d'à côté* (Presses de la Cité, 2017) est son premier thriller. Il est suivi de *L'Étranger dans la maison* (2019) et de *Un assassin parmi nous* (2020).

UN ASSASSIN
PARMI NOUS

ÉGALEMENT CHEZ POCKET

LE COUPLE D'À CÔTÉ

L'ÉTRANGER DANS LA MAISON

UN ASSASSIN PARMI NOUS

SHARI LAPENA

UN ASSASSIN PARMI NOUS

Traduit de l'anglais (Canada)
par Céline Cruickshanks

PRESSES DE LA CITÉ

Titre original :
An Unwanted Guest
par Bantam Press, Transworld Publishers,
du groupe Penguin Random House, Londres, Royaume-Uni.

Ce livre est une œuvre de fiction. Les noms, les personnages, les lieux et les événements sont le fruit de l'imagination de l'auteur ou sont utilisés fictivement. Toute ressemblance avec des personnes réelles, vivantes ou mortes, serait pure coïncidence.

MIXTE
Papier issu de sources responsables
FSC® C003309

L'éditeur de cet ouvrage s'engage dans une démarche de certification FSC® qui contribue à la préservation des forêts pour les générations futures.

Pour en savoir plus :
www.editis.com/engagement-rse/

ISBN : 978-2-266-31563-0
Dépôt légal : mai 2021

Pour maman

1

Vendredi, 16 h 15

La route se fait plus sinueuse au fur et à mesure que l'on avance en altitude dans les Catskills, comme si l'éloignement progressif de la civilisation rendait le trajet plus hasardeux. Les ombres s'épaississent, le temps se gâte. L'Hudson est visible par intermittence, au détour d'un virage. La forêt, tout droit sortie d'un conte de fées, vous épie en silence, prête à vous engloutir à tout instant. Toutefois, le paysage prend une allure de carte postale sous la neige qui tombe en abondance.

Gwen Delaney s'agrippe au volant et scrute la route, les yeux plissés. Elle qui a toujours préféré les histoires d'horreur aux tableaux romantiques, la voilà servie ! Le ciel s'obscurcit rapidement et la nuit est toute proche. Sans compter que la neige rend la conduite plus périlleuse. Les flocons heurtent le pare-brise en tirs groupés, au point qu'elle a l'impression d'être prise au piège dans un jeu vidéo. Elle se réjouit d'avoir fait poser des pneus de qualité sur sa petite Fiat, car la chaussée est de plus en plus glissante, et elle a du mal à la distinguer du fossé dans toute cette blancheur. Impatiente d'arriver à destination, elle commence à regretter de ne pas avoir choisi un hôtel un peu moins isolé.

À côté d'elle, Riley Shuter garde le silence. Impossible de ne pas percevoir sa nervosité dans l'habitacle étroit, et Gwen, à cran, se demande si elle a bien fait de l'inviter pour le week-end. Elle regarde fixement devant elle en se mordant la lèvre. C'est une fille de la ville et elle n'a pas l'habitude des voies de campagne si sombres. Le trajet prend plus de temps que prévu et l'anxiété la gagne peu à peu. Quelle mauvaise idée d'avoir fait une halte dans ce petit magasin d'antiquités pour y boire un café…

Elle n'est plus aussi certaine de ce qu'elle espérait, avec cette escapade au vert : un changement de décor, l'occasion de passer un moment tranquille toutes les deux, loin de ce qui aurait pu rappeler à Riley qu'elle se trouve actuellement dans une passe difficile. Sur ce coup-là, elle s'est peut-être montrée naïve.

Il faut dire que Gwen aussi a un passé douloureux. Des événements qui, bien qu'anciens, n'en continuent pas moins de la hanter. Mais pendant ces deux jours elle ne va plus y penser. Une parenthèse enchantée en pleine nature, dans un petit hôtel luxueux réputé pour sa cuisine gastronomique et dépourvu d'accès Internet. Voilà exactement ce dont elles ont besoin l'une comme l'autre.

Riley regarde par la vitre en direction des bois sombres. Une sourde angoisse l'étreint à la pensée qu'à tout instant un soldat pourrait surgir devant leur véhicule et leur ordonner de s'arrêter. Alors elle serre les poings dans les poches de sa parka et s'efforce de se rappeler qu'elle n'est plus stationnée en Afghanistan mais de retour dans l'État de New York et parfaitement en sécurité. Rien ne peut plus lui arriver.

Tout ça à cause de la guerre et des horreurs dont elle a été témoin qui l'ont irrémédiablement brisée, au point qu'elle a du mal à se reconnaître aujourd'hui. Elle jette un regard furtif en direction de sa compagne de voyage farouchement concentrée sur la route. Il fut un temps où elles étaient proches, c'est vrai. Mais pourquoi a-t-elle accepté de passer le week-end en compagnie de Gwen ?

— Tu t'en sors ? demande-t-elle brusquement.

— Moi ? Oui, tout va bien. On ne va pas tarder à arriver.

À l'école de journalisme de l'université de New York, où elles se sont rencontrées, Gwen était le prototype de l'étudiante bûcheuse, toujours plongée dans les bouquins. À la fin de ses études, abandonnant l'espoir de trouver un emploi décent dans ce milieu et peu attirée par l'aventure, elle s'était orientée sans regret vers la communication d'entreprise. À l'inverse, Riley, dévorée d'ambition, brûlait de se retrouver au cœur de l'action. Diplôme en poche, elle s'était empressée de mettre le cap sur les zones de conflit. Et elle avait tenu le coup de longues années…

Pourquoi continue-t-elle à ruminer ces pensées ? Elle sent qu'elle est en train de perdre les pédales. Alors elle inspire profondément, comme on le lui a appris. Pour conjurer les images qui n'en finissent pas de la tourmenter.

David Paley se gare sur la partie déneigée du parking, à droite de l'hôtel. Il sort de sa Mercedes et s'étire longuement. À cause des intempéries, le trajet depuis New York a été bien plus long que prévu et ses courbatures lui rappellent qu'il n'est plus un jeune homme. Debout sous la neige qui tombe dru à présent, il contemple un moment le Mitchell's Inn puis saisit son petit sac de voyage sur la banquette arrière.

L'hôtel, un élégant édifice de trois étages en briques rouges et beiges, est encerclé par la forêt. Devant la façade, au centre d'une immense pelouse, se dresse un arbre majestueux aux branches alourdies par la neige. Tout autour, de hauts conifères et des arbres centenaires drapés de blanc semblent se resserrer autour du bâtiment. Pourtant, l'atmosphère est si paisible que le voyageur sent ses épaules se décontracter.

Chaque étage est percé à intervalles réguliers de larges fenêtres rectangulaires. Un escalier monumental mène à la galerie extérieure en bois et au double portail d'entrée orné de branches de sapin. Bien qu'il fasse encore jour, des lampes sont déjà allumées et une lumière cuivrée s'échappe des fenêtres du rez-de-chaussée, conférant à l'ensemble une ambiance accueillante et chaleureuse. David reste immobile dans l'espoir que les tensions de la journée, de la semaine, voire des années passées, seront emportées par les flocons qui lui caressent les cheveux et lui chatouillent les lèvres. Il a l'impression d'être revenu en arrière, à une époque où la vie était plus simple et plus plaisante.

Pendant deux jours, il ne va plus penser au boulot. Tout le monde, responsabilités professionnelles ou pas, a besoin de recharger ses batteries de temps à autre, et c'est d'autant plus vrai pour un ténor du barreau comme lui. Il trouve rarement le temps de se reposer, surtout tout un week-end, et cette fois-ci il a la ferme intention d'en profiter au maximum.

Vendredi, 16 h 35

Lauren Day jette un coup d'œil à l'homme assis au volant, Ian Beeton, qui conduit d'une main experte malgré les conditions difficiles, comme si c'était d'une simplicité enfantine. Il se tourne vers elle et lui adresse un sourire désarmant. Il est séduisant, grand et mince, mais c'est d'abord son sourire qui l'a conquise, son charme décontracté qui le rend tellement attirant. Lauren fouille dans son sac à main à la recherche de son rouge à lèvres – une jolie nuance de rouge qui illumine son teint – et l'applique avec soin en contemplant son reflet dans le miroir du pare-soleil. Elle suspend son geste au moment où le véhicule fait une embardée, mais Ian redresse le volant avec adresse.

— La chaussée devient glissante, lance-t-elle.

— Ne t'inquiète pas, je vais m'en sortir.

Elle adore son assurance.

— Hé, qu'est-ce que c'est que ça ? s'exclame-t-elle tout à coup.

Comme il neige à gros flocons, il est difficile de bien distinguer les détails. Mais pas de doute, un véhicule est échoué dans le fossé.

Elle observe la forme sombre tandis que Ian cherche un endroit où s'arrêter.

— Je pense qu'il y a quelqu'un dans la voiture.

— Ils auraient quand même pu allumer les feux de détresse, marmonne son compagnon.

Il se gare avec précaution sur le bas-côté et Lauren s'extirpe de l'habitacle pour se retrouver les deux pieds dans vingt centimètres de poudreuse. Ian sort à son tour.

— Hé ! crie-t-elle en direction de la voiture immobilisée.

La portière du côté conducteur s'ouvre prudemment.

Lauren descend la pente à petits pas, mais elle a du mal à garder l'équilibre. Parvenue au véhicule, elle s'agrippe à la portière ouverte.

— Vous allez bien ?

La conductrice, âgée d'une trentaine d'années comme elle, paraît un peu secouée, mais le pare-brise est intact et sa ceinture de sécurité encore attachée. Lauren dirige son attention sur la passagère. Le visage pâle et le front moite de transpiration, les yeux fixés droit devant elle, la jeune femme ne s'est pas rendu compte de sa présence. On dirait qu'elle est en état de choc.

La conductrice se tourne vers Lauren et lui sourit avec gratitude.

— Oui, tout va bien. Notre voiture vient juste de sortir de la route. Quelle chance que vous soyez passés par ici !

Ian arrive derrière Lauren et se penche par-dessus son épaule pour adresser aux deux femmes un sourire chaleureux.

— Je crois que vous allez avoir besoin d'une dépanneuse…

— Super, répond la conductrice.

— Vous allez où ? demande Lauren.

— Au Mitchell's Inn.

— Ça tombe bien, reprend Ian, nous aussi. Cela dit, je n'ai pas l'impression qu'il y ait grand-chose d'autre dans cette contrée. Que diriez-vous de monter avec nous ? Vous pourriez téléphoner à un dépanneur de là-bas.

La femme, soulagée, sourit et hoche la tête. Lauren la comprend… Quelle angoisse de se retrouver coincée dans un fossé au beau milieu d'une tempête de neige ! En revanche, l'autre femme, plongée dans ses pensées, n'a pas réagi.

— Vous avez des bagages ? demande Lauren.

— Oui.

Gwen descend du véhicule et se fraie un chemin dans la neige jusqu'au coffre. Sa passagère sort de son état second et l'y rejoint. Chacune saisit un sac de voyage.

Ian aide les femmes à grimper le talus.

— Merci beaucoup. Je m'appelle Gwen, et voici Riley.

— Moi, c'est Lauren, et voici Ian. Rentrons vite dans la voiture avant de geler sur pied.

Lauren jette un regard furtif vers l'autre femme, qui n'a toujours pas prononcé un mot. De toute évidence, il y a quelque chose chez elle qui ne tourne pas rond.

2

Vendredi, 17 heures

Beverly Sullivan laisse tomber son sac de voyage à ses pieds et parcourt la chambre du regard. Parfait. Exactement comme dans la brochure. Elle n'est pas habituée à un tel raffinement et se déplace dans la pièce, effleurant le mobilier du bout des doigts. Des oreillers s'amoncellent sur le grand lit ancien. La magnifique armoire en bois sculpté et l'épais tapis ottoman ont dû coûter une fortune. Elle se dirige vers la fenêtre et admire le paysage féerique sous la neige immaculée. Les premiers flocons ont toujours eu le don de la rendre guillerette.

Elle visite la salle de bains, véritable oasis de marbre blanc parée de serviettes de toilette moelleuses. Elle examine brièvement son reflet dans le miroir à dorures suspendu au-dessus du lavabo et se détourne. De retour dans la chambre, elle teste le confort du matelas, tout en se demandant ce qui peut bien retenir son mari à la réception. Henry est resté en bas pour se renseigner sur la possibilité de louer des skis de fond et Dieu sait quoi d'autre. Il a insisté pour qu'elle ne l'attende pas et elle a consenti à monter seule pour ne pas gâcher le début du séjour par une dispute. Pourtant, elle était prête à patienter dans l'un des fauteuils tapissés de velours bleu nuit disposés autour de la cheminée en pierre du hall. Beverly s'efforce de ne pas se laisser submerger par la déception, même si elle suspecte son époux de chercher par tous les moyens à meubler leur week-end. Il n'a vraisemblablement aucune intention de se retrouver en tête à tête avec elle, alors que c'est précisément ce qu'elle souhaite…

Elle est bien consciente que leur mariage bat de l'aile. Elle n'irait pas jusqu'à affirmer qu'ils sont au bord du divorce, mais il est grand temps qu'ils prennent soin de leur couple. Ils se sont éloignés l'un de l'autre, ils ont cessé de faire des efforts pour se séduire. Et elle est tout aussi fautive que lui. Les motifs de dissension conjugale sont désormais tellement nombreux que peu de mariages en sortent indemnes. Le manque d'intimité, la monotonie de la vie quotidienne, les factures à payer, les enfants à élever, les heures supplémentaires au bureau, les agendas surchargés… Il est peu probable qu'un week-end en amoureux puisse faire des miracles, mais c'est déjà une tentative louable pour rallumer la flamme. Ils ont terriblement besoin de se reconquérir. Loin des chamailleries de leurs adolescents renfrognés qui pompent toute leur énergie. Beverly soupire : si seulement ils cessaient de se quereller au sujet des enfants. Ici, au moins, ils auront la possibilité de s'exprimer sans être interrompus à tout bout de champ, dans une atmosphère plus paisible qu'à la maison. Une sourde inquiétude étreint Beverly à la pensée du week-end qui s'annonce et elle se demande si ces deux jours suffiront à combler l'abîme qui les sépare.

Henry Sullivan s'attarde à la réception à gauche de l'escalier d'honneur. L'odeur des bûches qui se consument dans l'âtre lui rappelle les Noëls de son enfance. Il consulte les prospectus sur papier glacé des restaurants des environs et des attractions locales, bien que le terme « local » soit un peu exagéré. En effet, l'hôtel est situé à des kilomètres de tout. Et malheureusement, à cause des conditions météo, il serait hasardeux de se rendre où que ce soit. Toutefois, le réceptionniste lui a annoncé que les chasse-neige déblaieraient la route dès le lendemain. Henry palpe son téléphone portable dans sa poche. Il ne s'attendait pas à ce qu'il n'y ait pas Internet, c'est un détail que Beverly avait omis de mentionner, et cela l'irrite quelque peu.

Il se demande encore ce qui l'a poussé à accepter de partir ce week-end. Sans doute quelque chose à voir avec son sentiment de culpabilité. Il regrette déjà et donnerait tout pour rentrer chez lui. Pendant un bref moment, il s'imagine retourner à son véhicule et abandonner sa femme ici. Au bout de combien de temps s'en apercevrait-elle ? Quelle serait sa réaction ? Il se hâte d'oublier ce fantasme.

Ces derniers temps, Beverly lui a semblé de plus en plus malheureuse. Mais il n'est pas le seul responsable. C'est aussi à cause des enfants, de son boulot, de l'approche de la cinquantaine, de son tour de taille qui s'épaissit. Les raisons sont multiples. On ne peut faire dépendre son bonheur d'une seule personne. C'est à elle de se prendre en charge, d'autant qu'il ne se croit plus capable de la satisfaire.

Malgré tout, Henry n'est pas un salaud. Il sait bien que la situation n'est pas si simple. Il fut un temps où il l'aimait. Et puis, elle est la mère de ses enfants. Mais il ne la supporte plus et se demande comment gérer cette situation.

Dana Hart frotte ses bottes de marque contre les marches du perron pour en retirer la neige et contemple le hall d'entrée d'un air approbateur. C'est d'abord l'escalier monumental qui frappe le regard : le pilastre et le garde-corps sculptés en bois sombre et poli ; les larges marches, recouvertes d'un chemin à motif floral d'une teinte profonde fixé par des tiges en cuivre chatoyantes. Peu de choses l'impressionnent désormais, mais ce décor la fait penser à Scarlett O'Hara dans *Autant en emporte le vent*, ou à Norma Desmond dans *Boulevard du crépuscule.* C'est le genre d'escalier qui mérite qu'on enfile sa plus belle tenue pour faire son entrée. Je suis fin prête pour qu'on me filme en gros plan, se dit-elle. Malheureusement, elle n'a pas emporté de robe de soirée. Quel dommage de ne pas faire honneur à un escalier aussi majestueux… Elle remarque ensuite l'immense cheminée en pierre sur la gauche, autour de laquelle sont disposés plusieurs canapés et fauteuils en velours bleu ou en cuir marron foncé. Comme il doit être agréable de s'y prélasser à la lueur des lampes de salon posées sur de petites tables d'appoint. Les murs sont lambrissés de bois sombre à mi-hauteur. Un magnifique tapis persan recouvre en partie le plancher et donne à la pièce une atmosphère douillette et luxueuse tout à fait à son goût. Un lustre scintille de mille feux. L'odeur du feu de bois lui rappelle les jours bénis dans le manoir familial de Matthew. Dana inspire profondément et sourit. Quel bonheur de passer un week-end en amoureux avec l'homme qu'elle s'apprête à épouser ! Et quelle vie fabuleuse que la sienne, à l'image de ce charmant hôtel déniché par son fiancé !

Matthew l'a déposée avant d'aller garer la voiture et devrait être de retour d'une minute à l'autre avec leurs bagages. Elle traverse le hall et se dirige vers la réception. Tout ici luit, patiné par le temps et l'encaustique de qualité. Un jeune homme se tient derrière le comptoir et un client plus âgé feuillette des prospectus. Ce dernier lève la tête pour observer la nouvelle venue, marque une pause avant de se détourner avec un sourire gêné. Elle a l'habitude de produire cet effet sur les hommes, comme si, l'espace d'un instant, ils n'en croyaient pas leurs yeux quand elle entre dans leur champ de vision.

Le concierge aussi se fige avant de se reprendre immédiatement, mais elle a perçu sa réaction.

— Je m'appelle Dana Hart. Mon fiancé et moi-même avons une réservation au nom de Matthew Hutchinson.

— Bien sûr, répond le jeune homme en consultant un registre hôtelier à l'ancienne – comme c'est charmant ! – plutôt qu'un écran d'ordinateur. (Derrière lui, contre le mur, un casier en bois contient les clefs des chambres.) Vous avez la 201, reprend-il. À l'étage, en haut de l'escalier sur la droite.

La porte s'ouvre derrière elle, laissant entrer une rafale de vent glacé. Elle se retourne pour observer

Matthew qui s'avance, un sac dans chaque main, son manteau et sa chevelure sombre couverts d'une fine pellicule de neige. Elle lui époussette les épaules, ravie de montrer qu'ils sont en couple.

— Bienvenue au Mitchell's Inn ! lance l'employé de l'hôtel avec un sourire, en leur tendant une lourde clef en laiton.

Elle remarque soudain à quel point il est séduisant.

— Le dîner est servi de 19 heures à 21 heures, ajoute le jeune homme, et nous vous proposons de prendre l'apéritif dans le lobby juste avant. Permettez-moi de vous souhaiter un excellent séjour parmi nous.

— Merci, je suis certain que ce sera le cas…, répond Matthew avec un regard équivoque.

Dana arque ses sourcils parfaitement dessinés, sa manière à elle de lui signifier de se tenir en public.

Matthew saisit les bagages et, constatant l'absence d'ascenseur, emboîte le pas à Dana. Ce petit hôtel, il l'a choisi avec un soin particulier, désireux de partager avec elle quelques jours dans un endroit calme et intime avant de plonger dans le tourbillon de leur mariage, dont il se serait volontiers passé. Il aurait largement préféré s'éclipser avec Dana vers une destination de rêve, quelque part dans les Caraïbes… Malheureusement, l'héritier de l'une des plus grandes fortunes de la Nouvelle-Angleterre ne peut prendre la poudre d'escampette. Sa mère et ses tantes ne le comprendraient pas et il n'a aucunement l'intention de leur faire subir un tel affront. Sans compter que Dana, bien que parfois submergée par le stress des nombreux préparatifs, est dans le fond très excitée. Même si ces derniers temps elle a été sujette à des crises de nerfs.

C'est certain, cette parenthèse va leur faire le plus grand bien avant le sprint final du printemps prochain.

Leurs pas sont amortis par la moquette épaisse, et c'est dans un silence presque complet qu'ils arrivent devant la chambre 201, dont le numéro est gravé sur une plaque ovale en laiton. Matthew ouvre la porte.

— Après toi.

Dana franchit le seuil et sourit d'un air appréciateur.

— C'est magnifique.

Elle fait volte-face et il claque le battant derrière eux tout en la prenant dans ses bras. Il l'embrasse dans le cou et lui chuchote :

— C'est toi qui es magnifique.

Elle le repousse d'un geste joueur et Matthew suspend leurs manteaux dans la penderie.

Les amoureux prennent possession des lieux avec bonheur. Le lit est bien évidemment un king-size et les draps sont de première qualité. Des papillotes en chocolat sont posées sur leurs oreillers. La baignoire est assez vaste pour accueillir deux personnes, et une bouteille de champagne dans un seau à glace les attend sur une petite table, avec un mot de bienvenue. Les fenêtres donnent sur l'immense jardin et les fiancés admirent la vue, serrés l'un contre l'autre. Une demi-douzaine de véhicules stationnent sur le parking.

— J'ai réservé la suite nuptiale, au cas où tu ne l'aurais pas deviné, indique Matthew.

— Et tu n'as pas peur que ça nous porte malheur, vu que nous ne sommes pas encore mariés ?

— Bien sûr que non.

Ils observent une voiture qui monte l'allée vaille que vaille dans la tempête de neige avant de se garer précautionneusement. Quatre personnes en sortent. Trois femmes et un homme. Matthew enfouit son nez dans le cou de Dana.

— Que dirais-tu d'une petite sieste avant le repas ?

Ian Beeton s'affale dans un fauteuil devant la cheminée tandis que Lauren donne leurs noms au concierge et récupère la clef de la chambre. Il boirait bien un verre, mais où se trouve le bar ? La salle à manger est sur la droite – les portes vitrées sont ouvertes et, de sa place, il aperçoit des tables couvertes de nappes blanches. L'endroit est charmant, et il imagine facilement la myriade de petites pièces, de couloirs et d'alcôves qui le composent. Un établissement en tout point différent des hôtels modernes conçus pour accueillir le plus grand nombre de clients possible et faire du chiffre.

Il concentre son attention sur les deux femmes secourues. Gwen vient de demander sa clef. On dirait qu'elle va partager sa chambre avec Riley. Il les regarde monter les marches toutes les deux et se met à rêvasser.

Lauren s'approche et lui tend la main.

— On va voir notre nouveau logis ?

— D'accord.

— Ils servent le dîner entre 19 et 21 heures, mais on pourra boire un cocktail ici en attendant.

— Super. On monte ?

— Notre chambre est au deuxième étage.

Il lui emboîte le pas avec les bagages. Quel calme ! Peut-être est-ce dû à la neige ou à la moquette épaisse, mais les sons lui parviennent comme assourdis dans cette atmosphère feutrée.

— Tu ne la trouves pas bizarre, cette Riley ? chuchote Lauren dans l'escalier.

— Elle a l'air sacrément secouée.

— Et elle n'a pas prononcé un mot de tout le trajet ! D'accord, leur voiture est tombée dans le fossé, mais personne n'a été blessé. Ce n'est pas la fin du monde non plus.

— Peut-être que ce n'est pas la première fois qu'elle a un accident de voiture et qu'elle est traumatisée…

— C'est possible, dit-elle en se tournant vers lui sur leur palier. Elle semble submergée par le stress, ajoute-t-elle. En plus, elle émet des ondes négatives.

— Arrête de penser à elle, répond Ian en lui volant soudain un baiser, concentre-toi plutôt sur moi.

3

Vendredi, 17 h 15

Assise sur le lit jumeau le plus éloigné de la porte, Gwen observe sa compagne de chambre avec une anxiété grandissante. Elle a bien remarqué que Lauren, la femme qui les a secourues, se posait elle aussi des questions.

Pour la première fois, Gwen prend conscience que Riley a vraisemblablement besoin d'être prise en charge par un psy. Non seulement elle se révèle incapable de la réconforter mais, progressivement contaminée par l'agitation de son amie, elle se surprend à sursauter au moindre bruit, à imaginer le pire… C'était couru d'avance, vu la personnalité dominante de Riley. À moins que ce ne soit juste l'atmosphère surannée de l'hôtel et le fait de se retrouver dans un endroit inconnu qui la rendent nerveuse.

— On devrait peut-être se refaire une beauté avant de descendre pour l'apéro ? dit-elle.

— Comme tu veux.

Riley est blanche comme un linge, ses longs cheveux blonds pendent de chaque côté de son visage. Elle qui était si jolie n'est plus que l'ombre d'elle-même. Gwen, qui s'en veut aussitôt, insiste :

— Je sais bien que c'est difficile, mais tu dois faire un effort…

Riley lui lance un regard noir. Agacement, rancœur ou colère ? À son tour, Gwen sent la moutarde lui monter au nez. Ça promet, si elle doit déjà faire attention à tout ce qu'elle dit ! Mais elle se raccroche à l'idée que Riley est l'une de ses meilleures amies et qu'elle lui doit bien ça. Elle voudrait l'aider à se remettre sur pied. Retrouver la splendide jeune femme bourrée d'énergie d'autrefois – quitte à la jalouser, comme avant.

— Je vais te coiffer, dit Gwen, qui se lève et fouille dans le sac à main de Riley à la recherche de sa brosse. Prenant place derrière son amie, elle commence à lui démêler doucement les cheveux et la sent se détendre peu à peu.

— Voilà. Il ne nous reste plus qu'à nous remaquiller avant de descendre dîner. Après, on pourra remonter dans la chambre et discuter, comme au bon vieux temps. Sauf si tu préfères bouquiner ?

Au fond, elle aimerait bien se changer les idées en se plongeant dans l'un des deux romans qu'elle a emportés. Après tout, sa vie à elle n'est pas simple non plus.

Dans l'aile ouest de l'hôtel, un couloir qui part de la réception sépare les chambres avec vue sur le jardin de celles qui donnent sur l'arrière. Tout au fond, David Paley passe une tête dans un bar lambrissé de bois sombre. Une scène de chasse accentue l'atmosphère résolument masculine de la pièce. Une cheminée au manteau sculpté, devant laquelle sont installés de confortables fauteuils en cuir et quelques tables basses, invite à la détente. En face de l'âtre, derrière le comptoir, un choix impressionnant de bouteilles. Malheureusement, il n'y a personne pour servir le voyageur, qui se demande s'il devrait attendre le barman ou retourner dans le lobby et commander un verre là-bas. Pas toujours évident de voyager en solo… Après avoir patienté quelques instants devant la cheminée éteinte, il décide de rejoindre le hall, déserté lui aussi. Même le réceptionniste a disparu. David appuie sur la clochette posée sur le bureau d'accueil, et le tintement étonnamment strident le fait tressaillir. Le jeune homme qui a enregistré son arrivée surgit du couloir attenant.

— Désolé de vous avoir fait attendre. Plusieurs membres du personnel manquent à l'appel à cause de la neige.

— Est-il possible de boire un verre ?

— Avec plaisir. Nous allons servir l'apéritif ici même. Donnez-moi deux petites minutes pour aller chercher le chariot.

— Formidable, répond David avec chaleur.

Tout ce qu'il désire, c'est siroter un bon cocktail, confortablement installé devant un feu de cheminée. Et déguster un savoureux dîner avant de plonger dans les bras de Morphée.

Il prend place en se demandant si quelqu'un va venir lui tenir compagnie. Le réceptionniste est déjà de retour, poussant un chariot de bar bien fourni avec un seau à champagne.

— Qu'est-ce que je vous offre ?

Ce n'est qu'un gamin, se dit David. Vingt et un ans tout au plus.

— Comment t'appelles-tu ?

— Bradley.

— As-tu seulement l'âge légal exigé par l'État de New York pour servir des boissons alcoolisées ? se moque-t-il gentiment.

— Je suis plus vieux que j'en ai l'air ! Vingt-deux ans, l'informe Bradley dans un sourire.

— Bon, dans ce cas… Un gin tonic s'il te plaît.

Bradley s'exécute d'une main experte sous l'œil approbateur de David tandis qu'un jeune couple descend l'escalier.

David remarque immédiatement le sourire avenant de l'homme qui approche et se réjouit à l'avance de discuter avec lui. Grand et dégingandé, il arbore une allure décontractée qu'on imagine être la sienne en toutes circonstances : jean, chemise de bûcheron, cheveux ébouriffés et barbe d'un jour. La femme qui l'accompagne est jolie, mais d'une beauté moins renversante que celle de l'inconnue qui l'a dépassé tout à l'heure dans l'escalier. Un bref instant, David se demande si tous les clients de l'hôtel sont venus en couple.

— On peut se joindre à vous ?

— Avec plaisir.

— Je m'appelle Ian, dit l'homme en lui tendant la main.

— Moi, c'est Lauren.

— Enchanté. David.

— Quel calme, ajoute Lauren d'un ton rêveur en regardant autour d'elle.

Bradley acquiesce :

— Effectivement, sur les douze chambres, seulement six sont occupées ce week-end. Plusieurs hôtes ont annulé à cause de la météo et certains membres du personnel, y compris le barman, n'ont pas pu faire le trajet ce soir. Mais moi je suis là, donc tout va bien se passer. D'autant que le barman m'a tout appris de l'art de concocter des cocktails.

— Parfait ! répond Ian. Je peux avoir un whisky-soda ?

— Bien sûr.

— Et pour moi ce sera un manhattan, indique Lauren.

— Est-ce que le cuisinier a réussi à braver les intempéries ? C'est que j'ai l'estomac dans les talons, moi, reprend Ian.

— Ne vous inquiétez pas. C'est mon père qui fait la cuisine. L'hôtel nous appartient et nous habitons sur place. À nous deux, nous devrions nous en sortir jusqu'à ce que la route soit déblayée. Je dois néanmoins vous avertir que le dîner sera servi sous forme de buffet.

Une rafale de vent fait trembler les fenêtres. Les clients se tournent instinctivement en direction du vacarme.

— On essuie de belles tempêtes par chez nous, commente Bradley.

Un homme plus âgé fait son apparition. Comme il est affublé d'un grand tablier, il n'est pas difficile de deviner qu'il arrive de la cuisine. Le père de Bradley, de toute évidence.

— Bonsoir. Je me présente : James Harwood, propriétaire de l'hôtel. Et je fais aussi office de chef cuisinier. La météo ne va pas nous empêcher de bien nous occuper de vous.

David le jauge du regard. Il respire la confiance en soi, comme tous ceux qui savent pertinemment qu'ils tiendront leurs promesses quelles que soient les circonstances. Apparemment très fier du succès de son établissement, il discute quelques instants avec ses hôtes avant de repartir travailler. David s'installe confortablement dans son fauteuil, heureux de ce week-end qui s'annonce sous les meilleurs auspices.

Lauren observe Ian, lancé dans un numéro de charme à l'intention de l'homme assis près de la cheminée. Très excité, il vient de découvrir que David est avocat spécialisé en droit pénal à New York. Et le voilà qui tente de lui soutirer des informations sur ses procès :

— Quel est le plus intéressant sur lequel vous ayez travaillé ?

— Ils le sont tous, répond l'avocat avec un sourire évasif.

— Vous a-t-on déjà confié un dossier ayant défrayé la chronique ? intervient Lauren.

— Parfois…

Elle sent soudain une présence dans l'escalier et se retourne. Gwen et Riley. Les deux femmes prennent place sur le canapé juste en face de la cheminée. Gwen leur adresse un sourire timide, mais Riley n'a d'yeux pour personne. Heureusement, l'apprenti barman est là pour détendre l'atmosphère et chacune commande un verre de vin rouge, qu'elle sirote ensuite sans prononcer une parole.

Gwen a une tout autre allure sans son bonnet de ski et sa doudoune, remarque Lauren. Elle est petite et mince, et sa chevelure d'un noir corbeau forme un contraste saisissant avec la blancheur de sa peau. Riley, l'air maladif en comparaison, est plus grande, et ses cheveux blonds et plats lui tombent sur les épaules.

Mais Ian refuse de lâcher David :

— Avez-vous déjà défendu des meurtriers ? lui demande-t-il.

Son enthousiasme finit par faire naître un sourire réticent sur les lèvres de l'avocat.

— Oui. À plusieurs reprises.

— Allez, racontez-nous…

— Ne faites pas attention à lui, intervient Lauren. Il regarde trop de séries policières.

— Sachez que cela ne se passe pas toujours comme à la télé, réplique David en faisant la moue.

— Que voulez-vous dire ? demande Lauren.

Il hausse les épaules.

— Dans les films, la justice est généralement rendue. Ce n'est pas forcément le cas dans la vraie vie.

— Vous voulez dire qu'en tant qu'avocat de la défense vous êtes un peu trop bon dans ce que vous faites ? s'exclame Ian.

Tous éclatent de rire.

Les deux femmes se mettent à chuchoter, mais Lauren ne peut distinguer ce qu'elles se disent.

— Je fais de mon mieux, répond l'avocat.

— Mais comment parvenez-vous à vous réconcilier avec votre conscience, notamment dans les cas où votre client s'est rendu coupable d'un crime horrible et où vous êtes au courant ? reprend Lauren avant d'ajouter hâtivement : Excusez-moi… je ne porte aucun jugement.

David Paley baisse les yeux vers son verre presque vide en réfléchissant. Ce n'est pas la première fois qu'on lui pose cette question. Il a beaucoup de succès dans son boulot, moins dans sa vie personnelle. Ses associés du cabinet lui ont gentiment suggéré de se mettre en congé, de partir en voyage. Mais il n'a personne avec qui prendre le large. Plus d'épouse. Et même si un voyage à l'étranger est susceptible de le distraire un moment, la réalité le rattraperait bien vite. Toutes ces années passées à défendre des assassins ont mis son âme à rude épreuve, c'est certain. Mais il dispose d'une réponse toute faite pour Lauren, et peu importe s'il y croit ou non…

— Mon devoir en tant qu'avocat de la défense est de représenter de mon mieux toute personne accusée d'un crime sachant que, selon la loi, chacun est présumé innocent jusqu'à preuve de sa culpabilité. Que se passerait-il si les avocats se permettaient de refuser de représenter quelqu'un par sensiblerie ou parce que leur conscience les taraude… ?

Lauren l'écoute avec attention et il poursuit son raisonnement :

— Les avocats de la défense sont les derniers remparts d'une société libre et démocratique. Il faut considérer les choses dans leur ensemble.

Il termine son verre d'un coup. Comme ses mots sonnent juste… Mais il ne leur raconte pas combien c'est difficile, à chaque nouveau procès, de tenir la vie d'une personne entre ses mains. Soudain, il se rend compte que les deux femmes assises à l'écart sont elles aussi très attentives à ses propos. La brune au charme discret pose sur lui un regard brillant d'intelligence et il aimerait beaucoup faire sa connaissance. Peut-être que ce week-end sera riche en surprises, finalement.

Gwen observe l'avocat, qui doit être plus âgé qu'elle. Une quarantaine d'années si l'on en juge par ses tempes grisonnantes. Son visage est attirant et il a l'air sympathique, malgré son sourire un peu triste. Elle apprécie le timbre de sa voix qui porte sans qu'il ait besoin de la forcer, sans doute le résultat de longues années de plaidoiries. Son assurance la séduit, elle qui en a toujours manqué bien qu'elle se revendique comme une femme de son temps, féministe à ses heures. D'ailleurs, elle envie les gens forts et indépendants, comme l'était Riley autrefois. Elle jette un regard furtif en direction de son amie. Mais bon, on voit où cela l'a menée…

Assise à ses côtés, Riley descend son verre de vin comme si c'était de l'eau. Ou plutôt, comme si elle s'enfilait des coups avec des collègues masculins. Elle a toujours eu une bonne descente. Et la voilà qui interpelle Bradley :

— Je peux en avoir un autre ?

Il la ressert, et elle avale son verre cul sec. Gwen se sent soudain très mal à l'aise, car tout le monde s'est tu pour les observer. Elle ne veut pas que Riley attire l'attention sur elle, et si elle boit trop ce sera encore pire. Qui sait comment elle se comporterait alors… Avant, Riley avait l'alcool gai. Une vraie fêtarde.

Mais elle a tellement changé depuis son dernier séjour en Afghanistan… Par moments, elle se renferme en elle-même, les yeux dans le vide. À d'autres, elle se montre irritable, voire clairement agressive. Et quant aux signes extérieurs de sa nervosité – ses gesticulations, son hypervigilance –, Gwen ne peut déjà plus les supporter. Sans le vouloir, elle croise le regard de l'avocat et s'empresse de détourner la tête.

Mais qu'est-ce qui lui a pris d'organiser ce week-end à la campagne ? Sa voiture est au fond d'un fossé à des kilomètres d'ici et l'entreprise de dépannage l'a avertie que personne ne pourrait lui porter assistance avant le lendemain matin. D'ici là, son véhicule sera complètement enfoui sous la neige… Bonne chance pour le retrouver…

Elle se penche vers Riley et lui murmure :

— Tu devrais lever le pied.

4

Dana s'extirpe des couvertures et repousse la main de Matthew quand il essaie de la reprendre dans ses bras. Elle lui sourit.

— Tu n'as pas faim ? On devrait descendre.

— Maintenant que tu le dis…

Elle enfile une robe simple mais élégante. De toute façon, tout lui va. Les lois de la génétique lui ont été favorables et, maintenant, elle a les moyens de mettre en valeur ses atouts.

Matthew est si chaleureux, si généreux, et elle est très amoureuse de lui. Le fait qu'il soit nanti n'est pas pour lui déplaire non plus. Elle se demande souvent comment font ces femmes qui se marient et ont des enfants avec un budget serré.

Dana est parfaitement consciente qu'ils ont tous les deux beaucoup de chance. Elle n'en ressent pas pour autant la moindre gêne, bien qu'elle s'efforce toujours de faire profil bas. Elle n'a pas oublié comment c'est de désirer passionnément des choses hors de portée. Les gens qui ne savent rien d'eux pensent qu'ils ont juste réussi professionnellement. En réalité, la famille de Matthew est à la tête d'une véritable fortune.

— Tu es prête ?

Il se tient debout derrière elle tandis qu'elle se contemple dans le miroir de la coiffeuse antique en mettant sa seconde boucle d'oreille. Très romantique…

— Comment se fait-il que les femmes ne disposent plus de coiffeuses comme celle-ci ?

— Aucune idée, mais c'est dommage, répond-il en lui caressant tendrement une mèche de cheveux.

— Après le dîner, nous pourrons nous installer devant la cheminée et déboucher la bouteille de champagne qu'ils nous ont offerte.

Elle pense au merveilleux moment qui les attend, tous deux confortablement blottis près de l'âtre tandis que la neige tombera au-dehors, faisant disparaître le monde extérieur et les contrariétés du quotidien !

Matthew ferme la porte derrière eux et enfouit la clef dans sa poche. Dans le lobby, le jeune homme de l'accueil est occupé à servir des boissons tout en discutant aimablement avec quelques clients répartis autour de la cheminée.

— Ce soir, je fais office de barman car l'officiel n'a pas pu venir, j'espère que cela ne vous pose pas de problème ! s'exclame-t-il tandis que Matthew et Dana s'approchent du groupe composé d'un couple de leur âge, d'un homme d'une quarantaine d'années et de deux femmes assises sur un canapé devant l'âtre.

— Aucun souci, lui répond Matthew, la main dans le dos de sa fiancée.

Ils prennent place en face du couple.

— Qu'est-ce que je vous sers ? demande le jeune homme avec un sourire appréciateur en direction de Dana.

— Une vodka martini, s'il vous plaît, lui répond-elle.

— Et pour moi, un whisky avec des glaçons.

— Je me présente, Bradley, dit le jeune homme.

— Et moi, c'est David.

— Un avocat spécialisé en droit pénal ! Moi, c'est Ian, et voici Lauren, lui précise l'homme assis en face de lui, tandis que sa compagne lui sourit.

— Je m'appelle Matthew et je vous présente Dana, ma fiancée.

Ian se penche en direction des deux femmes installées sur le canapé et ajoute en souriant :

— Voici Gwen et Riley. Nous les avons trouvées dans un fossé à deux pas d'ici…

Gwen leur adresse un signe de tête et un sourire réservé. Riley sourit brièvement et détourne le regard en direction des flammes.

Ian semble sympathique et il a le contact facile, pense Matthew.

Gwen prend la parole juste au moment où une bourrasque secoue les fenêtres, comme pour souligner ses dires :

— Nous avons eu beaucoup de chance de les croiser sur notre route, autrement nous nous trouverions encore dans le fossé, gelées jusqu'à l'os à l'heure qu'il est ! La dépanneuse viendra demain matin. Ce soir, c'était impossible à cause de la météo, la chaussée est trop glissante !

— Nous avons eu du bol d'arriver ici plus tôt que prévu, sinon nous aurions très bien pu être bloqués, nous aussi, répond Matthew. La tempête semble plus violente que ce qu'ils avaient annoncé aux informations.

— C'est vrai, parfois je me demande si les météorologues savent vraiment ce qu'ils font. D'ailleurs mon père prétend qu'il vaut mieux regarder le ciel par la fenêtre… Il a entendu à la radio que l'autoroute était fermée et les voies secondaires impraticables. Certains de nos clients n'ont pas pu prendre la route, mais, à dire vrai, c'est un mal pour un bien puisqu'il nous manque du personnel.

— Quelle histoire ! s'exclame Gwen.

— N'ayez aucune inquiétude, nous allons bien nous occuper de vous ! lui lance Bradley hardiment.

Ce charmant jeune homme ne manque pas de confiance en lui, se dit Matthew.

— Espérons que le courant ne va pas sauter, s'inquiète Lauren.

— Si cela se produit, la plupart de nos chambres sont équipées de cheminées, et la remise est pleine à craquer de bûches et de petit bois. Et nous avons aussi des lampes à huile en cas de besoin, assure Bradley.

— Dans le fond, ce ne serait peut-être pas si mal, déclare Ian.

Un couple plus âgé, la quarantaine bien sonnée, descend l'escalier. L'homme a l'air contrarié et la femme à ses côtés semble faire des efforts pour s'accommoder de la mauvaise humeur de son compagnon. Celui-ci s'avance directement vers Bradley et commande un whisky-soda, qu'il va siroter debout devant la cheminée, abandonnant son épouse près du chariot de bar. Bradley lui demande ce qu'elle aimerait boire.

— Un gin tonic, s'il vous plaît.

— Venez donc vous asseoir avec nous, lui suggère Gwen, lui faisant une place à côté d'elle.

La femme lui jette un regard de gratitude et vient s'installer sur les coussins. Ian fait les présentations, les yeux ostensiblement rivés sur l'homme debout devant l'âtre.

— Je m'appelle Henry, dit celui-ci, et voici mon épouse, Beverly.

— Enchantée de faire votre connaissance, murmure Beverly.

— Nous parlions de la tempête. Bradley vient de nous informer que nous sommes désormais complètement bloqués par la neige, mais qu'il n'y a rien à craindre en cas de coupure de courant, annonce Lauren.

— Non seulement il n'y a pas de réseau dans cet hôtel mais en plus le wifi ne marche pas non plus, c'est comme si on était enterrés vivants, grommelle Henry, à la surprise des autres hôtes.

— Nous n'avons jamais eu ni l'un ni l'autre, c'est mentionné dans la brochure. De nombreux clients choisissent notre hôtel justement pour se déconnecter, répond Bradley, rougissant légèrement sous le reproche.

Matthew surprend le regard courroucé que lance Henry à sa femme, comme si elle était responsable du fait qu'il n'y ait pas Internet.

— Le paysage est magnifique ! Et regardez tous ces livres ! s'exclame Beverly vaillamment.

C'est la vérité. Matthew a remarqué des étagères croulant sous les livres dans tous les recoins de l'établissement. Lauren reprend :

— J'ai trouvé un vieil Agatha Christie sur ma table de chevet.

— C'est moi qui l'y ai mis. J'ai monté des livres dans toutes les chambres. C'est bien plus agréable que les chocolats, même si on en dépose aussi sur les oreillers. Pas vrai ? demande Bradley.

— C'est une très bonne idée, approuve Lauren.

— Notre bibliothèque est très bien fournie. Je peux vous dénicher un autre ouvrage, si vous le désirez. J'ai lu quasiment tous les bouquins que nous possédons. L'hiver, c'est une pièce très agréable mais à la belle saison, nos hôtes aiment bien s'installer avec un livre dans le hamac ou à côté de la piscine, ou encore dans le belvédère.

— Nous devrions revenir ici cet été, après notre mariage, propose Matthew en souriant à Dana.

— Oui, l'hôtel est très plaisant en toute saison. Je peux allumer un feu dans la bibliothèque après le dîner si l'un d'entre vous souhaite s'y installer.

— Nous aimerions beaucoup visiter la glacière, dit Lauren.

— Qu'est-ce que c'est ? demande Beverly.

— Un petit bâtiment annexe construit entièrement en glace et en neige. Nous en avons fait un bar, et le comptoir, les étagères et les tabourets sont sculptés dans la glace. Plus quelques statues incroyables. Les seules choses qui ne sont pas en glace sont les bouteilles et les verres, ainsi que tous les ustensiles du bar. C'est assez génial. Je n'ai pas encore trouvé le temps de dégager le chemin mais dès demain matin, je sors la souffleuse à neige et vous pourrez aller y faire un tour, promis.

— J'ai l'impression qu'il ne doit pas y faire bien chaud, plaisante Gwen.

— Il faudra bien vous couvrir, prévient Bradley.

L'atmosphère de la pièce a imperceptiblement changé depuis l'arrivée de Dana et Matthew. Lauren a bien remarqué comment les hommes se comportent devant la jeune femme. Notamment Bradley, qui lui faisait des yeux de merlan frit en lui tendant son verre… Les autres déguisent mieux leurs sentiments mais il est indéniable que, devant sa beauté stupéfiante, chacun se tient plus droit… Et Ian n'est pas en reste. Elle le pousse du pied, quelque peu exaspérée, et il se concentre de nouveau sur elle.

Lauren sait bien qu'elle est jolie et que Ian la trouve à son goût, mais Dana appartient à la catégorie supérieure. Ce n'est pas seulement dû à sa beauté, si frappante, mais aussi à son sex-appeal et à la conscience qu'elle a de son pouvoir de séduction. Sans le moindre effort, elle donne à toutes les femmes dans la pièce la désagréable impression d'être insignifiantes. En plus, Lauren a constaté que les femmes dotées d'une exceptionnelle beauté avaient une fâcheuse tendance à croire que tout leur était dû.

Lauren ne peut s'empêcher de fixer Dana et celle-ci l'observe à son tour, droit dans les yeux, en souriant. Lauren a l'impression de l'avoir déjà vue, mais où ? Peut-être lui évoque-t-elle tout simplement ces femmes magnifiques au cinéma ou dans les magazines, dont la splendeur rappelle cruellement à toutes les autres leurs propres imperfections. Lauren est la première à détourner le regard.

Elle surprend alors ceux de Gwen et Riley posés sur Dana.

Vendredi, 18 h 45

Au moment où James pénètre dans le lobby pour voir où en sont les clients, l'ambiance est particulièrement conviviale. La conversation bat son plein, stimulée par l'alcool et par la sensation d'isolement, qui semble rapprocher tout le monde.

Bradley tient cavalièrement une bouteille de veuve-clicquot par le goulot. Son fils est vraiment beau garçon, grand et élancé, très élégant en pantalon noir et chemise blanche. Une mèche de cheveux lui tombe sur le front, lui donnant un air canaille. Bradley, sûr de lui et sociable, sait vraiment y faire avec les clients de l'hôtel, comme sa mère à l'époque. Mais James, l'homme de l'ombre, qui préfère travailler en cuisine ou faire les comptes, craint que son fils, jeune et impulsif, ne dépasse parfois les bornes : son rôle est de servir les hôtes sans oublier sa place.

Les femmes boivent du champagne dans des coupes à l'ancienne dignes de l'atmosphère décadente des années 1920, très en accord avec le style de l'établissement. Personnellement, James les préfère aux flûtes d'aujourd'hui, qu'exigent parfois certains hôtes récalcitrants.

Bradley fait les présentations, ce qui lui permet de mettre un nom sur chaque visage.

— On est passés au champagne, claironne Lauren, levant son verre.

— Excellent choix, répond James.

— Nous voilà bloqués par la neige, mais nous avons pris la décision d'en profiter au maximum, annonce Dana, la jeune femme à la beauté époustouflante qui arbore un énorme diamant.

— Les dames font la fête tandis que les hommes picolent, lâche Henry, debout devant la cheminée, en levant lui aussi son verre.

— Bradley, est-ce que tous les clients qui ont réservé pour cette nuit sont là ? demande Ian.

— Non, une femme est arrivée ce matin. Mais à mon avis nous n'allons pas beaucoup la voir. Elle écrit un livre et a besoin de calme, m'a-t-elle dit.

— Un livre ? De quel genre ? s'enquiert Dana.

— Aucune idée, elle n'a pas précisé.

— Comment s'appelle-t-elle ? demande Gwen.

— Candice White. Vous la connaissez ?

Tout le monde dans la pièce secoue la tête.

— En tout cas, c'est son nom. Et nous n'attendons plus personne, avec ce temps, ajoute Bradley.

5

Dans sa chambre, Candice White, installée au bureau ancien devant la fenêtre, admire le paysage hivernal. Elle est contente d'être arrivée tôt, avant la neige, et d'avoir pu travailler toute la journée.

Elle était si impatiente de quitter New York qu'elle a pris la route aux aurores. Ces derniers temps, elle se sent très amère, les nerfs à vif. Pourtant, elle n'a ni mari ni enfants dont se plaindre (elle s'imagine flanquée d'un mari à l'allure négligée et d'enfants aux mains sales collés à ses basques). Mais non. Si elle avait eu des enfants, ils seraient sûrement en pleine crise d'adolescence à l'heure qu'il est. Cela lui arrive de temps en temps, d'imaginer à quoi ressembleraient ses enfants si la chance lui avait souri en amour. Malheureusement ça n'a pas été le cas. Pour elle, pas de happy end. Au lieu de ça, c'est à elle, célibataire – et homosexuelle –, et non à ses deux égoïstes de sœurs qu'est revenue la tâche ingrate de s'occuper de leur mère, une veuve à la santé déclinante. Parce que ses sœurs, qui jouissent de l'amour de leurs familles respectives, ont trop à faire avec leurs enfants.

Candice a la nette impression d'avoir perdu sur les deux tableaux. D'abord, elle n'a pas connu le bonheur d'avoir des enfants – un bonheur, cela dit, que ses sœurs ne semblent pas apprécier à sa juste valeur. Mais en prime, on lui a refourgué la corvée éreintante et démoralisante de veiller sur une personne âgée. Bien sûr, elle aime sa mère, mais sa dépendance et la kyrielle de soins corporels à lui dispenser chaque jour rendent la tâche tellement pénible… Sans compter que, la plupart du temps, la vieille dame ne la reconnaît même pas ! S'occuper d'elle sape la créativité de Candice et l'empêche de travailler. C'est pourquoi cette échappée au vert était indispensable pour terminer son manuscrit.

Ses sœurs entrent en scène uniquement lorsqu'elle est en voyage d'affaires, or elle a peu voyagé ces derniers temps. Elles rendent même de moins en moins souvent visite à leur mère. Comme Candice n'a pas de famille, Candice peut s'en charger… Elle se surprend à articuler silencieusement ces mots, la bouche pincée.

Soit. Mais si le livre est aussi bon qu'elle le pressent – et que son agent le prétend –, il va bien falloir que ses sœurs changent d'attitude. Elle détourne son regard des flocons qui virevoltent dans la nuit tombée et se concentre sur l'écran de son ordinateur.

Elle s'est laissé distraire. Elle avait prévu d'écrire une page de plus avant le dîner, mais un bref regard à sa montre l'informe que l'heure de l'apéritif est passée. Dommage… Mais on servira sûrement du vin avec le repas. Elle relit sa page et efface le dernier paragraphe, retire ses lunettes et se frotte les yeux. Plus que dix mille mots à écrire, elle reprendra après le dîner.

Elle a beau se répéter qu'elle était bien obligée de s'éloigner de sa mère pour terminer le manuscrit, sa mauvaise conscience la taraude malgré tout.

Ce roman représente un enjeu considérable pour Candice. Cela fait longtemps qu'elle n'a rien écrit sous son nom. Pendant vingt ans, elle a gagné confortablement sa vie en rédigeant des ouvrages documentaires. Elle choisissait ses horaires et rencontrait des gens intéressants. Et on lui remboursait ses déplacements, ce qui, à l'époque, constituait un avantage appréciable. Ces dernières années, elle a aussi écrit pour d'autres auteurs des livres de tous genres, du développement personnel à la finance. Sauf que la plupart de ces génies n'ont pas trouvé le succès – personnellement, elle n'avait jamais eu l'impression que leurs connaissances valaient beaucoup plus que le papier sur lequel on les imprimait, mais cela lui était égal du moment qu'elle était rémunérée. Aujourd'hui, elle préférerait voyager moins et empocher davantage. Et elle espère bien que ce livre va lui permettre de se faire un petit pécule.

Elle ferme son ordinateur et se lève. S'observant d'un air critique dans le miroir en pied, elle décide qu'elle ne peut décemment pas rejoindre la salle à manger vêtue d'un pantalon de yoga. Elle enfile une jupe adaptée pour l'occasion, des collants, et noue un foulard de soie autour de son cou. Puis elle resserre sa queue-de-cheval, applique du rouge sur ses lèvres et descend l'escalier.

Vendredi, 19 heures

Le buffet dînatoire est servi dans la salle à manger. Une longue table calée contre un mur est chargée de chauffe-plats argentés, de saladiers et de paniers remplis de pains variés. Un lustre étincelant projette une lumière tamisée sur les quelques tables couvertes de nappes blanches, dressées pour deux ou quatre couverts. Le cliquetis de l'argenterie contre les assiettes de porcelaine fine se fait rapidement entendre tandis que les clients vont se servir.

David Paley remplit son assiette de roast-beef, de raifort, de pommes de terre à la crème et d'asperges, et se demande où s'asseoir. Il suppose qu'il pourrait tenir compagnie à n'importe qui ici à l'exception des fiancés, qui paraissent désireux de dîner en tête à tête et se sont installés à une petite table à l'écart. Une femme de son âge qu'il n'a pas encore vue – sans doute l'écrivaine – occupe une table pour deux personnes. Il pourrait se joindre à elle, mais elle garde les yeux ostensiblement fixés sur un magazine ouvert devant elle. Elle n'a même pas dit bonsoir en entrant dans la pièce. Il a bien envie de s'asseoir avec la femme brune, Gwen, et sa compagne, même si celle-ci semble plutôt agitée.

Les deux jeunes femmes ont déjà garni leurs assiettes et pris place à une table dressée pour quatre. Il leur demande poliment s'il peut se joindre à elles.

Surprises, elles lèvent les yeux vers lui. Ceux de Riley sont brillants, sans doute d'avoir trop bu et trop vite. Gwen est encore plus attirante vue de près, avec son visage pâle aux traits délicats, dont il s'imagine qu'il pourrait l'admirer longuement sans se lasser, et sa splendide chevelure sombre. Il est étonné de penser à elle dans ces termes, alors qu'il vient tout juste de la rencontrer. Ce serait tellement plus facile si elle était arrivée seule ce week-end, comme lui. Alors ils auraient eu tout leur temps pour faire connaissance. Au lieu de ça, la présence inamicale de Riley les empêche de se comporter avec naturel et crée une tension.

Il remarque le regard interrogateur adressé par Gwen à son amie, mais celle-ci hausse les épaules avec indifférence. Pas vraiment impoli, mais loin d'être chaleureux. Gwen se tourne alors vers lui et l'invite à prendre place. Il choisit la chaise vide à côté de Riley, pour pouvoir contempler Gwen à son aise.

— Vous êtes venu seul ? lui demande-t-elle en rougissant légèrement, charmante.

— Oui, j'avais envie de prendre du recul et réfléchir.

Il ignore pourquoi il lui dit cela.

— Je vois.

Il n'a pas l'habitude de parler de lui-même, mais il craint d'avoir l'air trop curieux s'il lui pose des questions personnelles. Du coup, le choix des sujets de conversation est plutôt limité.

— Vous êtes avocat pénaliste, reprend Gwen pour rompre un silence qui devient pesant.

Il acquiesce. Bizarrement, il ne sait pas comment poursuivre la discussion. Il a l'impression d'avoir perdu sa langue, ce qui ne lui ressemble guère. Mais l'hostilité à peine masquée de Riley à son égard le déconcerte.

— Comme cela doit être intéressant, et difficile… Sans doute épuisant, aussi, ajoute Gwen vaillamment.

— Oui.

Pendant un instant, ils n'entendent plus que le cliquetis de leurs couteaux sur les assiettes de porcelaine. David se surprend à observer le reflet des chandelles dans les fenêtres.

— Qu'est-ce qui vous a décidées à venir passer le week-end ici ? demande-t-il après un moment.

Peut-être que Riley montera dans sa chambre et qu'ils pourront aller s'installer tranquillement devant la cheminée pour bavarder. Ce serait bien. Gwen jette un regard à son amie.

— Nous avions envie de nous éloigner de New York et de passer un moment entre filles.

Que peut-il ajouter ? Il regrette déjà de s'être incrusté à leur table.

— Riley et moi avons toutes deux fait des études de journalisme. Elle travaille pour le *New York Times*.

Secrètement consterné, il lance un coup d'œil anxieux en direction de Riley.

— Quant à moi, je n'ai jamais travaillé pour un journal après mon diplôme, poursuit-elle.

— Comme c'est étonnant. Où travaillez-vous ? lui demande David, incapable de se concentrer sur leur conversation.

— Dans une petite agence de relations publiques à New York.

— Et ça vous plaît ?

Il lui pose cette question tout en essayant de réfléchir à une stratégie de repli.

— La plupart du temps. Le travail est parfois excitant mais souvent répétitif. Comme beaucoup de professions, celle-ci paraît plus glamour qu'elle ne l'est en réalité.

Ils discutent encore un instant, de choses et d'autres. Au moment d'attaquer le dessert – diplomate et gâteau au chocolat –, Riley se tourne vers lui et lui lance, en bredouillant un peu sous l'effet de l'alcool :

— J'ai l'impression de… de vous connaître… Mais je n'arrive pas à vous replacer. Quel est votre nom, déjà ?

— David Paley.

Il refuse de se laisser décontenancer par son regard direct. Après tout, les journalistes sont des gens sans gêne. Mais il sent que son week-end est sur le point d'être gâché.

Beverly Sullivan a du mal à terminer son assiette. Elle ne comprend pas qu'après vingt ans de mariage ils n'aient rien à se dire. Pourtant, il fut une époque où ils s'entendaient bien. Mais tous ces repas pris avec les enfants pendant des années leur ont fait oublier comment mener une conversation. Ils auraient dû suivre les conseils des magazines et embaucher une baby-sitter de temps à autre pour se ménager des moments en tête à tête.

Et c'est bien sa chance d'être assise juste en face des fiancés, qui, non contents d'être outrageusement séduisants, ont l'un envers l'autre ces gestes typiques des amoureux : ils se regardent dans les yeux, se sourient en continu, ne peuvent s'empêcher de se toucher. Et ils éclatent de rire à chaque instant.

Ils sont tellement jeunes, ils ne doutent de rien, se dit-elle.

Par bonheur, les autres hôtes semblent tellement absorbés les uns par les autres que personne ne remarque le silence qui règne entre eux deux.

On dirait que Henry lui reproche toujours l'absence de wifi. À moins qu'il ne s'agisse d'autre chose, mais quoi ? L'hôtel est charmant. Il était d'accord pour y passer le week-end en sa compagnie. Peut-être se sent-il coupable de ne pas être resté à la maison pour travailler sur ses dossiers. Elle murmure :

— Henry, tout va comme tu veux ?

— Quoi ? Non !

Il enfourne une bouchée de l'excellent roast-beef.

— Tu ne m'as pas adressé la parole depuis notre arrivée, dit-elle gentiment, en prenant soin de ne pas l'attaquer.

Dans le fond, cela la surprend. À la maison, ils ne sont pas intentionnellement distants l'un envers l'autre, mais c'est juste qu'ils ont trop peu de temps l'un pour l'autre. Quelque chose n'est pas net, mais elle ne sait pas quoi.

— Je suis préoccupé en ce moment, répond-il, sur la défensive.

— As-tu envie de m'en parler ?

Il la regarde comme s'il se demandait ce qu'il peut réellement lui dire. Cela la met mal à l'aise. Peut-être a-t-il des soucis qu'elle ignore.

— C'est juste des problèmes de boulot, mais je préfère ne pas en parler pendant le week-end.

— D'accord. N'oublions pas que nous sommes venus ici justement pour nous détendre.

Elle boit une gorgée de vin et lui sourit timidement, en essayant de chasser son appréhension. Elle a dans ses bagages une surprise qui devrait permettre à Henry d'oublier ses ennuis.

6

Lauren considère les clients des autres tables avec curiosité. Elle a toujours aimé observer le comportement des gens et tenter de deviner leurs motivations. Par exemple, pour quelle raison cette femme, Riley, semble-t-elle aussi agitée ? Elle balaie la salle du regard, comme si elle craignait qu'on ne lui vole son assiette.

Ian a retiré sa chaussure et lui fait du pied sous la table.

— Serais-tu en train d'essayer de m'aguicher ? lui demande-t-elle d'un ton faussement pudique.

Elle contemple son compagnon assis en face d'elle. Tout séduisant qu'il soit, Ian ne parvient pas à s'attacher son attention très longtemps, car elle est incapable de se concentrer. Très vite, ses pensées jaillissent dans tous les sens. Heureusement, il ne semble pas s'en offusquer et témoigne presque autant d'intérêt qu'elle aux autres clients de l'hôtel.

— Mais c'est quoi son problème, à cette Riley ? murmure Lauren.

— Aucune idée. On dirait qu'elle sort d'une cure de désintoxication ou quelque chose dans ce goût-là.

Lauren reporte son attention sur l'avocat, en pleine conversation avec Gwen. Elle a observé son langage corporel au cours du repas. Et apparemment, quelque chose vient de se passer. Le voilà qui se raidit contre le dossier de sa chaise, comme s'il était piqué. Deux minutes auparavant, il se penchait en souriant vers la jolie Gwen, la tête inclinée sur le côté, tel un oiseau en pleine parade nuptiale. Riley vient peut-être de lui dire d'aller se faire foutre.

Son regard glisse vers les fiancés, dans un coin de la salle. Elle fronce les sourcils. C'est qu'elle ressent une profonde aversion pour Dana depuis leur rencontre au moment de l'apéritif. Peut-être à cause de sa beauté époustouflante. Ou alors est-ce sa façon d'exhiber, mine de rien, l'énorme diamant qui scintille à sa main droite. Sans aller jusqu'à le fourrer sous le nez des hôtes pour leur arracher un compliment, elle n'a cessé de faire virevolter ses mains parfaitement manucurées de sa chevelure à sa coupe de champagne pour que tout le monde remarque l'éclat de sa bague. Et les yeux brillants qu'elle pose sur son fiancé ! Elle rayonne, dans tous les sens du terme. Elle doit avoir des paillettes dans le sang ! Lauren examine le fiancé. Tout à fait le genre de type à collectionner les choses qui brillent…

Et cette femme, assise en solo à une table de deux… Il doit s'agir de Candice White. Elle feint d'être plongée dans un magazine mais couve du regard l'avocat, qui ne peut s'apercevoir de son manège, de l'endroit où il est. Elle le trouve sans doute séduisant. C'est vrai qu'il a du charme, on ne peut le nier. Eh bien, bonne chance, se dit Lauren, vu qu'il est de toute évidence captivé par Gwen, plus jeune et plus jolie…

Soudain Candice, détournant son attention de David, fixe Dana et Matthew d'un regard froid. Ils sont vraiment beaux, tous les deux, mais le visage de l'écrivaine se tend brusquement, comme si elle reconnaissait Dana. À moins que ce ne soit Matthew, difficile à dire. Puis elle recommence à lorgner l'avocat – qui semble jouer la carte de la modestie – en s'interrompant de temps à autre pour observer le couple radieux.

Comme l'allure de Candice est austère, avec ses cheveux sombres tirés en queue-de-cheval bien serrée et son visage carré ! Elle porte une jupe et un pull sobres, des lunettes sans fantaisie. On dirait une infirmière. Sa seule coquetterie : le foulard noué autour de son cou. On ne peut pas dire qu'elle est laide mais en tout cas elle n'est plus toute jeune, pas loin de la quarantaine. Lauren se demande vaguement sur quoi elle écrit.

On se sent si bien ici, dans cette salle à manger rendue féerique par les lumières tamisées, avec le vent qui hurle au-dehors et fait vibrer les fenêtres, comme s'il essayait de pénétrer à l'intérieur.

Dana boit une gorgée de l'excellent vin et se détourne avec peine de Matthew pour observer la salle. La vie est décidément pleine de surprises et le monde est bien petit. Soudain, un bruit inquiétant la fait sursauter, comme les autres clients.

Bradley, occupé à disposer des plats sur la table du buffet, leur annonce en souriant qu'un gros tas de neige vient de chuter du toit.

— Bonté divine, on aurait dit qu'une personne venait de tomber du toit ! s'exclame Dana en riant un peu trop fort.

— Tout à fait, admet Bradley.

C'est parce qu'elle a beaucoup bu que Riley parvient à garder son calme. Elle est consciente de s'être donnée en spectacle dans le lobby, à s'enfiler des verres comme un soldat en goguette. Mais elle est journaliste et elle tient bien l'alcool. Sans compter que cela fait plusieurs années, depuis qu'on l'envoie en mission dans des endroits dangereux, qu'elle a recours à la boisson pour ne pas flancher – même si elle aurait beaucoup de mal à se l'avouer.

Elle n'a pas apprécié le dîner. Elle n'a pas apprécié la façon dont l'avocat s'est incrusté à leur table. Et sa manière de draguer Gwen. Cela non plus, elle ne l'a pas digéré. Avant, c'était elle que les hommes remarquaient. C'était elle la plus jolie. Mais pas ce soir. Son heure est passée. Et c'est peut-être ce qui, à ses yeux, prouve le plus à quel point elle a changé.

Toutefois, ce n'est pas la jalousie qui attise sa méfiance vis-à-vis de l'avocat. Non. C'est quelque chose qui le concerne, lui. Il n'est pas net. Un souvenir diffus flotte dans son cerveau, mais elle ne parvient pas à mettre le doigt dessus. Son nom lui dit pourtant quelque chose, un nom avec un relent de scandale. Si l'hôtel avait eu le wifi, elle aurait pu faire une recherche sur Internet.

Gwen avait l'air flattée de l'intérêt que lui témoignait David, mais cela n'a pas empêché Riley de gâcher l'ambiance. Elle lui a demandé son nom. Et vu la manière dont il s'est fermé comme une huître dès qu'il a appris qu'elle était journaliste, il y a forcément anguille sous roche. Il s'est esquivé au moment du dessert en prétextant qu'il souhaitait visiter la bibliothèque, et Gwen n'a pas desserré les dents depuis son départ.

Il est regrettable que son amie ait essuyé une telle déception mais Riley l'a toujours protégée depuis l'époque où, étudiantes, elles partageaient une chambre. Ce week-end, les rôles devaient être inversés, mais cela n'a pas duré. C'est bon signe pour Riley, qui a généralement du mal à s'en sortir dans la vie de tous les jours.

— On remonte ? Je suis crevée.

— Moi, pas tant que ça, en fait. Je pense que je vais aller choisir un livre à la bibliothèque, répond Gwen sur un ton hésitant, en évitant de croiser le regard de Riley.

Celle-ci, agacée, lui lance :

— Je croyais que tu avais emporté un livre dans tes bagages ?

Elles savent pertinemment que c'est le cas. Elles savent pertinemment que Gwen va devoir décider si elle préfère monter dans la chambre avec son amie ou passer un moment avec le séduisant avocat. Riley voudrait que Gwen la choisisse, elle… tout en se demandant quel genre d'amie elle est, au fond : protectrice ou en manque d'affection ?

— Est-ce que cela te dérangerait de monter devant ? Je ne vais pas tarder à te rejoindre, reprend Gwen.

— Ne t'inquiète pas pour moi. Tout ira très bien, lui répond Riley d'un ton sec.

Vendredi, 20 h 25

David se retrouve seul dans la grande bibliothèque, située après un petit salon à gauche de l'escalier monumental. Cette salle magnifique, à mi-chemin entre un salon de lecture et un fumoir, semble tout droit sortie d'un roman de l'époque victorienne, avec sa grande cheminée contre la façade ouest, au-dessus de laquelle sont suspendues une carabine antique et une tête de cerf aux bois démesurés qui le lorgne d'un œil vitreux. Le parquet est recouvert d'un tapis persan usé. Un vieux sofa est installé perpendiculairement devant la cheminée, face à deux fauteuils. Des portes-fenêtres semblent donner sur une véranda, mais l'obscurité au-dehors masque la vue. David admire brièvement un bureau de ministre près de la porte, mais ce sont les magnifiques étagères de la bibliothèque, délicatement sculptées, qui retiennent son attention et il ne peut s'empêcher d'y poser la main. Sur les rayonnages s'amoncellent des ouvrages anciens reliés en cuir à côté de livres cartonnés et d'éditions de poche cornées, impeccablement rangés selon les thèmes gravés sur de petits panneaux en laiton : « fiction », « policiers », « non-fiction », « histoire », « biographies ». La touche personnelle de Bradley, sans aucun doute. Il saisit sur l'étagère du bas un beau livre enrichi de photographies sur l'expédition ratée de Shackleton. Un choix curieux si l'on considère l'atmosphère ambiante. Malgré la lumière tamisée du plafonnier, David allume une lampe posée sur une petite table et prend place dans le fauteuil club en cuir. Qu'y a-t-il de plus agréable que d'être assis confortablement au coin de la cheminée pour lire les mésaventures de l'équipage de l'*Endurance* au pôle Sud ? Dommage pourtant que le feu soit éteint, car il fait un peu froid.

Il pense avec regret à Gwen. Comme il est fâcheux qu'elle soit accompagnée par cette foutue journaliste du *Times*. Il a bien l'intention de garder ses distances pendant le reste du week-end. Pas question que qui que ce soit fouine dans son passé.

Plongé dans sa lecture, il est soudain interrompu par une voix féminine :

— David, vous êtes là ?

Gwen. La résolution de David fond comme neige au soleil tandis que son cœur fait un bond dans sa poitrine. Il tourne la tête vers la jeune femme, debout dans l'embrasure de la porte, et se rend compte qu'elle est seule.

— Je me suis souvenue que vous comptiez visiter la bibliothèque.

Absolument ravissante, se dit David en s'extirpant de son fauteuil.

— Quelle pièce magnifique ! ajoute-t-elle en embrassant les lieux du regard.

— N'est-ce pas ?

D'une certaine façon, il n'est pas surpris qu'elle apprécie le charme de cet endroit. Il se sent maladroit comme un adolescent et demande à voix haute où sont passés les autres.

— Riley est montée se coucher et je pense que certains hôtes doivent être restés dans la salle à manger pour un dernier verre, répond-elle timidement.

— Je peux aller demander à Bradley de nous allumer un feu, propose-t-il.

Toutefois, il n'arrive pas à la quitter, ne serait-ce que pour aller chercher le jeune homme. Ensemble, ils examinent les étagères. Quel bonheur de se tenir à ses côtés tandis que la tempête gronde au-dehors… Une violente bourrasque les fait pivoter en direction des portes-fenêtres.

— Vous pensez que la météo va empirer ? s'enquiert-elle.

Il pense, sans le dire, que cela lui serait parfaitement égal. Rien ne lui plairait davantage que de se retrouver coincé ici avec elle.

— Aucune idée, lui répond-il.

— Quel livre devrais-je choisir ?

Il désigne du doigt le beau volume ouvert sur la table d'appoint :

— Je suis en train de lire le récit d'une funeste expédition au pôle Sud.

— Un choix judicieux, au vu des circonstances, approuve-t-elle en se promenant le long des étagères et en laissant son index errer sur la tranche des ouvrages.

Soudain, l'un d'eux retient son attention et elle le saisit.

— *L'Affaire de Road Hill House* ! s'exclame-t-elle. J'en ai entendu parler et j'avais très envie de le lire. Je raffole des bons policiers, pas vous ?

7

Vendredi, 20 h 50

Après le dîner, Ian escorte Lauren en haut de l'escalier monumental – ils sont tous deux un peu ivres et il est impatient de la coucher dans leur lit. Leur chambre est située au bout du couloir du deuxième étage. Pendant que Lauren bataille avec la clef, Ian remarque distraitement une autre porte à côté de la leur. Elle doit donner sur un escalier qui dessert l'arrière du bâtiment, probablement la cuisine. À l'époque, c'était sans doute l'escalier de service réservé aux domestiques, à qui il était interdit d'emprunter celui des clients.

Il pousse le battant et observe les marches en bois, étroites et poussiéreuses, qui descendent en colimaçon dans une quasi-obscurité.

— Tu fais quoi ? lui demande Lauren.

— Je regarde.

— Et tu penses à quoi, vilain ?

— Viens ici, ma chérie, répond-il en enfouissant le nez dans le cou de la jeune femme avant de déboutonner lentement son chemisier. Allez, personne ne nous verra, reprend-il en l'attirant vers la cage d'escalier malgré ses protestations de pure forme.

Après le repas, Henry et Beverly retournent directement dans leur chambre au premier étage.

— Je crois que je vais lire un peu avant de me mettre au lit, déclare Henry.

— Et moi, je vais me faire couler un bain.

Beverly se rend dans la salle de bains en marbre, munie du déshabillé sexy hors de prix qu'elle s'est offert en prévision du week-end. Henry, qui ne se doute de rien, est déjà plongé dans un livre.

Cela fait une éternité qu'ils n'ont pas fait l'amour. Elle suspend son négligé – en soie champagne ornée de dentelle – derrière la porte et l'admire en silence pendant que la baignoire se remplit. C'est Henry qui va être surpris. Elle n'a pas porté de lingerie digne de ce nom depuis longtemps et le souvenir des pyjamas élimés qu'elle enfile d'habitude la gêne soudain. Ce déshabillé va lui permettre de se sentir à nouveau désirable. Elle ajoute du bain moussant et, au moment de se glisser dans l'eau parfumée, décide que ce week-end va marquer un tournant dans leur vie de couple. Ils vont peut-être même faire la grasse matinée et prendre le petit déjeuner au lit, comme avant. Il y a un siècle.

Quand Beverly sort de la salle de bains, la peau douce et parfumée, elle se sent rayonnante dans son déshabillé. Elle s'approche de Henry, encore plongé dans son livre, et le fixe jusqu'à ce qu'il lève la tête vers elle. Elle lui sourit avec coquetterie mais se sent soudain intimidée. Comme c'est ridicule !

Pourtant, son mari ne réagit pas comme elle s'y attendait. Il a l'air plus consterné qu'autre chose. En tout cas, on ne peut pas dire qu'il soit séduit. Sa réaction la heurte en plein cœur, même si Henry reprend rapidement ses esprits :

— Chérie, pardonne-moi. Je suis exténué.

Ses mots lui font l'effet d'une gifle, même si elle se rappelle les avoir prononcés plus souvent qu'à son tour. Elle rougit, au bord des larmes. L'humiliation est telle que les mots lui manquent. Elle a visiblement fait fausse route.

Se retenant de pleurer, elle répond :

— Je croyais que ce week-end allait nous rapprocher, mais tu n'as pas l'air trop concerné.

Il pousse un long soupir et repose son livre.

— C'est peut-être trop tard, murmure-t-il.

Trop tard ? Il ne peut pas être sérieux. C'est impossible. Et la voilà qui se met à sangloter sans retenue. Elle est blessée, terrifiée, et embarrassée dans son déshabillé de soie qui ne dissimule rien de ses formes. C'était le but recherché, mais maintenant elle regrette d'avoir acheté ce truc et même d'avoir poussé la porte de ce magasin de lingerie la semaine précédente, excitée et pleine d'espoir. Brusquement, elle donnerait tout pour qu'ils n'aient jamais débarqué dans cet hôtel, pour que l'idée ne lui soit jamais venue à l'esprit. Elle refuse de voir son mariage se désintégrer sous ses yeux. Elle aurait dû venir ici toute seule. Ils auraient continué à cohabiter en bons termes, trop occupés dans leur vie de tous les jours pour se poser des questions.

Elle n'est plus certaine de vouloir disséquer leur couple à la loupe. Est-ce vraiment une bonne idée d'ouvrir cette boîte de Pandore ? Elle a subitement peur de ce qu'il va ajouter. Et s'il la quittait et qu'elle se retrouvait seule ? Elle travaille, certes, mais ne se sent pas autonome pour autant. Et ils sont tous les deux parfaitement au courant qu'un divorce les ruinerait financièrement. S'il propose une séparation, c'est qu'il doit se sentir terriblement malheureux.

Comment se fait-il qu'elle n'ait rien vu venir, qu'elle n'ait pas deviné les intentions de Henry ? Ces pensées se bousculent dans sa tête en une microseconde alors qu'elle se tient devant lui, à moitié nue et frissonnante dans son négligé de luxe. Honteuse devant son époux, elle croise les bras sur sa poitrine qui déborde d'une manière qui lui semble désormais inconvenante. Peut-être ne peut-il plus la supporter. Elle a l'impression de foncer dans le mur. Elle voudrait s'envelopper dans son épaisse robe de chambre en éponge, mais elle est trop sidérée pour faire le moindre geste. Alors elle se laisse tomber sur le lit et inspire profondément.

— Qu'est-ce que tu veux dire ?

Il soupire et lui répond sur un ton de regret :

— Beverly, cela fait longtemps que nous n'avons pas été heureux ensemble.

Elle est prise de court. Bien sûr qu'ils n'ont pas été heureux, ces derniers temps. Mais c'est le cas de toutes ses amies, accablées comme elle par leurs emprunts immobiliers, leurs enfants adolescents et des parents vieillissants. Comment rester serein quand on traverse cette phase si contraignante de la vie d'adulte ? Il est vraiment puéril, comprend soudain Beverly, incrédule.

Il doit faire sa crise de la cinquantaine pour oser se comporter ainsi, en vrai gamin incapable d'accepter les frustrations. Mais dans la vie cela ne marche pas de cette façon. Henry ne peut pas être comme ces hommes qui se réveillent un beau jour en se disant qu'ils sont malheureux et envoient tout promener pour réaliser leurs fantasmes. Pas lui. Elle-même ne se permettrait pas de faire passer son bonheur personnel avant celui de sa famille ! Aucune femme ne se ridiculiserait de cette façon, la société ne lui ferait pas de cadeau. Mais les hommes, eux, ne s'en privent pas. Un sentiment d'amertume l'envahit, non seulement à l'égard de son mari mais contre le monde entier. Elle se sent tellement désarmée, surtout par rapport à lui. Elle n'a jamais eu l'égoïsme – et encore moins le temps – de réfléchir à ce qui pourrait bien la combler dans l'existence.

Beverly ne le quitte pas des yeux, comprenant qu'elle est sur le point de tout perdre. Mais peut-être n'est-il pas trop tard. Si seulement Henry pouvait s'excuser, lui dire que ses mots ont dépassé sa pensée, et que bien sûr, il l'aime et souhaite que les choses s'arrangent entre eux. Ils doivent trouver le moyen de s'entraider et de s'accommoder l'un de l'autre. Alors ils pourraient s'aimer de nouveau. Elle n'est pas prête à abandonner. Pas encore. Mais Henry ne dit rien.

Alors elle reprend la parole :

— Qu'est-ce que tu veux dire quand tu prétends que tu n'es pas heureux ?

Son ton est mesuré mais elle a envie de le gifler comme un enfant trop gâté. C'est tout ce qu'il est à ses yeux, désormais : un sale gosse égoïste. Comme elle aimerait le redresser, le secouer, comme ses enfants quand ils étaient petits, avant qu'ils ne deviennent ces adolescents obstinés et rebelles. Il garde le silence. Alors elle ajoute :

— Mais, au fond, qu'est-ce qui te fait penser que tu aurais davantage droit au bonheur que n'importe qui, moi par exemple, ou Teddy, ou Kate ?

Henry lui jette un regard de haine à peine voilée. Il ne supporte pas la manière dont son épouse monte parfois sur ses grands chevaux. Une vraie martyre. Elle est tellement difficile à vivre, et elle n'en a aucune idée. Jusqu'à quel point peut-on endurer une vie sans joie ? Beverly est le genre de femme amère qui se lamente à tout bout de champ. Du moins, c'est l'impression qu'elle lui donne. Mais peut-être se montre-t-il injuste, songe-t-il, se sentant soudain un peu coupable. Elle a l'air tellement vulnérable dans ce négligé transparent qu'il est soudain pris de pitié à son égard. Malgré tout, il ne se résout pas à faire un geste vers elle pour la réconforter.

Il se demande comment les autres voient sa femme. Ce que Ted et Kate pensent de leur mère. Aucune idée. Les enfants se plaignent qu'elle est constamment sur leur dos, mais Beverly est une bonne mère et elle les aime, c'est évident. Il ignore également ce qu'ils pensent de lui, leur père. Il ne sait rien sur ses adolescents. Mais il aime ses enfants et ne veut pas qu'ils souffrent. C'est juste qu'il n'aime plus leur mère. Ce qui rend sa situation intenable.

Et le voilà coincé dans la neige en compagnie de son épouse pendant tout le week-end. Que vont-ils bien pouvoir faire de tout ce temps en tête à tête ?

— Je ne prétends pas avoir davantage droit au bonheur que toi ou les enfants, lui répond-il d'un ton dur. Bien sûr que non.

C'est typiquement elle, de croire qu'il ne pense qu'à lui alors que ce n'est pas le cas. Il ne se juge pas plus important que sa femme ou ses enfants et, de toute façon, Beverly n'est pas plus heureuse que lui de cette situation. La seule différence, c'est que lui en est conscient et pas elle. Au moins, il a le courage de l'admettre. Et la volonté d'y remédier.

Espérons qu'à la fin du week-end il y verra plus clair.

Vendredi, 23 h 30

Gwen sait bien qu'elle se comporte de manière irréfléchie, mais elle s'en fiche. Quelque chose vient de se produire dans sa vie et elle a décidé de laisser faire. Le veuve-clicquot a dû lui monter à la tête. Ou alors c'est l'odeur de David – celle de son savon de luxe et de ses costumes importés d'Italie. Et il ne l'a même pas encore prise dans ses bras…

David demande à Bradley d'apporter une autre bouteille de champagne. Le jeune homme ravive le feu et ferme discrètement la porte derrière lui quand il sort de la bibliothèque.

— Ce jeune homme me plaît, dit David.

Elle pouffe de rire tandis qu'il remplit leurs coupes. Ils discutent à bâtons rompus. Elle adore le timbre de sa voix – plus basse, plus intime, mais aussi un peu rauque maintenant qu'il s'adresse à elle seule. Elle a l'impression qu'il la désire. Il baisse le ton et se rapproche d'elle pour qu'elle puisse l'entendre tandis que, de son côté, elle se penche vers lui.

Ils savent tous les deux ce que la soirée leur réserve.

Elle a refusé de la tête qu'il la raccompagne jusqu'à sa chambre et ils se retrouvent dans celle de David. La porte se referme derrière eux avec un claquement sourd qui la fait sursauter. Sans faire un geste, elle attend dans l'obscurité.

Il passe les mains derrière sa nuque pour lui ôter son collier, et c'est comme s'il l'avait déshabillée. Elle pousse un petit cri de surprise. Puis il l'embrasse. Le baiser de David libère en elle un sentiment trop longtemps refréné et elle lui rend son baiser avec douceur, encore incertaine. Mais on dirait qu'il la comprend. Et que lui non plus n'est sûr de rien.

Beverly a beaucoup de mal à trouver le sommeil ; c'est souvent le cas quand elle est éloignée des enfants, et voilà que son univers est en train de s'effondrer autour d'elle. Les éclats assourdis d'une dispute dans la chambre d'à côté ne l'aident pas. C'est celle de Dana et Matthew. Ce soir, on dirait bien que le bonheur fuit tout le monde.

Que Henry se soit endormi si rapidement l'agace, comme si tout allait pour le mieux dans le meilleur des mondes en ce qui le concerne. Et maintenant il s'est mis à ronfler. Qu'est-ce qui les attend ? Elle lui en veut d'être celle qui se fait du souci pour tous les deux. La charge émotionnelle est toujours pour sa pomme, de toute façon.

Ils se sont mis d'accord pour cesser de parler de leur mariage avant que l'un d'eux ne prononce des paroles qu'il pourrait regretter par la suite, pour se coucher et réexaminer la situation à leur réveil.

Au milieu de la nuit, elle parvient enfin à s'endormir, mais dans son sommeil un cri étouffé se fait entendre, qui devient partie intégrante de son rêve. Ou plutôt de son cauchemar. Quelqu'un appuie fermement un oreiller sur son visage et elle hurle de terreur.

Samedi, 1 h 35

Riley est allongée dans son lit et contemple le plafond en se demandant quand son amie va rentrer se coucher. Sa montre lui indique qu'il est déjà plus d'une heure et demie. Gwen et David n'ont vraisemblablement pas passé tout ce temps dans la bibliothèque. Elle a dû le suivre dans sa chambre. Elle a sûrement couché avec lui. Peut-être même s'apprête-t-elle à passer la nuit entière en sa compagnie.

Une terrible angoisse la saisit et elle sent la panique monter en elle comme une vague. Pas par pudibonderie, loin de là. Dans le passé, Riley aussi a connu son lot d'amants. Et il ne s'agit pas non plus de jalousie. Simplement, elle est persuadée que David Paley a quelque chose à cacher. Quelle idiotie qu'il n'y ait pas de wifi dans cet hôtel !

Elle se retient de se lever et d'aller frapper à la porte de l'avocat, mais de toute façon elle ne connaît pas le numéro de sa chambre.

Elle a horreur de cette anxiété permanente qu'elle ressent encore à cet instant. Alors elle se répète que rien de mal ne peut arriver à Gwen avec tout ce monde dans l'hôtel.

Riley finit par sombrer dans un sommeil agité mais, alors qu'elle est sur le point de s'assoupir, un cri lui parvient, perdu dans le lointain. Elle se convainc que ce n'est qu'un souvenir revenu la hanter. Elle entend souvent des hurlements au moment de s'endormir, comme autant de signes annonciateurs de ses cauchemars nocturnes.

8

Samedi, 5 h 45

Le jour se lève lentement. Pendant la nuit, les flocons pacifiques ont été remplacés par de la neige fondue et le verglas recouvre à présent le paysage, rendant à coup sûr les routes encore plus impraticables. On a l'impression que tout s'est transformé en glace, sur le point de se briser net, tandis que, dans l'hôtel, l'air s'est nettement refroidi.

Lauren, gelée jusqu'aux os malgré la chaleur de Ian, pressé contre son corps, se réveille à l'aube la nuque raide. Elle sort du lit, frissonnante, pour enfiler des vêtements chauds : un jean, un tee-shirt, un pull épais et des chaussettes d'hiver, tout en se demandant pourquoi il fait si froid dans leur chambre. Ils ont oublié de fermer les rideaux avant de se coucher et, malgré l'obscurité, elle distingue par la fenêtre les branches de l'arbre gigantesque courbées sous le poids de la neige. Il y en a même une, brisée en trois morceaux, sur la pelouse, et Lauren discerne une large entaille pâle à l'endroit où elle s'est détachée du tronc.

Elle se dirige en silence vers la salle de bains et laisse la porte ouverte sans allumer la lumière pour ne pas déranger Ian. Il fait un froid de canard. Elle se brosse les cheveux en vitesse. Sa montre indique un peu moins de 6 heures et elle se demande quand le personnel de l'hôtel va reprendre son service.

Elle se retourne pour observer Ian qui ronfle, pelotonné sous les couvertures. Il ne va pas se réveiller avant un bon moment. Elle ouvre la porte sans faire de bruit. Il fait sombre dans le couloir, les appliques lumineuses sont éteintes. Lauren sort de la chambre et longe le couloir en chaussettes. Elle emprunte le grand escalier avec l'espoir qu'elle n'aura pas à attendre trop longtemps avant qu'on lui serve un café.

Samedi, 6 h 03

Riley se réveille en sursaut et se redresse brusquement dans son lit, les yeux grands ouverts. Il lui semble avoir entendu un cri perçant. Son cœur bat à tout rompre et elle sent une poussée d'adrénaline familière traverser son corps. Elle balaie du regard la chambre plongée dans la pénombre avant de comprendre où elle se trouve. Elle se tourne vers l'autre lit jumeau et, ayant repoussé les couvertures, ressent immédiatement le froid ambiant. Gwen aussi est réveillée, tous les sens en alerte :

— Que se passe-t-il ? Il me semble avoir entendu un bruit.

— Aucune idée, mais moi aussi j'ai entendu quelque chose.

Elles se tiennent immobiles un moment, l'oreille tendue. Un cri de femme résonne soudain.

Riley sort de son lit et enfile une robe de chambre à toute vitesse. Gwen se hâte de l'imiter en lui demandant de l'attendre. Elles se glissent dans le couloir mais s'arrêtent au bout de quelques pas, désorientées par l'obscurité qui y règne. Riley se souvient qu'elle s'est promis de discuter des événements de la nuit dernière avec son amie, mais le moment est mal choisi. Elle est heureuse que Gwen soit avec elle. Elle ne pourrait pas supporter qu'il arrive quelque chose à son amie. Les deux jeunes femmes marchent pieds nus jusqu'au grand escalier et descendent les marches, agrippées à la rampe lustrée. Elles ne doivent pas être les seules debout, car elles perçoivent des bruits de course dans les couloirs de l'hôtel.

Riley s'arrête brutalement. La lumière diffusée par les fenêtres de la façade éclaire faiblement une vision horrible juste à ses pieds. Dana est étendue en bas des marches, les membres disloqués, parfaitement inerte dans son déshabillé de soie bleu marine, ses longs cheveux noirs répandus autour de son visage d'une pâleur cadavérique. Riley comprend instantanément que la jeune femme est morte.

Lauren, à genoux, est penchée sur elle, les mains appuyées sur son cou, à la recherche d'un pouls. Elle leur jette un regard éperdu et annonce d'une voix tendue :

— Je viens de la trouver.

Riley descend lentement les dernières marches et s'immobilise au-dessus du corps. Elle sent juste derrière elle la présence de Gwen, qui s'est mise à sangloter.

— C'est vous qui avez crié ? demande Riley.

Lauren acquiesce, les larmes aux yeux.

Riley se rend compte que les propriétaires de l'hôtel sont arrivés. James, visiblement sous le choc, observe le corps de la défunte tandis que Bradley, au contraire, semble incapable de la regarder, les yeux fixés sur Lauren. Puis James s'avance et tend une main hésitante vers Dana.

— Elle est morte, déclare Lauren.

James, presque reconnaissant, retire aussitôt son bras.

Le cri de Lauren a fait bondir David hors de son lit. Il jette une robe de chambre sur ses épaules, attrape sa clef et sort dans le couloir. Arrivé sur le palier, il s'arrête un instant pour observer d'en haut le petit attroupement de personnes en pyjama. Lauren se trouve à côté du corps, manifestement sans vie, de Dana, qui gît en bas des marches. Riley et Gwen lui tournent le dos. James est très pâle et Bradley donne l'impression d'avoir soudainement rajeuni depuis la veille. David entend du bruit au-dessus de lui. Henry et Beverly le rejoignent en ajustant les pans de leurs robes de chambre.

— Que s'est-il passé ? demande David en rejoignant le groupe.

— Nous n'en sommes pas certains, répond James d'une voix tremblante. On dirait qu'elle est tombée dans l'escalier.

David se rapproche du cadavre.

— Je n'ai pas trouvé son pouls, lui indique Lauren.

L'avocat s'agenouille près du corps et l'examine sans le toucher, la mine sombre. Il finit par déclarer :

— Elle est morte depuis plusieurs heures. Elle a dû faire une chute au milieu de la nuit. Mais pourquoi est-elle sortie de sa chambre ? se demande-t-il à voix haute.

Il a remarqué la terrible entaille sur le côté de sa tête, le sang sur la bordure de la première marche. Il embrasse toute la scène d'un œil professionnel et se sent inexplicablement las.

— Mon Dieu, la pauvre, chuchote Beverly.

David lève les yeux vers les personnes rassemblées. Beverly a détourné le regard, mais Henry considère le corps étendu avec gravité. Gwen a le visage brouillé de larmes et la lèvre inférieure tremblante. Il aimerait s'avancer pour la réconforter mais s'en garde bien. Riley fixe la morte comme si elle était incapable de la quitter du regard. L'absence du fiancé ne lui échappe pas.

— Quelqu'un doit aller prévenir Matthew, lance-t-il, l'estomac noué à l'idée que ce sera sans doute à lui de s'en occuper.

Il regarde de nouveau James, puis tous les visages qui s'assombrissent au moment où les hôtes présents se rendent compte que le fiancé n'est pas encore au courant.

— Bon, je m'en charge. Il faut appeler la police, ajoute-t-il en se redressant.

— Impossible, lui répond James d'une voix tendue. L'électricité est coupée, comme le téléphone.

— Dans ce cas, quelqu'un doit se rendre au commissariat.

— Comment ? demande Bradley. Regardez dehors, tout est verglacé.

James hoche lentement la tête.

— Les lignes électriques sont sans doute coupées à cause de la tempête de neige. Les routes sont dangereuses. Personne ne va nulle part. Selon toute vraisemblance, la police ne pourra pas venir avant un long moment, ajoute-t-il, hésitant.

Le réveil de Candice est réglé pour sonner à 6 h 30 tous les matins. Elle est très rigoureuse en ce qui concerne l'organisation de ses journées. Mais elle a le sommeil léger et, ce matin, quelque chose – elle ignore quoi – l'a réveillée avant la sonnerie. Elle entend des bruits de pas et des voix qui proviennent de l'étage du dessous.

Elle décide de se lever. En plus, il fait fichtrement froid. Elle allume la lampe de chevet mais la chambre reste plongée dans l'obscurité. Elle traverse alors la pièce pieds nus, en frissonnant, et ouvre les rideaux. À sa grande surprise, une tempête de glace semble s'être déchaînée sur le paysage de carte postale de la veille. Et apparemment il n'y a plus d'électricité. Merde, merde, merde. Elle se demande combien d'autonomie il lui reste sur son ordinateur portable. Pas plus de cinq heures à tous les coups. Un désastre ! Il faut qu'elle se renseigne pour savoir à quelle heure le courant sera rétabli. Candice enfile en toute hâte des vêtements chauds et s'aventure prudemment dans le noir.

Sur le palier, elle s'arrête brusquement. Un groupe de gens est rassemblé en bas de l'escalier et tous la fixent du regard, les traits tirés et l'air gênés. Elle comprend rapidement pourquoi. Dana Hart est étendue en bas des marches, visiblement morte. L'avocat est debout au-dessus d'elle, le visage grave. Aucun signe de Matthew.

David s'est proposé pour annoncer la terrible nouvelle à Matthew, qui, à sa connaissance, doit encore se trouver dans sa chambre. Normalement, c'est le propriétaire de l'hôtel qui devrait s'en charger, mais celui-ci n'a pas l'air dans son assiette. C'est ce que se répète David en montant les marches en compagnie de James, manifestement reconnaissant de la proposition de l'avocat. Les autres, restés où ils sont, suivent leur progression, hagards.

— Quel est le numéro de la chambre ? demande David.

— La 101, répond James d'un ton anxieux.

Ils s'arrêtent devant la porte. David prend un moment pour se mettre en condition et tend l'oreille. Silence dans la chambre. Alors il lève la main et toque fermement à la porte.

Pas de réponse. David échange un regard avec James, qui paraît encore plus angoissé, et frappe un nouveau coup sec. Au moment où il s'apprête à prier le propriétaire d'aller chercher la clef, un mouvement se fait entendre derrière la porte et il se retrouve face à face avec le jeune homme rencontré à l'heure de l'apéritif la veille au soir. David se sent soudain envahi de pitié à son égard. Matthew, l'air encore à moitié endormi, enfile maladroitement un peignoir.

— Oui ? demande-t-il, l'air surpris de les trouver là.

Puis il tourne la tête vers le lit qu'il vient de quitter, comme si quelque chose n'était pas à sa place, avant de pivoter de nouveau vers David et de le regarder droit dans les yeux, soudain bien réveillé. Son regard passe de David à James, visiblement bouleversé, pour se poser finalement sur l'avocat.

— Que se passe-t-il ? Où est Dana ?

— Je crains qu'il ne se soit produit un accident, répond David sur un ton professionnel.

— Comment ça ?

Matthew est clairement alarmé.

— Je suis terriblement désolé…

— Quelque chose est arrivé à Dana ? reprend Matthew, pris de panique.

— Elle est tombée dans l'escalier.

— Elle va bien ?

Son visage perd ses couleurs tandis que David, l'air sombre, secoue la tête en répétant les mots tant redoutés :

— Je suis désolé.

Matthew, très pâle, happe une goulée d'air.

— Où est-elle ? Je veux la voir.

Il n'y a rien à faire. Il faut qu'il la voie. David le mène jusqu'au palier et s'arrête à une distance respectueuse. Dana gît en bas telle une poupée cassée, lancée en bas des marches par un enfant capricieux. Matthew l'aperçoit ; il pousse un cri et bouscule David dans sa hâte à rejoindre sa bien-aimée.

— Ne la touchez pas, conseille l'avocat.

Matthew s'effondre près d'elle et se met à pleurer tandis que les autres se reculent. Le jeune homme ignore l'avertissement de David et caresse, incrédule, le visage trop pâle et les lèvres exsangues de sa fiancée. Puis il enfonce le nez dans son cou, les épaules secouées de sanglots.

Les autres détournent les yeux de cette scène insoutenable.

Matthew finit par relever la tête et crie comme un dément en direction de David, arrêté sur la deuxième marche :

— Que s'est-il passé ? Pourquoi a-t-elle quitté notre chambre ?

— Vous ne l'avez pas entendue sortir ?

Matthew secoue lentement la tête, l'air dévasté :

— Non. Je dormais. Je n'ai rien entendu.

Il se couvre le visage des deux mains et gémit sans retenue.

Bradley va chercher un drap blanc, et tous prennent un air lugubre quand David le pose délicatement sur le corps inerte de Dana.

9

Samedi, 6 h 33

Gwen, dans un état second, remonte avec Riley dans leur chambre. Elle a l'air dépassée par les événements. Dana a cessé d'exister, comme ça, d'un coup. Elle a dû faire une chute dans l'escalier pendant la nuit et mourir au moment où Gwen se trouvait avec David. Dana était peut-être même déjà morte quand la jeune femme a quitté la chambre de l'avocat au premier étage pour rejoindre la sienne au deuxième. La vie est tellement fugace, tellement précieuse, se dit-elle. On peut la perdre au moment où l'on s'y attend le moins. Dana avait tout pour être heureuse. C'est trop horrible. Elle prend conscience qu'il faut profiter de chaque instant. On ne peut pas dire qu'elle y soit parvenue jusqu'à maintenant, mais elle doit essayer. Peut-être le moment est-il venu d'oublier le passé, la culpabilité, et de mordre enfin la vie à pleines dents. Peut-être les événements de la veille marquent-ils un nouveau départ. Malgré la mort de Dana, elle ne peut s'empêcher de ressentir un élan de bonheur et d'ardeur en pensant à David.

Elle donnerait tout pour le rejoindre dans l'instant, mais ce serait totalement malvenu. Ils se sont contentés d'échanger un regard complice, rien de plus. Ils ont encore du temps devant eux. Ils se retrouveront bien assez tôt.

Gwen sait bien que Riley lui en veut d'avoir passé la soirée avec David. Mais Riley est son amie, pas sa baby-sitter, et elle devrait au contraire se réjouir qu'elle ait enfin rencontré quelqu'un. Gwen a toujours été ravie pour Riley à chaque fois que celle-ci avait un amoureux, même si, dans sa propre vie, c'était le plus souvent le calme plat. Dommage qu'elle ait rencontré David pile pendant leur week-end entre filles, mais il faut savoir profiter des opportunités qui se présentent, elles ne sont pas si fréquentes. Le terrible accident de Dana lui a ouvert les yeux, et Riley devrait le comprendre. Et puis, ce n'est pas non plus comme si elle avait planifié leur rencontre !

De retour dans la chambre, Riley ferme la porte derrière elles et Gwen lui jette un regard circonspect. Elle s'attend à ce que son amie prenne la parole, mais comme la jeune femme garde le silence, elle fouille dans son sac de voyage pour choisir des vêtements. Elle aimerait bien prendre une douche mais c'est hors de question, l'eau doit être gelée.

— Il faut que je te parle d'un truc, lui annonce Riley après un moment, sur un ton grave, tandis qu'elle enfile un tee-shirt et rabat sa longue chevelure d'un côté.

On y est, se dit Gwen.

— C'est au sujet de cet avocat, David Paley.

— Oui ? répond la jeune femme, plus sèchement qu'elle ne l'aurait voulu.

— Est-ce que tu as couché avec lui ?

Gwen se tourne vers elle et la foudroie du regard.

— Effectivement. Et alors ? Pourquoi cette question ? Cela te pose un problème ? Je suis une grande fille, tu sais. Je ne me souviens pas d'avoir émis une quelconque objection contre un de tes mecs par le passé. Et Dieu sait que tu en as connu une tripotée.

Elle remonte la fermeture Éclair de son jean d'un geste excédé et saisit un pull épais.

— Tu ne sais rien de lui, reprend Riley.

— J'en sais assez. Nom : David Paley. Profession : avocat pénaliste dans la ville de New York. Non seulement il est adorable, mais nous sommes bien ensemble.

— Gwen, assieds-toi une minute.

Riley s'installe sur son lit et Gwen se laisse tomber sur celui d'en face pour enfiler ses chaussettes en laine. Elle évite ostensiblement le regard de son amie pour ne pas lui montrer qu'elle l'écoute. Elle n'a pas envie d'entendre ce que Riley veut lui dire. Son amie ferait mieux de se mêler de ses oignons. C'est fou comme la situation s'est inversée au cours du week-end. C'était Gwen qui était censée prendre soin de Riley mais, curieusement, celle-ci est en train de reprendre son rôle de protectrice, et Gwen ne l'accepte pas.

— Je ne sais pas quoi exactement, mais il y a quelque chose chez lui qui me chiffonne…, commence Riley d'une voix tendue.

Gwen lève les yeux vers elle et lui répond d'une voix ferme :

— Riley, je n'ai aucune envie de t'écouter.

Alors la jeune femme se tait et finit de s'habiller en silence.

David retourne dans sa chambre un court instant pour se vêtir. Ses pensées s'accélèrent. Il s'est passé tellement de choses en si peu de temps. Sa rencontre avec Gwen. Et maintenant ce terrible accident… qui ne semble pas si accidentel que ça…

Son expérience lui a appris à se fier à son intuition. Contrairement à ce qu'on croit, il n'est pas si facile de mourir d'une chute dans l'escalier, à moins de se rompre la nuque. Et il est quasiment certain que ce n'est pas le cas de Dana. Il parierait que la jeune femme est morte du coup à la tête qu'elle a reçu. Dans ce cas, il faudrait qu'elle soit tombée d'une manière particulière, qu'elle ait heurté violemment le pilier de l'escalier, par exemple. Mais bizarrement on dirait qu'elle s'est cogné la tête sur l'angle de la première marche. Et cela ne ressemble pas du tout à un accident. Il pencherait plutôt pour un meurtre.

Matthew, le fiancé, est à ce titre le premier suspect et David se remémore sa réaction. Ou bien le jeune homme était parfaitement sincère, ou bien il mérite un Oscar pour sa performance. L'expérience lui a enseigné à ne sous-estimer personne. L'âme humaine est complexe, la vie est compliquée.

Et que dire de sa vie personnelle ? Lui qui avait l'intention de ne pas s'approcher de Gwen à cause de son amie journaliste pour le *New York Times*… Il n'a pas besoin de se jeter la tête la première dans les ennuis. Mais c'est Gwen qui l'a rejoint dans la bibliothèque, et la soirée passée en sa compagnie a été la plus plaisante de ces dernières années. Quand elle l'a accompagné dans sa chambre, cela lui a semblé une chose si naturelle, si légitime. Il lui a suffi d'ouvrir la porte et de la refermer sur eux. Ce qui s'est passé ensuite entre eux était tellement évident. Ils se sont soudain retrouvés sur le lit. Et, après des années de solitude, il a eu la sensation de revivre enfin, tout en ayant la curieuse impression qu'elle ressentait la même chose.

Il s'est senti tellement seul depuis la mort de sa femme.

Samedi, 6 h 55

Beverly suit son mari dans l'escalier. Ils ont enfilé à la hâte des vêtements chauds et se dirigent vers la salle à manger. Le cœur de Beverly bat au même rythme que ses pas pressés. Malgré la pitié profonde qu'elle ressent pour la défunte, elle a presque l'impression de l'avoir échappé belle. Ce drame a relégué leurs problèmes personnels au second plan, comme si on les avait soudain retenus au bord du gouffre dans lequel ils étaient à deux doigts de se jeter pas plus tard que la veille. Elle s'en veut de penser ainsi, mais elle espère que cette tragédie va les empêcher de discuter de leur mariage à la lumière du jour. Elle n'a aucune envie de se repencher sur la question, surtout depuis qu'elle a compris à quel point sa situation était précaire.

Plus tard, de retour chez eux, ils retrouveront leurs habitudes et éviteront les discussions pour continuer à vivre comme ils l'ont toujours fait. Cela l'étonne quand même que, confrontée à un événement aussi épouvantable que le décès fortuit d'une jeune femme, elle ne pense qu'à son propre intérêt. Mais bon, elle venait juste de rencontrer Dana. Et Henry doit être aussi soulagé qu'elle. La mort de Dana les force à se focaliser sur autre chose que leurs problèmes conjugaux, au lieu de passer le week-end à se disputer au risque de fiche en l'air leur petite existence somme toute confortable.

Sur le palier, elle a un mouvement de recul à la vue du cadavre couvert d'un drap au bas de l'escalier. Elle ne s'attendait pas à le trouver encore là. Pourquoi ne l'ont-ils pas déplacé, hors de vue de tout le monde ? Elle frissonne involontairement. Ils descendent les marches, contournent le corps en regardant ailleurs et s'empressent de gagner la salle à manger.

À leur arrivée, tout le monde se tourne vers eux. Lauren, debout devant la cafetière, est en train de se servir une tasse. À ses côtés, son compagnon a, pour une fois, perdu le sourire. Gwen s'est écartée des autres mais Riley rôde autour d'elle. Matthew n'est visible nulle part. Quant à Candice, l'écrivaine, elle se tient dans un coin, une tasse de café dans la main, et observe les personnes présentes d'un regard affuté. Ce matin, elle ne se planque pas derrière un magazine. L'avocat, l'air troublé, garde ses distances et sirote son café.

À la surprise de tous, Candice se dirige vers le groupe rassemblé près de la cafetière et demande à voix basse :

— Est-ce que l'un d'entre vous a déjà entendu parler de Matthew Hutchinson ? Non ? Il est le fils de l'une des familles les plus éminentes de la Nouvelle-Angleterre, et à la tête d'une véritable fortune !

Beverly l'ignorait et, à en croire les visages étonnés des autres clients, personne n'était au courant. Au même moment, Bradley apporte des plateaux de petits pains, croissants et muffins et les dispose sur la longue table où était présenté le buffet de la veille.

— Je vous en prie, servez-vous.

L'attitude du jeune homme a changé. Il a l'air distrait et a perdu son sourire charmeur, mais c'est compréhensible. Il jette un regard autour de la pièce et annonce :

— Je vous prie de nous excuser pour la coupure de courant. Nous ne pouvons rien faire d'autre qu'attendre que les câbles soient réparés. Je suis certain que les services techniques s'en occupent. Entre-temps, nous allons nous efforcer de rendre votre séjour aussi confortable que possible.

Beverly est soulagée de ne pas apercevoir Matthew, qui a dû retourner dans sa chambre. Elle ne doit pas être la seule. Comment se comporter en sa présence ? Quand on pense que ce jeune homme si charmant, dans la fleur de l'âge, apparemment héritier d'une grande fortune et fiancé à une jeune femme magnifique, a vu son bonheur brusquement anéanti par ce tragique accident… Le week-end va être pénible, à marcher sur la pointe des pieds pour ne pas le déranger dans son chagrin.

Maintenant que son propre mariage ne tient plus qu'à un fil, elle aimerait n'avoir jamais entendu parler de cet endroit. Si seulement ils pouvaient partir… Elle donnerait tout pour rentrer chez eux, avec Henry, pour recoller les morceaux et reprendre une vie normale.

Les clients s'affairent d'un air embarrassé, certains faisant leur choix parmi les viennoiseries. Bradley revient avec un plat d'œufs brouillés.

— Heureusement que nous avons une cuisinière à gaz.

Il invite tout le monde à se servir, mais la plupart ont perdu l'appétit.

James arrive de la cuisine et déclare solennellement, comme l'exigent les circonstances :

— Ce qui vient de se produire est affreux et je suis terriblement désolé. Et… je vous prie de m'en excuser, mais on m'a conseillé de laisser le corps là où il se trouve pour le moment.

Les clients gigotent, mal à l'aise.

— Qui vous a conseillé ça ? demande Henry.

— Moi, répond David.

— Êtes-vous certain que nous ne pouvons pas la… déplacer ? demande Beverly, atterrée. Il semble atroce de l'abandonner là, voire irrévérencieux, d'une certaine manière.

— Non, c'est impossible.

— Pourquoi pas ? Il s'agit en tout état de cause d'un accident, intervient Lauren.

— Il vaut mieux attendre l'arrivée du médecin légiste, lui seul pourra le confirmer, dit David.

— Êtes-vous en train de suggérer qu'il ne s'agirait pas d'un accident ? s'exclame Gwen.

— Je dis juste qu'il reviendra au médecin légiste de décider.

Soudain, Beverly se demande si l'avocat soupçonne Matthew d'avoir poussé sa fiancée en bas de l'escalier. Elle examine les visages des autres personnes présentes. Elle est certaine que cette pensée traverse l'esprit d'un hôte ou deux. Elle se sent prise de nausée et se demande si l'un d'eux a entendu la dispute entre Matthew et Dana tard dans la nuit. Devrait-elle le mentionner ? Mais il s'agissait sans doute d'une querelle d'amoureux. Matthew est incapable de faire du mal à Dana. Ils avaient l'air tellement épris l'un de l'autre.

Après un silence inconfortable, Riley annonce à brûle-pourpoint :

— Il me semble avoir entendu un cri la nuit dernière…

— À quelle heure ? demande David.

— Je n'en suis pas sûre. J'ai eu l'impression que mon imagination me jouait des tours.

— Est-ce que l'un d'entre vous a entendu quelque chose ? demande David en parcourant la pièce du regard.

Beverly se crispe. Elle ne voudrait pas causer d'ennuis au jeune homme si celui-ci n'a rien fait de mal. Peut-être que quelqu'un d'autre est au courant de la dispute ? Elle refuse d'être celle qui rapporte. Mais personne ne dit rien. Alors, hésitante, elle contemple ses pieds et le moment passe.

— Et la police ? demande Henry.

— Comme vous le savez, l'électricité est coupée et les lignes téléphoniques ne fonctionnent plus. Nous n'avons pas réussi à joindre la police, explique James.

— Je sais bien, mais pourquoi ne pas utiliser les motoneiges ?

— Nous n'en avons pas. Elles sont trop bruyantes. Nous aimons les activités qui se fondent dans la nature :

randonnée, ski, balade en raquettes. Nous sommes un peu archaïques.

— Je n'arrive pas à croire que vous n'avez pas de groupe électrogène, bougonne Henry en roulant les yeux.

James l'ignore :

— La police va bien finir par arriver. Une fois que l'électricité sera rétablie, nous pourrons utiliser le téléphone. Ou alors les routes vont être dégagées et salées, ce qui va nous permettre de sortir pour donner l'alerte.

— Cela prend combien de temps normalement pour rétablir le courant après une tempête ? demande Riley, mal à l'aise.

— Cela dépend. Mais j'imagine que la coupure affecte tout le secteur. La glace est bien pire que la neige, car elle fait tomber les câbles, répond Bradley.

— Nous devons considérer que nous sommes en présence d'une scène de crime jusqu'à l'arrivée de la police, reprend l'avocat.

— Mais… nous allons devoir enjamber le corps à chaque fois que nous emprunterons l'escalier pour monter ou descendre. Et elle sera à la vue de tous quand nous serons dans le lobby, objecte Beverly en rougissant.

Elle se souvient alors du pauvre jeune homme réfugié dans sa chambre en attendant la police. Et se demande encore si elle devrait raconter ce qu'elle a entendu.

10

Samedi, 7 h 45

Après le petit déjeuner, Candice traîne dans la salle à manger avec les autres. On dirait que personne ne sait que faire – à l'exception de l'avocat qui quitte la pièce, l'air sombre mais résolu. La femme brune, Gwen, le regarde partir.

Elle semble ignorer qui il est.

Candice aimerait suivre le célèbre David Paley dans l'escalier. Elle parierait sa chemise qu'il se rend dans la chambre de Matthew Hutchinson, et elle adorerait entendre leur discussion. Puis elle s'admoneste. Le jeune homme vient de perdre la femme qu'il allait épouser.

Elle doit s'efforcer de ne pas laisser sa curiosité prendre le dessus sur sa compassion. Après tout, c'est la raison pour laquelle elle a abandonné le journalisme pour devenir écrivaine. Travailler sur des ouvrages documentaires, sur le long terme, lui a au moins permis d'éviter de se transformer en un être abject. Quand elle écrit un livre, elle se rend compte qu'elle est encore capable de ressentir de la compassion pour son sujet, et de faire preuve de sens moral. Le journalisme peut vous détruire.

Elle jette un regard en direction de Riley, une correspondante de guerre pour le *New York Times* qu'elle a reconnue la veille au soir. Elle en a le look, mais elle est loin du reporter endurci qui se protège par instinct de survie derrière sa carapace. Au contraire. Riley, avec son air d'écorchée vive, se trouverait plutôt à l'autre extrémité de l'échelle. Elle est même dans un tel état qu'on peut se demander si elle pourra jamais se rétablir. Candice sait identifier un syndrome de stress post-traumatique quand elle en a un sous les yeux, et ce ne serait pas la première fois.

Comme elle se réjouit d'avoir changé de profession ! Mais il y a un cadavre gisant au pied de l'escalier, et personne ne sait comment il a atterri là. Candice est très intuitive et loin d'être idiote. L'avocat a l'air de croire qu'il ne s'agirait pas d'un accident… Elle est à nouveau tentée de se faufiler à l'étage pour écouter à la porte de Matthew, mais elle se retient.

— On ne peut pas sortir par un temps pareil, déclare Henry d'un air sombre, l'interrompant dans ses pensées.

L'homme jette un regard noir en direction du paysage verglacé.

Les fenêtres de la salle à manger donnent vers l'est, sur la forêt. Le panorama est couvert de gel étincelant, comme enrobé de diamants. C'est magnifique. Des stalactites allongées en pointe pendent des corniches, l'air menaçantes. Candice se dit qu'il suffirait que l'une d'elles vous tombe dessus pour vous tuer.

Il serait dangereux de s'aventurer dehors. L'endroit le plus sûr durant une tempête de glace est au coin du feu, bien protégé des branches qui peuvent s'abattre sur vous, des stalactites susceptibles de vous embrocher et des câbles électriques prêts à vous électrocuter. Sans oublier le risque de glisser et de se fracasser le crâne sur le verglas. Non merci, se dit Candice. Elle va rester à l'abri comme les autres.

David frappe à la porte de Matthew, de plus en plus fort, sans réponse. En désespoir de cause, il fouille dans ses poches pour trouver la clef confiée par James et ouvre lui-même, angoissé à la pensée que Matthew ait pu décider d'en finir. Cela s'est déjà vu. Il pousse brusquement la porte et distingue Matthew, immobile, assis dans un fauteuil devant la cheminée. Le soulagement immédiat que ressent David se mue rapidement en malaise. Bien que James ait allumé un feu plus tôt dans la journée, la pièce est glacée. L'avocat s'avance. Naturellement, Matthew a laissé le feu s'éteindre.

David s'approche et examine le visage de Matthew avec attention. Le jeune homme a manifestement pleuré, ses yeux sont gonflés et il semble en état de choc. David l'appelle par son prénom, mais l'homme ne répond pas. Difficile de dire s'il est rongé par le chagrin ou par la culpabilité. Ou bien les deux, qui sait ?

En silence, David se dirige vers la cheminée et fait glisser le garde-feu. Il choisit une bûche, l'ajoute et remue les tisons un long moment jusqu'à ce que le feu reprenne. Il apprécie la distraction, tout en se demandant comment amorcer la discussion. L'avocat préférerait s'occuper ainsi pendant des heures à admirer les flammes, plutôt que de faire ce qui est attendu de lui. Mais il s'inquiète pour le jeune homme. Il se sent responsable et il voudrait l'aider, si possible. Même s'il n'y a pas grand-chose à faire : impossible de revenir en arrière et de changer le cours des choses. Il est juste là pour faire le ménage, en réalité.

Après un moment, il range le tisonnier, replace le garde-feu et s'assied dans le fauteuil à côté de Matthew. Il prend encore un instant pour réfléchir à la manière d'aborder les choses.

— La police va finir par arriver, aujourd'hui ou au plus tard demain. Ils vont ouvrir une enquête pour déterminer la cause du décès, fait-il, parlant à voix basse. (Puis il s'interrompt. Il sait qu'il doit s'exprimer lentement, une personne en état de choc a du mal à digérer une somme d'informations.) Je pense qu'ils vont écarter l'hypothèse d'une mort accidentelle, reprend-il.

Il attend, mais Matthew ne fait pas un geste, ne marque aucune surprise, ce qui est troublant.

— La blessure à la tête, qui constitue à mon avis la cause probable du décès, n'aurait pas pu apparaître dans le cas d'une chute naturelle, explique David. On dirait que le crâne a été cogné contre la bordure de la marche par un mouvement de haut en bas. Pour maquiller un meurtre en chute accidentelle, il aurait été plus judicieux de lui frapper la tête contre le pilier dans le sens de la chute, ajoute-t-il, ne pouvant empêcher son cynisme naturel de prendre le dessus.

Ses propos retiennent alors l'attention de Matthew.

— Qu'avez-vous dit ? demande-t-il, relevant la tête pour le regarder enfin.

— J'ai dit que cela ne ressemble pas à un accident. D'après moi, votre fiancée a été assassinée, répond David en le fixant droit dans les yeux.

— Quoi ?

— Je pense que Dana a été tuée.

Matthew soutient son regard comme si la réalité l'atteignait enfin.

— Oh, mon Dieu, non !

— Malheureusement, c'est le cas.

Un long moment passe, jusqu'à ce que Matthew reprenne la parole :

— Et vous pensez que je suis l'assassin.

— Je n'en sais rien et je ne veux pas le savoir. Mais en tant qu'avocat pénaliste je suis ici pour vous prodiguer mes conseils jusqu'à ce que vous engagiez quelqu'un pour votre défense...

— Je ne l'ai pas tuée !

— D'accord.

— Je m'étais endormi, je le jure. Je n'avais même pas remarqué qu'elle était sortie de la chambre. Mais pourquoi ? Elle n'avait jamais quitté une chambre d'hôtel en pleine nuit auparavant. La salle de bains est juste là. Elle n'est pas somnambule.

C'est exactement ça, le problème, se dit David. Pour quelle raison est-elle sortie de sa chambre, à moins qu'elle ne se soit disputée avec son fiancé. Alors, dans sa colère, il l'a peut-être suivie, et aura perdu le contrôle de lui-même... L'avocat n'a aucune intention de lui poser la question – sans compter qu'il n'a aucun désir de se mêler de cette affaire –, mais il ne peut s'en empêcher :

— Vous êtes-vous disputés, hier soir ?

— Comment ? Non ! Bien sûr que non ! Je l'aime ! Je ne pourrais jamais lui faire de mal ! (Sa voix s'est élevée, mais il baisse le ton de nouveau :) Il doit y avoir une raison pour qu'elle ait quitté la chambre. Peut-être a-t-elle perçu un bruit dans le couloir, qui sait ? Tout ce que je peux dire, c'est que je dormais et que je n'ai rien entendu.

— Vous n'aviez aucun motif de querelle ? Au sujet de l'argent ? Un contrat de mariage par exemple ?

Matthew secoue la tête avec dédain.

— Non. Aucun d'entre nous ne souhaitait faire établir un contrat de mariage ou n'en ressentait la nécessité. Nous étions amoureux, c'est la stricte vérité, affirme-t-il avant de demander avec désespoir : Pensez-vous réellement qu'elle ait été assassinée ?

— Cela m'en a tout l'air.

— Mon Dieu !

Matthew se détourne pour contempler les flammes, des larmes lui perlant aux paupières. Il se couvre le visage de ses mains pendant un instant, le temps de reprendre le contrôle de ses émotions. Puis il regarde David, le visage dégagé.

— Si elle a été tuée volontairement, j'exige de savoir par qui et pourquoi. Ce n'est pas moi, je le jure, reprend le jeune homme, visiblement tourmenté, en fixant David.

L'avocat observe Matthew avec attention, presque convaincu de son innocence.

— D'accord. Néanmoins, écoutez ce que j'ai à vous dire. Ne dites rien à personne. Ne parlez de rien. Il est peut-être préférable que vous restiez ici dans votre chambre jusqu'à l'arrivée de la police. Et quand ils seront là, s'ils vous lisent vos droits et vous arrêtent – et même si ce n'est pas le cas –, gardez le silence. Et prenez un bon avocat.

Matthew a pâli davantage.

— Pourquoi pas vous ?

— Ce ne serait pas une bonne idée. Mais je peux vous recommander quelqu'un de bien, si vous le souhaitez.

David se lève. Il sait bien que, tant que le téléphone est coupé, Matthew ne peut contacter personne. Le jeune homme est seul ici, sans personne à qui parler.

— Ça va aller ?

— Je n'en sais rien.

— Je serai dans les parages si vous avez besoin de moi, dit-il, sincère. Je reviendrai vous voir dans un petit moment.

Matthew hoche la tête et se tourne vers le feu.

David sort de la chambre.

Matthew entend la porte se refermer et se retourne. Le voilà de nouveau seul.

Il se lève brusquement et commence à faire les cent pas. Submergé de chagrin à propos de Dana, il est également effrayé par les propos de David Paley. Dana est morte ! Et l'avocat le pense coupable. Du coup, il y a de fortes chances pour que la police soit du même avis.

Il réprime un sanglot tout en arpentant la chambre. Il a affirmé à l'avocat que Dana et lui ne s'étaient pas querellés, mais il pense maintenant qu'il a fait une erreur. Dana et lui se sont disputés pour un motif quelconque, sans doute lié au stress de la cérémonie de mariage qui avançait à grands pas.

Dana avait remis sur le tapis le sujet de la mère de Matthew, se plaignant que celle-ci n'avait jamais approuvé le mariage de son fils avec une fille qu'elle ne jugeait pas assez bien pour lui. Dana avait parfois tendance à se montrer peu sûre d'elle, surtout ces derniers temps. Les personnes extérieures auraient eu du mal à le croire en la regardant, mais il lui arrivait de douter d'elle-même. Cela ne le gênait pas, d'autant qu'il y était habitué : ses amis et ses anciennes compagnes avaient été intimidés par la richesse et le prestige de sa famille.

Il avait nié, naturellement. Il lui avait dit qu'elle était trop sensible, que bien entendu sa mère l'aimait beaucoup. Mais cela le tarabustait d'avoir à répéter constamment la même chose. D'autant que ce n'était pas la vérité. Sa mère estimait qu'il aurait pu trouver mieux, et elle avait eu l'audace de lui exprimer le fond de sa pensée, et à plusieurs reprises. Elle lui avait demandé de patienter et lui avait assuré qu'il se lasserait vite de Dana, arguant qu'il était surtout attiré par la beauté de la jeune femme et que ses sentiments ne tarderaient pas à évoluer. Mais il avait tenu tête à sa mère, cette matriarche aussi obstinée que fortunée, et lui avait certifié qu'il était amoureux de Dana et qu'il comptait bien l'épouser. Toutefois, il était fatigué de devoir faire le grand écart entre les deux femmes, incapable d'en contenter – ou au minimum d'en apaiser – aucune. La nuit dernière, son exaspération avait eu raison de sa patience.

Il se demande soudain si quelqu'un les a entendus se disputer.

11

Samedi, 8 heures

Les clients quittent la salle à manger en silence et s'avancent à pas lents dans le lobby, évitant l'escalier, certains avec encore une tasse de café entre les mains.

Henry maudit son sort. Si seulement la neige ne s'était pas transformée en verglas pendant la nuit, le paysage d'hiver aurait été sensationnel. Il aurait pu passer la journée sur les pistes de ski de fond, et évacuer toute cette tension. Mais le voilà debout à la fenêtre du lobby, à observer le verglas d'un air lugubre, se sentant dupé. Cet hôtel n'est pas donné et on dirait que le monde entier s'est ligué contre lui pour qu'il y passe un mauvais moment. Il fait l'erreur de regarder en direction de son épouse, surprend ses yeux rivés sur lui.

Il se sent si inquiet. Il s'incline en avant et appuie quasiment le nez sur la vitre glacée. Une énorme branche a été arrachée à l'arbre géant de la pelouse principale et s'est brisée en plusieurs fragments sombres qui contrastent avec le blanc étincelant. Sa femme le rejoint :

— Tu n'as quand même pas l'intention de t'aventurer dehors par un temps pareil ?

— Si.

L'idée ne lui était pas venue à l'esprit, mais l'envie de la contrarier est la plus forte.

— Ne sois pas ridicule, dit-elle sur le ton qu'elle emploie pour réprimander les enfants quand ils tiennent des propos farfelus.

Il se dirige vers le portemanteau près de la porte où la plupart des clients ont abandonné leurs affaires la veille, avec leurs snow-boots posés juste en dessous sur le tapis. Il enfile son blouson et se penche en avant pour délacer ses tennis et mettre les bottes qu'il portait à son arrivée.

— Pensez-vous que ce soit une bonne idée ? lui demande Ian, mais sur un ton dénué de l'hystérie et du besoin de tout contrôler que Henry détecte si souvent dans la voix de sa femme.

— Je ne vais pas loin, répond-il en mettant son bonnet. J'ai juste besoin de prendre l'air.

— Restez à l'écart des câbles électriques, lui recommande Ian.

Ils l'observent tous comme s'il était un canari qu'on envoyait tester l'air au fond de la mine.

Henry ouvre la porte d'entrée. Il sent la gifle glaciale de l'air du dehors sur son visage et tous les regards dans son dos. Il sort sous le porche et referme la porte derrière lui. C'est à ce moment qu'il remarque la force du vent, déchaîné et hurlant. À l'intérieur de l'hôtel, on entend un rugissement constant mais atténué, lointain, entrecoupé par instants d'un gémissement, mais au-dehors la tempête est bien vivante, un monstre beaucoup plus proche de lui. Il regarde en direction de la forêt, à la lisière de la pelouse, et réalise que les arbres sont fouettés dans tous les sens par les bourrasques. Le vacarme le fait penser à des lamentations en continu. Le pire, ce sont les bruits de craquements et de scie causés par le vent qui souffle de toutes ses forces contre les branches de l'arbre devant lui, alourdies de neige gelée. Il ferme les yeux un court instant pour mieux écouter, et le son lui évoque un voilier ancien en bois pris dans une tempête en pleine mer. Puis il rouvre les paupières et observe l'arbre en se demandant si d'autres branches sont sur le point de tomber.

Il n'a pas bougé depuis un moment et il se rend compte que tout le monde dans l'hôtel doit être en train de l'observer. Il regarde à ses pieds l'épaisse couche de verglas qui recouvre l'escalier en bois. Alors il s'avance à pas lents, la main fermement serrée sur la rampe. L'escalier est très glissant, mais il parvient à descendre les trois marches sans encombre. Il commence à se demander ce qu'il fout là. Il se met à marcher, ou plutôt à glisser – car il est impossible de marcher – en gardant son centre de gravité le plus bas possible. Il se rappelle la fois où il avait suivi Teddy petit sur la glace, juste après l'inondation de la patinoire de hockey, mais la surface était plane alors qu'ici le verglas rend le sol irrégulier.

Sans plus d'avertissements, les pieds de Henry se dérobent sous lui et le voilà qui fait une chute spectaculaire et atterrit lourdement sur le dos, le souffle coupé, à moins de cinq mètres de son point de départ. Il reste allongé quelques minutes, s'efforçant de se détendre, la respiration bruyante, les yeux levés vers les nuages, se sentant au comble du ridicule. Il entend la porte s'ouvrir derrière lui. Sans doute sa femme, qui va lui crier de rentrer.

Mais avant même qu'elle puisse prononcer un mot, il perçoit un craquement terrifiant juste au-dessus de lui et tourne la tête en direction de l'arbre, le cœur battant à tout rompre quand il comprend ce qui est sur le point de se passer. Alors il ferme les yeux tandis qu'une branche s'écrase dans la neige, à moins de deux mètres de lui. Il rouvre lentement les yeux.

Cette branche aurait pu le tuer.

Incapable de se relever, Henry rampe à quatre pattes vers le porche et se hisse sur la première marche en s'aidant de la main courante.

La porte s'ouvre en grand sur des clients qui le tirent pratiquement à l'intérieur de l'hôtel.

Dès qu'il a retrouvé son sang-froid, Beverly lui dit :

— Si tu cherches à t'occuper, tu peux toujours aller aider Bradley à dégager le chemin jusqu'à la glacière.

Il la regarde d'un air vexé, mais elle ajoute :

— Il m'a affirmé qu'il n'y avait pas d'arbres de ce côté-là et que tu devrais être relativement en sécurité.

Candice se sent désolée pour Henry, clairement frustré de se retrouver enfermé. La plupart des clients partagent ce sentiment et ont des fourmis dans les jambes comme lui, ou bien se traînent avec apathie, à la manière de Ian et Lauren.

Elle a du pain sur la planche, tant que la batterie de son ordinateur ne tombe pas en rade. Et il y a plein de choses intéressantes à observer ici même. Elle se dirige vers le corps de Dana et relève le drap pour l'examiner à nouveau malgré les regards désapprobateurs. Cette fois, elle inspecte plus attentivement la blessure à la tête, le sang sur la marche, et son cœur se met à battre un peu plus vite. Alors elle retourne devant la cheminée et se réchauffe les mains devant les flammes, plongée dans ses pensées. Elle ne peut pas se permettre de se laisser distraire par ce qu'elle vient de comprendre. Mais elle jurerait que cette pauvre fille a été assassinée.

Lauren lui demande brusquement :

— Quel genre de livre êtes-vous en train d'écrire ?

— Oh ! Je n'aime pas trop en parler. Je ne divulgue jamais mon sujet avant la fin, répond Candice sur un ton d'excuse, un léger sourire aux lèvres. Je trouve que l'énergie du projet s'éparpille quand j'en discute.

— Vraiment ? Je pensais au contraire que les écrivains adoraient parler de leur travail.

— Eh bien, ce n'est pas mon cas.

Petit à petit, les clients quittent le lobby et se dispersent dans toutes les directions, l'humeur assombrie par la tragédie. Bradley a apporté plusieurs lampes à huile et des allumettes pour que chacun se serve, mais la plupart préfèrent utiliser la torche de leur iPhone pour monter l'escalier sombre et trouver leur chemin dans les couloirs plongés dans le noir. L'obscurité qui règne dans les étages est troublante par rapport au rez-de-chaussée, qui bénéficie de la lumière du jour dispensée par les larges fenêtres.

Il est temps de se mettre au travail. Candice contourne le cadavre et gravit l'escalier d'un pas lourd jusqu'à sa chambre située au deuxième étage. Le couloir est uniquement éclairé par de petites fenêtres de chaque côté, et la moquette foncée et le papier peint insipide ne font que souligner l'obscurité lugubre qui y règne. Candice suppose que toutes les chambres disposent de fenêtres comme la sienne, et qu'en tirant les rideaux la lumière doit suffire pour vaquer à ses occupations, sauf peut-être pour lire.

Il fait sensiblement plus froid à l'étage. Le grand feu de cheminée qui brûle dans le lobby en fait la pièce la plus accueillante – pour ceux qui sont capables d'occulter la dépouille étendue au pied de l'escalier. Mais la plupart des clients, terriblement effrayés, semblent avoir regagné leur chambre.

Candice trouve la sienne trop froide, sinistre et sombre à son goût, alors elle retourne en bas avec son ordinateur portable. Bradley est occupé à débarrasser la table du petit déjeuner dans la salle à manger. Elle lui demande d'allumer un feu dans la bibliothèque, dont elle vient de découvrir l'existence. Le jeune homme a l'air bouleversé et épuisé. Candice imagine que cela ne doit pas être facile de faire tourner un hôtel durant une coupure de courant, et sans personnel, de surcroît.

— J'ai entendu dire que vous étiez en train de dégager le chemin vers la glacière.

— Oui, lui répond-il avec un sourire, mais j'ai demandé à Henry de s'en occuper. Ce n'est pas aisé, mais il a réussi à faire fonctionner la souffleuse à neige.

Candice emboîte le pas à Bradley jusqu'à la bibliothèque. Elle est tentée de se plaindre de la terrible pression exercée sur son travail par la coupure d'électricité, mais elle ne veut pas l'accabler davantage. Elle sait bien que ce serait lamentable de pleurnicher alors qu'une jeune femme vient de perdre la vie, sans compter qu'il doit y avoir au-dehors des gens en réel danger à cause de la tempête.

Quoique. Il est évident que cette coupure de courant la gêne énormément. Elle a fait le déplacement jusqu'ici pour travailler, et si son ordinateur s'éteint elle ne pourra plus écrire. Il lui reste au maximum quelques heures d'autonomie. Elle va sans doute devoir continuer à rédiger au stylo à bille, emmitouflée dans une couverture. Pas du tout ce qu'elle avait imaginé. Elle repense à sa mère immobilisée dans son lit, et se demande si ses sœurs prennent soin d'elle comme elles le devraient.

Après avoir profusément remercié Bradley et l'avoir prié de lui apporter une tasse de thé à l'occasion, Candice s'installe dans un fauteuil confortable devant le feu crépitant. Elle allume son ordinateur. Mais elle passe encore un bon moment à méditer sur le sort de Dana avant de se remettre au travail.

Samedi, 9 h 15

Gwen a trouvé affreux le petit déjeuner dans la salle à manger ; rien à voir avec la délicieuse expérience culinaire présentée dans la brochure du Mitchell's Inn. Elle n'a pu avaler plus de la moitié d'un muffin, lequel lui a paru sans goût.

David ne s'est pas approché d'elle, sans doute découragé par une Riley au garde-à-vous. Ou alors c'est qu'il a été distrait par ce qui est arrivé à Dana.

Gwen devine qu'il se fait du souci pour Matthew. Elle se fiche complètement de ce que son amie peut penser d'elle, mais elle n'a eu aucune envie de provoquer un scandale. Riley est tellement imprévisible. Alors, au moment où David a quitté la salle à manger, Gwen a décidé qu'elle le rejoindrait plus tard, quand ils pourraient avoir un peu d'intimité.

Elle ne peut s'empêcher de songer à lui. Et dire que quelques heures auparavant il la caressait, lui faisait l'amour…

Elles ont traîné dans le lobby et ont regardé Henry se ridiculiser sur la pelouse verglacée. Ensuite, Riley a suggéré qu'elles explorent l'hôtel toutes les deux. Gwen lui a montré la bibliothèque, puis elles ont admiré le salon adjacent, un endroit charmant doté de canapés et de fauteuils bien rembourrés en chintz, de tables basses, avec un portrait de femme à l'huile accroché au-dessus de la cheminée.

— Et si on s'installait ici ? propose Gwen, frottant ses mains sur les accoudoirs pour les réchauffer.

Mais Riley, agitée, a envie de poursuivre leur exploration, alors elles empruntent un petit couloir qui mène au bar.

— Quelle pièce agréable ! dit Riley en jetant un coup d'œil autour d'elle d'un air approbateur. Je vais faire un feu.

Évidemment, elle sait comment allumer un feu, se dit Gwen en l'observant. Elle a vécu en Irak et en Afghanistan, et dans les pires conditions. Riley doit savoir faire tant d'autres choses dont Gwen se sent incapable : conduire un véhicule avec une boîte manuelle, panser une blessure, protéger un indicateur, négocier avec des terroristes. Elle se rend compte que son amie ne lui a jamais raconté son expérience au Moyen-Orient en détail, sans doute de peur de heurter sa sensibilité. Riley réunit à elle seule des compétences extraordinaires, une bravoure à toute épreuve et, depuis peu, une terrible fragilité, insoupçonnable auparavant.

Gwen a remarqué les bouteilles derrière le bar et s'inquiète à l'idée que Riley se mette à boire alors que l'heure du petit déjeuner est à peine passée. Mais elle se contente d'errer dans la pièce et de lire attentivement les titres des ouvrages rangés sur les étagères contre le mur en admirant les peintures.

Soudain, Gwen se surprend à penser à leur dernière année d'école de journalisme, quand sa vie a irrémédiablement basculé. Riley est au courant des circonstances, elle était présente et elle sait pourquoi Gwen est convaincue qu'elle n'a aucun droit d'être heureuse. Mais si la jeune femme veut avoir une chance de bonheur avec David, elle va devoir affronter son passé et trouver le moyen de se réconcilier avec elle-même.

Elles se trouvaient à une soirée. Tout le monde avait beaucoup bu, c'était la fin de l'année et ils allaient sous peu recevoir leur diplôme. Gwen avait alors été témoin d'un crime horrible. Elle avait assisté au viol d'une jeune femme par trois étudiants. Et elle n'avait rien fait.

Circonstance atténuante : la veille, elle avait travaillé toute la nuit pour terminer un devoir et lors de la soirée, l'alcool aidant, elle avait ressenti le besoin de s'allonger. Gwen avait trouvé une chambre équipée d'un lit et d'un matelas posé à même le sol (la fête avait lieu chez un particulier). Elle avait rampé sur le matelas et s'était endormie, cachée sous les couvertures, jusqu'à ce qu'une fille se précipite dans la chambre. La pièce était plongée dans l'obscurité, uniquement éclairée par un lampadaire de rue, mais Gwen avait reconnu l'étudiante, qui était inscrite dans plusieurs cours avec elle. La jeune fille essayait de se dégager d'un type qui se montrait insistant et la déshabillait malgré ses protestations. Gwen, persuadée qu'à elles deux elles pourraient lui tenir tête, avait été sur le point de sortir de sa cachette, mais deux autres hommes avaient alors fait irruption dans la chambre. Ils avaient refermé la porte et l'un d'eux avait bloqué la poignée avec une chaise. Gwen avait été paralysée par la peur.

La fille avait hurlé, mais la musique était si forte que personne ne l'avait entendue. Ils l'avaient maintenue sur le lit tandis qu'ils la violaient à tour de rôle en riant. L'affaire de quelques minutes. Gwen avait eu peur de subir le même sort.

Les agresseurs avaient abandonné la fille en pleurs sur le lit. Aussitôt qu'ils étaient sortis, Gwen avait vomi. Elle avait voulu porter assistance à la victime, mais celle-ci s'était évanouie. Alors elle avait couru chercher Riley. Riley, qui lui avait reproché de ne pas avoir affronté les assaillants.

Depuis cette fameuse nuit, son amie lui a affirmé à plusieurs reprises qu'elle n'était plus de cet avis. Mais, à l'époque, elles étaient allées voir la victime ensemble et Gwen lui avait avoué qu'elle se trouvait dans la chambre au moment du viol. L'étudiante avait gardé le silence, cependant Gwen avait bien senti qu'elle lui reprochait de ne pas être intervenue. Elle lui avait demandé si elle serait capable d'identifier ses agresseurs et de corroborer son récit. Mais Gwen avait paniqué quand la fille l'avait mise sur la sellette. Alors qu'elle avait dit à Riley qu'elle serait sans doute en mesure de les reconnaître, elle avait répondu à l'étudiante que la chambre était plongée dans l'obscurité, qu'elle n'avait pas eu le cœur de regarder la scène et qu'elle était restée cachée sous les couvertures. Elle était incapable d'identifier les violeurs. Elle ne pouvait pas l'aider.

La fille aurait voulu porter plainte, mais elle avait besoin du soutien de Gwen. Or, celle-ci avait refusé de se constituer témoin, malgré l'insistance de Riley. Son diplôme en poche, Gwen avait déménagé et tenté d'oublier cette horrible soirée. Mais elle avait toujours été hantée par la pensée que ces étudiants violeurs étaient maintenant des hommes mûrs que rien n'avait jamais empêchés de recommencer. Peu après l'agression, la victime avait mis fin à ses jours. Depuis lors, Gwen portait le poids de cette culpabilité.

C'était ce qui l'avait définie, ce qui avait façonné sa vie. Elle était lâche, elle n'avait pas fait ce qu'elle aurait dû faire. Depuis, elle était convaincue de ne pas mériter d'être heureuse.

Riley l'a toujours jaugée par rapport à sa lâcheté d'un soir. Et aujourd'hui, bien des années plus tard, l'attitude supérieure de son amie continue à l'agacer au plus haut point. Elle se demande parfois si la journaliste qui monte sur ses grands chevaux au nom de sa putain de morale a toujours eu un comportement exemplaire dans les zones de conflit. N'a-t-elle jamais fait d'erreur, n'a-t-elle jamais eu peur, pendant toutes ces années passées au Moyen-Orient ?

Perdue dans ses pensées, elle entend soudain Riley inspirer avec force. Son amie, installée devant l'âtre, est devenue subitement très pâle.

— Oh non !

— Quoi ? demande Gwen, alarmée. Tout va bien ?

— Je savais bien que son nom me disait quelque chose.

Gwen s'écarte d'elle, mal à l'aise.

— Viens t'asseoir et écoute-moi, reprend Riley.

La jeune femme, réticente, prend place en face de Riley avec un air circonspect.

— Je viens de me rappeler qui il est, déclare son amie en se penchant vers elle sans la quitter du regard, l'air sincèrement soucieuse.

Gwen sent l'inquiétude la gagner, même s'il est évident qu'il ne peut rien y avoir de si terrible chez David.

— C'est l'avocat soupçonné il y a quelques années d'avoir assassiné sa femme.

12

Samedi, 10 heures

James est en train de récurer une poêle dans le grand évier de la cuisine tout en se demandant comment il va s'organiser sans électricité pour nourrir ses hôtes. Le réfrigérateur et le lave-vaisselle ne fonctionnent pas. Au moins, il peut se débrouiller avec la cuisinière à gaz. Pour le petit déjeuner (des œufs et des viennoiseries), il s'en est sorti facilement, sans compter que personne n'avait grand appétit après la chute de cette pauvre fille.

Lui non plus d'ailleurs. Il compatit pour le fiancé. Et cette tragédie le rend malade d'inquiétude. C'est pile le genre de cauchemar que redoutent les hôteliers. Un accident, fatal de surcroît, et dans son hôtel ! Il a bien une assurance, mais quand même ! Quelle poisse ! Il sait bien qu'on ne peut rien lui reprocher. Le tapis de l'escalier est parfaitement tendu – James est monté sur le palier pour s'en assurer dès qu'il en a eu l'occasion, et tout était impeccable. Elle a dû trébucher toute seule.

Il n'y a absolument rien qui puisse les incriminer, lui ou son établissement.

Il essaie de se rappeler la quantité d'alcool qu'elle aurait pu ingurgiter la veille. Il a posé la question à Bradley dans la cuisine, quand ils préparaient le petit déjeuner.

« Tu penses qu'elle était ivre ? » lui avait-il demandé à voix basse.

Bradley avait secoué la tête.

« Ne t'inquiète pas, papa, elle n'était pas soûle. C'est moi qui faisais le service, tu te rappelles ?

— Mais je t'avais demandé d'aller déposer cette bouteille de champagne dans leur chambre, tu t'en souviens ? Est-ce que tu sais s'ils l'ont bue ?

— Aucune idée. Je n'ai pas pénétré dans leur chambre ce matin, M. Paley ne voulait pas. »

James s'était mordu la lèvre, une mauvaise habitude dont il essaie de se débarrasser mais qui resurgit quand il se fait du souci. Il n'avait pas pensé à la bouteille de champagne quand il était monté voir Matthew, cela lui était complètement sorti de l'esprit.

« Papa, ne t'en fais pas. Elle n'est pas tombée parce qu'elle était soûle. »

James avait remarqué que Bradley, lui aussi, semblait secoué par l'accident. Il avait l'air fatigué, les yeux cernés, comme s'il n'avait pas dormi de la nuit.

« Tu t'es couché tard, hier soir ?

— Non. Bon, j'y vais », avait répondu Bradley en emportant le plateau couvert de muffins et de croissants dans la salle à manger.

James a terminé de frotter la poêle et la met à sécher sur l'égouttoir. Il est impatient que le courant revienne.

Son fichu lave-vaisselle lui fait cruellement défaut. Comme il voudrait que la police arrive et emporte le cadavre loin d'ici ! C'est inimaginable de devoir prendre soin d'une douzaine de personnes sans électricité, et avec de surcroît un mort étalé aux yeux de tous au pied du grand escalier de son hôtel adoré. Et le pire, c'est qu'il ne peut rien y faire !

Samedi midi

Lauren descend l'escalier et contourne le corps de Dana en grimaçant, Ian sur ses talons. Tous les hôtes sont confrontés à un choix difficile : emprunter l'escalier de service qui donne la chair de poule, ou bien prendre l'escalier central et enjamber le cadavre en bas des marches. Elle lève les yeux et se rend compte que le lobby est déserté, sauf par Candice, qui repose précipitamment un livre sur une table d'appoint en se tournant vers elle. Le livre de Lauren.

— Il est à moi, je pensais bien l'avoir laissé ici.

— Savez-vous où se trouve Bradley ? Je suis venue pour lui demander du thé.

— Je ne manquerai pas de le lui dire si je tombe sur lui.

— Merci. Demandez-lui aussi de m'apporter mon déjeuner dans la bibliothèque, s'il vous plaît. Je n'ai aucune envie d'aller embêter son père dans la cuisine.

Lauren suit du regard Candice, qui repart d'un pas pressé. Elle prend place devant le feu de cheminée et se serre contre Ian pour se réchauffer en attendant que les autres fassent leur apparition et que le déjeuner soit servi. Les yeux rivés sur les fenêtres en façade, elle ne peut s'empêcher de penser à Dana, morte au pied de l'escalier, tout en veillant à ne pas regarder dans cette direction.

— C'est épouvantable, chuchote-t-elle à l'intention de son compagnon.

— Je sais, répond-il en lui prenant la main et en la serrant dans la sienne. Je ne sais pas de quoi je serais capable si quoi que ce soit t'arrivait.

Elle pose un baiser léger sur sa joue. Puis elle murmure :

— Je ne comprends pas pourquoi ils ne peuvent pas la déplacer. Pourquoi faut-il attendre le médecin légiste ?

— C'est abominable de la laisser là, je suis d'accord avec toi.

— Tu penses que quelqu'un l'a poussée ?

— Non. Bien sûr que non. C'est juste un accident. David est avocat, il ne fait que suivre la procédure. Les juristes croient toujours tout savoir, ajoute Ian en repoussant une mèche derrière l'oreille de Lauren, puis en jetant un coup d'œil au cadavre par-dessus son épaule. Mais si la police ne se dépêche pas, il va bien falloir trouver une solution. On ne peut pas la laisser comme ça, ça fout trop les jetons.

Un par un, les hôtes réapparaissent dans le lobby, comme si une clochette invisible les y avait fait venir. La faim, sans doute, se dit David tout en se demandant ce qu'il y aura à manger.

Après avoir parlé à Matthew, David a passé la matinée dans sa chambre. Il a longuement réfléchi aux circonstances de la chute de Dana, gisant au pied de l'escalier, et au chagrin du jeune homme, retenu dans sa chambre dans l'attente de l'arrivée inéluctable de la police.

Il a aussi pensé à Gwen. Beaucoup pensé à Gwen.

Maintenant qu'ils sont tous deux dans le lobby, David ne la quitte pas des yeux. La jeune femme a l'air encore plus bouleversée que ce matin au petit déjeuner. Et elle n'a pas fait un geste vers lui depuis qu'il est descendu. Assise au coin du feu, les mains tendues vers les flammes, elle évite de regarder dans sa direction. David aimerait la rejoindre, mais il sent qu'elle ne le souhaite pas. Il ne comprend pas pourquoi car elle ne lui a pas donné l'impression de collectionner les coups d'un soir. Ce n'est pas son genre, il en est persuadé. Elle doit être traumatisée comme les autres par la mort de Dana.

Mais il ignore ce que son amie Riley a bien pu lui raconter sur son compte quand elles se sont retrouvées seules. Elle l'a sans doute mise en garde contre lui. Il sait bien qu'il aurait dû conserver ses distances au lieu de coucher avec elle et de se mêler des affaires de Matthew. Comme s'il n'avait pas assez de soucis comme ça ! Tout ce qu'il désire à présent, c'est qu'on lui fiche la paix. Mais ce n'est pas gagné…

Gwen surprend le regard de David posé sur elle et détourne les yeux. Ce que Riley lui a confié à propos de l'avocat ne peut être vrai. Peut-être a-t-elle raconté ça dans l'espoir de reprendre le dessus sur elle, comme avant. Dans l'intention de lui nuire, qui sait ? Ce serait tellement facile ! Après que Riley aurait conseillé à Gwen de se tenir à l'écart de l'avocat tout le week-end, elles retourneraient à la civilisation et effectueraient une recherche ciblant David Paley sur Internet, pour se rendre compte qu'en fait ce n'était pas du tout l'homme auquel Riley pensait. Le seul point commun de David avec l'avocat arrêté pour le meurtre de sa femme serait leur profession. Et Riley ferait semblant d'être désolée tout en trouvant son erreur très amusante. Mais en attendant, pour Gwen, le mal serait fait et elle aurait perdu l'opportunité de se lier avec David. Elle a déjà trente ans et elle ne rencontrera peut-être jamais personne d'autre. Elle observe Riley avec rancune et détourne la tête.

À moins qu'il ne s'agisse pas du tout d'un geste délibéré et que, tout simplement, la paranoïa de Riley ne soit devenue incontrôlable.

Henry est assis près de sa femme, mais il l'ignore ostensiblement. Il apprécie la fatigue physique après avoir déblayé le chemin jusqu'à la glacière. L'exercice lui a donné faim. Heureusement, on ne devrait pas tarder à servir le déjeuner.

Il sent le regard de Beverly posé sur lui. Sans ce drame, ils seraient en train de démonter lambeau par lambeau leur vie commune en ingurgitant des tasses de café froid dans un recoin de l'hôtel. Henry se rend compte qu'il est presque content de la diversion et se remémore alors les mots de l'avocat, « il reviendra au médecin légiste de décider ». Il penche la tête vers sa femme et chuchote :

— Tu crois qu'on l'a poussée ?

Beverly lui répond nerveusement qu'elle n'en sait rien. Devrait-elle lui rapporter la dispute qu'elle a entendue entre Dana et Matthew ? Mais elle se dit que ce ne sont pas ses affaires.

Elle a décidé de garder le silence, du moins pour le moment. On ne sait jamais ce qui se passe chez les autres, *a fortiori* sur le plan de leurs relations amoureuses. Si ça se trouve, le couple se querellait à longueur de temps sans que ce soit sérieux.

Beverly songe que, la plupart du temps, elle ignore tout de ce qui passe par la tête de son mari. Elle se contente de formuler des hypothèses en se persuadant que c'est la vérité, voilà tout. Dire que pendant toutes ces années elle avait cru si bien le connaître ! Mais était-ce le cas ? Quel choc, hier soir, quand Henry lui a affirmé qu'il était trop tard pour sauver leur mariage. En fait, elle ne sait strictement rien de ce qu'il pense.

Peut-être a-t-il une maîtresse. C'est la première fois que cette idée lui traverse l'esprit. En plus, ce ne serait même pas si surprenant. Cela fait longtemps qu'elle n'a pas eu envie de faire l'amour. Et si Henry avait rencontré quelqu'un d'autre et qu'il voulait la quitter pour vivre avec cette personne ? Sinon, pourquoi dérangerait-il ses petites habitudes ? Bingo. Voilà sans doute l'explication de ses propos d'hier soir, qui lui ont fait l'effet d'une bombe. Henry ne mettrait pas l'équilibre familial en danger uniquement parce qu'il ne peut plus la supporter elle, d'autant plus qu'ils s'entendent plutôt bien au quotidien. Il ne risquerait pas tout ce pour quoi ils ont trimé toute leur vie pour se retrouver tout seul dans un petit appartement minable, éloigné de ses enfants, simplement pour ne plus la voir. Non. Il doit y avoir une autre femme. Une femme qui le pousse à croire que, s'il abandonne sa famille, sa vie deviendra exaltante et passionnée. Beverly se demande qui cela peut être et si elle la connaît.

Elle revoit son air agacé à leur arrivée à l'hôtel, quand il a appris l'absence de wifi. Il espérait sûrement rester en contact avec sa copine, ou alors c'est elle qui l'avait exigé de lui. Cette femme dont Beverly est tout à coup persuadée de l'existence.

C'est fou comme la confiance accordée à une autre personne peut subitement se défaire, et ce d'une manière irrémédiable. Il lui faudrait maintenant une preuve. Elle doit absolument consulter le téléphone portable de son mari mais le problème, c'est qu'il le garde toujours sur lui ou à portée de main. En plus, elle ne connaît pas son mot de passe et elle aurait sûrement du mal à le deviner. Mais elle a soudain la certitude qu'il suffirait d'avoir accès à son téléphone pour découvrir la vérité.

De cette façon, elle saurait exactement de quoi il retourne.

13

Lauren observe Henry et son épouse assis côte à côte. Ils s'adressent à peine la parole.

Riley et Gwen se sont installées à l'écart l'une de l'autre ; elles ont dû se disputer. Riley, dont elle a remarqué la propension à l'hystérie depuis son sauvetage la veille au soir, ne semble pas en meilleure forme. Son état s'est même aggravé. La jeune femme, agitée, parcourt la pièce du regard comme si un danger imminent la guettait, tout en faisant inlassablement tourner un anneau argenté autour de son index. L'attitude de Gwen la surprend : elle qui, hier encore, était aux petits soins pour son amie paraît s'en ficher complètement. Que s'est-il donc passé ? Et le petit jeu de séduction que Lauren a deviné pendant le dîner entre Gwen et David semble brutalement rompu. Peut-être à cause de Riley, mais dans ce cas pour quelle raison ? La jalousie, sans doute.

Riley sait bien que Gwen lui en veut, mais il fallait qu'elle intervienne. Elle observe David en essayant de se remémorer tout ce qu'elle a appris sur cette affaire.

Elle est quasiment certaine qu'il s'agit de l'avocat new-yorkais arrêté pour le meurtre de son épouse il y a trois ou quatre ans, puis remis en liberté. Elle tente de se rappeler tous les détails. Un assassinat particulièrement brutal. La femme avait été battue avec une telle violence que sa colonne vertébrale avait été brisée. On l'avait cognée sur la tête à plusieurs reprises avec un objet contondant. Cela s'était passé dans la cuisine de leur maison, dans une banlieue huppée de New York. L'arme du crime n'avait jamais été retrouvée. Le mari avait prétendu qu'il avait trouvé sa femme dans cet état en rentrant du travail, tard dans la soirée, et immédiatement appelé la police. Mais certains éléments ne collaient pas. Un voisin affirmait notamment que le mari était rentré chez lui bien avant l'heure où il avait contacté la police ; il avait aperçu sa voiture. L'avocat avait expliqué qu'il ne s'était pas rendu tout de suite dans la cuisine, mais c'était difficile à croire.

Elle contemple les mains de David, qui attend patiemment l'heure du déjeuner, debout devant la cheminée, les bras le long du corps. Des mains fortes, masculines, capables du pire. Elle lève les yeux et se rend compte qu'il l'observe, alors elle tourne la tête.

D'autres aspects n'avaient pas joué en sa faveur. Leur mariage traversait une mauvaise passe, ils étaient au bord du divorce. La moitié des couples new-yorkais étaient peut-être concernés mais, en l'espèce, on mentionnait l'existence d'un contrat d'assurance-vie plutôt élevé. Et puis, personne n'était entré par effraction dans leur résidence. D'après ce dont elle se souvient, les charges contre lui avaient été abandonnées faute de preuve : on n'avait pas détecté de sang sur les vêtements du mari, et l'arme du crime était demeurée introuvable. Aucun témoin, mis à part le voisin. À ce jour, l'affaire n'avait toujours pas été résolue.

Riley se demande si l'expression de David, éclairé par les flammes de la cheminée, est celle d'un tueur. Elle l'imagine au lit avec Gwen, martelant de ses poings le visage de son amie. Sa respiration s'accélère. Il faut qu'elle cesse de songer à ça, elle doit contrôler ses pensées. Si seulement ils pouvaient fiche le camp d'ici !

James et Bradley finissent par apparaître pour convier tout le monde dans la salle à manger, où les attendent une montagne de sandwichs et du café. Gwen aurait bien envie d'un remontant, bien que ce soit seulement l'heure du déjeuner. Elle entend Lauren demander à Bradley d'apporter un repas et du thé à Candice dans la bibliothèque.

Malgré la présence du corps étendu au pied de l'escalier, à quelques mètres à peine, les sandwichs sont vite avalés. Gwen regarde avec dégoût les gens manger. Elle donnerait tout pour décamper d'ici. Aucune envie de passer une nuit de plus dans cet hôtel sans chauffage, sans compter que l'obscurité presque totale la fait flipper. La jeune femme jette un coup d'œil furtif en direction de David. Elle n'arrive toujours pas à croire que ce que Riley lui a raconté puisse être vrai. Ce n'est pas possible. Il n'a pas pu tuer sa femme. Il ne peut pas être un assassin. Quelle absurdité ! Riley a dû faire erreur sur la personne.

À la fin du repas, ils se dirigent lentement vers le lobby pour se réchauffer près de la cheminée. Gwen s'exclame :

— Je ne sais pas ce que vous en pensez, mais je boirais bien un verre !

Ian est ravi de ne pas être celui qui le propose. Il est surpris que la suggestion émane de la timide jeune femme au visage pâle plutôt que de son amie à la descente facile et qui a l'air de s'être récemment échappée d'un centre de désintoxication.

— Bonne idée, je vais aller chercher le chariot de bar. Un petit verre nous fera le plus grand bien à tous, vu les circonstances ! lance Ian en cherchant le regard de Lauren, comme pour lui demander la permission.

Bradley n'est pas là et James est reparti dans la cuisine, alors le jeune homme se lève pour rapprocher le chariot et fait le service dans un silence pesant. Pendant un moment, on n'entend plus que le tintement des glaçons dans les verres et les hurlements du vent autour de la bâtisse. Personne ne sait que dire.

Samedi, 13 h 30

Riley s'assied seule à l'écart des autres, massés autour de la table d'appoint auprès du feu. Elle regarde parfois par la fenêtre de l'autre côté du lobby tout en écoutant leur conversation. Ils sont penchés sur le plateau d'un jeu de Scrabble que Ian a trouvé sur une étagère. Bradley revient dans le lobby pour s'occuper du feu.

C'est Ian qui ouvre les hostilités, en demandant à brûle-pourpoint à l'avocat pour quelle raison il semble suggérer que la mort de Dana n'aurait rien d'accidentel.

— Je vous en prie, ne parlons pas de ça, dit Gwen, apparemment désireuse de se concentrer sur le jeu.

Riley sait qu'elle joue très bien au Scrabble… et qu'elle excelle à éviter les sujets déplaisants.

— Pourquoi pas ? insiste Ian. Nous ne pensons qu'à ça, tous autant que nous sommes. Il est avocat pénaliste, et j'aimerais bien connaître le fond de sa pensée.

— Moi aussi, renchérit Henry.

Riley se tourne pour mieux observer l'avocat, soudain au centre de l'attention.

— Je n'en sais pas plus que vous, dit-il. J'ai simplement suggéré qu'à mon avis nous devrions attendre la conclusion du médecin légiste.

— Je ne vous demande pas ce que vous savez, mais ce que vous pensez, le presse Ian.

— Très bien.

David scrute les visages des hôtes rassemblés autour de lui, comme s'il se demandait comment répondre. Il inspire profondément.

— Je ne pense pas que la mort de Dana soit accidentelle. En fait, je pense qu'on l'a poussée avant de lui fracasser violemment la tête contre la marche du bas avec l'intention de la tuer.

Riley en renverse presque son verre. Elle se rend compte que Ian a haussé les sourcils sous le coup de la surprise.

— Vous êtes sérieux ? Vous croyez vraiment qu'elle a été assassinée ? Je pensais que…

Il ne termine pas sa phrase et change de position sur son siège, visiblement embarrassé.

Riley s'efforce de paraître calme et d'adopter un comportement normal. Les deux verres de vin qu'elle vient de boire l'aident à faire bonne figure. Elle surprend les yeux de David posés sur Gwen, et Gwen qui évite son regard. Pauvre petite fille effrayée, se dit Riley. Si elle pouvait se mettre la tête dans le sable, elle n'hésiterait pas une seconde.

— Je crains que l'on ne puisse écarter cette possibilité, répond l'avocat d'un ton sec.

Riley s'agrippe aux bras de son fauteuil. La tension est palpable dans la pièce. Alors elle laisse échapper la question que tous se posent :

— Est-ce Matthew qui l'a assassinée ?

Plusieurs hôtes émettent un petit cri de surprise. Elle s'est montrée impolie, mais cela lui est égal. De toute façon, peu lui importe, ils pensent déjà qu'elle est pathétique. David se tourne vers elle.

— Aucune idée.

— Est-ce que vous agissez en tant que son avocat ? demande Ian.

— Non. Pas du tout. J'ai suffisamment de dossiers en cours. Je me suis contenté de lui conseiller de rester dans sa chambre, répond-il avec agacement, avant de boire la dernière gorgée de son verre et de reprendre : La police réglera cette affaire quand elle sera sur place, j'espère le plus tôt possible. Mais, pour l'heure, personne ne doit déplacer le corps.

14

— Il me semble, déclare Henry de son air légèrement pompeux, que, s'il s'agit réellement d'un meurtre, nous ne le résoudrons jamais. Apparemment l'accident s'est produit quand nous étions tous endormis dans nos chambres. Il n'y a aucun témoin. À moins que l'un d'entre nous ne soit prêt à se confesser ou qu'on n'ait surpris quelqu'un qui se baladait dans les couloirs au beau milieu de la nuit, je n'ai pas l'impression que nous puissions beaucoup avancer.

Beverly, nerveuse, l'écoute avec attention en s'humectant les lèvres. Elle attend un moment, mais personne ne dit rien. Au bout du compte, elle s'exclame :

— Je devrais probablement raconter ce que j'ai entendu !

Tous les regards se tournent vers elle et le courage lui manque. Elle ignore si la querelle entre Dana et Matthew a quelque chose à voir avec la mort de la jeune femme, mais elle va certainement accabler son compagnon.

— C'est-à-dire ? demande David calmement, voyant Beverly hésiter.

— Je les ai entendus se disputer cette nuit.

— Dana et Matthew ? s'enquiert David, l'air étonné.

— Oui.

— À propos de quoi, à votre avis ?

— Je les ai entendus crier, mais je ne pouvais pas saisir ce qu'ils disaient. Leur chambre n'est pas loin de la nôtre, du même côté du couloir, répond Beverly en secouant la tête, avant de regarder son mari et d'ajouter : Henry, lui, a dormi tout du long.

— Quelle heure était-il ?

— Aucune idée, mais tard.

— Est-ce que la dispute était violente ?

— Je ne sais pas. Ils criaient, mais je n'ai pas entendu de pleurs ou autre chose. Pas de portes qui claquent, si c'est ce à quoi vous pensez.

Et voilà, elle l'a dit. Si Matthew a quelque chose à se reprocher, alors elle a bien fait.

David perçoit l'effet dévastateur de cette révélation sur les hôtes. Ils n'ont pas apprécié l'intervention de Beverly ; ses propos les embarrassent. Surtout, ils refusent de croire à l'impensable. Il devine à l'expression de leur visage les images qui leur viennent à l'esprit : la dispute, la culbute en bas de l'escalier…

Il est désolé de les avoir chamboulés, mais il s'est contenté d'exposer sa manière de voir les choses. Il est impossible que Dana se soit blessée ainsi durant sa chute et il ne veut pas qu'ils touchent au corps. Et maintenant, ce scoop. Matthew lui avait pourtant affirmé que

Dana et lui ne s'étaient pas disputés. Si Beverly dit la vérité, alors le jeune homme lui a menti.

Cela le chagrine particulièrement. Matthew lui avait semblé bouleversé et sincèrement accablé de douleur. Mais David le sait bien : nombreux sont les meurtriers, surtout les auteurs de crimes passionnels, qui regrettent profondément leurs actes.

David prend vraisemblablement cette affaire trop à cœur. Peut-être accorde-t-il à Matthew le bénéfice du doute parce qu'il connaît l'effet que ça fait d'être accusé à tort du meurtre de sa femme. Voilà tout.

Cependant, il peut se tromper. Matthew a très bien pu pousser Dana dans l'escalier pour l'achever ensuite. L'avocat a du mal à le croire, toutefois. Tout indique un meurtre et, si Matthew n'est pas coupable, qui est l'assassin ?

Gwen se lève brusquement et s'éloigne du petit cercle installé auprès du feu. Elle ne supporte plus de rester assise. Elle se dirige vers le devant de la pièce et fait les cent pas entre les deux fenêtres, tout en lançant des coups d'œil furtifs en direction de l'allée verglacée, comme si elle attendait l'arrivée des secours.

La jeune femme jette un regard par-dessus son épaule pour observer ses compagnons. Aucun ne fait mine de poursuivre le jeu de Scrabble sans elle. Les propos de David puis les insinuations de Beverly les ont bien trop perturbés.

La proximité de David lui est devenue intolérable. La tension délicieuse de la veille a été corrompue et elle n'est pas certaine de ses sentiments quand elle le regarde : une attirance mêlée de crainte.

Elle enfonce les ongles dans les paumes de ses mains. Certes, il ne connaît pas Matthew, mais comment peut-il parler avec autant de détachement d'un homme que l'on suspecte d'avoir assassiné la femme qu'il prétend aimer ?

Après un moment, Riley la rejoint devant les fenêtres et Gwen se tourne brièvement vers elle. Les yeux de Riley sont élargis et brillants. Elles observent un instant le paysage gelé qui les retient prisonnières. Puis Gwen se penche vers Riley et lui demande à voix basse :

— Penses-tu que David ait raison ? Dana aurait été assassinée ?

Riley la considère de ses yeux immenses.

— Je ne sais que penser.

Gwen étudie Riley plus attentivement. Elle est très pâle, le visage moite, comme si elle avait de la fièvre. Il vaudrait peut-être mieux ne pas parler de ça avec elle. En plus, ses mains sont agitées de tremblements.

— Tu vas bien ? lui demande Gwen.

— Bien sûr que non, putain. Et toi ?

— Moi non plus. Mais il faut te ressaisir, Riley. Arrête de boire.

— Mêle-toi de tes affaires, lui répond la jeune femme en plissant les yeux.

— Et toi, tu t'es mêlée de ce qui te regarde, peut-être ? rétorque Gwen sur un ton amer.

Soudain, elle n'est pas sûre de rester amie avec Riley quand ce cauchemar aura pris fin. Et elle n'est même pas certaine que ça l'attriste tant que ça.

— Je suis désolée, j'ai fait ce que je pensais être le mieux. Et je suis convaincue que David Paley est bien l'homme dont je t'ai parlé, reprend Riley sur un ton plus conciliant.

— Eh bien, pas moi.

— Pourquoi ne pas le lui demander ?

— Je refuse de lui poser la question.

— Très bien, c'est moi qui vais le faire, dit Riley en tournant les talons.

— Attends, siffle Gwen.

Elle attrape Riley par le bras.

— Pourquoi ? Je suis d'avis qu'il faut en avoir le cœur net, pas toi ?

— Attends un peu, la supplie Gwen, ne dis rien à David, il se peut que tu te trompes du tout au tout.

Elle jette un regard anxieux à Riley, qui hésite.

— Bon, d'accord. Je me tais pour le moment.

Elle porte son verre de vin à ses lèvres et boit une longue gorgée, comme si elle était en manque.

15

Beverly a changé de fauteuil pour ne plus être assise à côté de son mari et ne plus avoir sous les yeux la forme de Dana étendue sous le drap.

Eh bien, voilà en quoi s'est transformé ce week-end au vert sur lequel elle fondait tellement d'espoir. Son mariage ne tient plus qu'à un fil ; ils sont bloqués dans un hôtel au beau milieu de nulle part, en pleine tempête de neige et sans électricité. Et ils partagent le lobby avec le cadavre d'une femme qui a vraisemblablement été poussée en bas des marches par son riche fiancé. Si c'est le cas, comme elle a dû avoir peur, la pauvre !

Gwen et Riley retournent à leurs places. La première se rassied en face de David tout en évitant soigneusement le regard qu'il pose timidement sur elle. Il s'est passé quelque chose entre eux, c'est certain. Leur attraction mutuelle, palpable hier au soir, a disparu. Ce qui règne aujourd'hui entre eux, elle ne parvient pas à mettre le doigt dessus précisément… Une sorte d'embarras mêlé de méfiance.

Soudain Riley, qui fait nerveusement tourner une bague autour de son doigt, lance à David :

— Vous devriez vous abstenir de tirer des conclusions aussi hâtives.

— Pardon ? demande-t-il en se tournant poliment vers elle.

— De quel droit affirmez-vous que la chute de Dana est un meurtre ?

— Elle a raison, renchérit Henry sur un ton accusateur, ses yeux lançant des éclairs. Vous n'avez aucune idée de ce qui s'est passé, sauf si vous l'avez assassinée vous-même, ce dont je doute.

Beverly observe son mari et fait la grimace devant son ton dédaigneux. Elle connaît Henry, il peut se comporter comme un vrai con parfois. Il se sent probablement trop à l'étroit, enfermé dans l'hôtel, et cela le rend un peu agressif. Un chien de berger désœuvré. Il faut que quelqu'un lui donne un truc à faire.

L'avocat acculé répond sobrement :

— Je n'ai jamais insinué que je connaissais le fin mot de l'histoire. On m'a demandé mon opinion et je me suis contenté de l'exprimer, rien de plus. Je ne prétends pas être un expert en la matière.

Pourtant il l'est, contrairement à nous, se dit Beverly avec angoisse.

Lauren examine un ongle cassé, en essayant de se rappeler si elle a emporté une lime dans ses bagages. Elle jette un regard furtif aux visages sombres qui l'entourent. Aucun ne semble s'amuser de la situation ; si c'était le cas, ce serait de très mauvais goût. Candice est repartie travailler à la bibliothèque comme si de rien n'était ; son insensibilité est choquante. Bon sang, comme elle aimerait se tirer d'ici ! Et quand on pense qu'ils viennent seulement de déjeuner… Combien de temps vont-ils rester coincés dans cet hôtel ?

Donc David estime qu'il ne s'agit pas d'un accident mais d'un meurtre… Elle essaie de ne pas s'en faire outre mesure.

Elle pense à Matthew, claquemuré dans sa chambre à l'étage, comme le lui a conseillé l'avocat. Beverly prétend avoir entendu le couple se disputer, mais Lauren se demande si elle dit la vérité. Si c'est le cas, est-ce que cette dispute incrimine Matthew davantage ? Elle aimerait bien connaître l'avis de l'avocat sur ce point.

Bradley, très observateur (cette qualité fait de lui un excellent serveur), est conscient du malaise sous-jacent qui règne dans le lobby. Chacun des clients se conduit d'une manière bien différente de la veille.

David se montre prévenant mais préoccupé ; Gwen a l'air très ébranlée. Ian a perdu son attitude hédoniste et détendue tandis que sa compagne, Lauren, est soucieuse et silencieuse. Et les problèmes entre Henry et Beverly semblent s'être aggravés. Seul l'état de Riley est le même : la jeune femme est toujours à bout de nerfs.

Quand David a déclaré que Dana avait sans doute été assassinée, tous les clients ont paru surpris, mais Bradley a également senti la peur les gagner. Il se remet au travail tout en ressassant les événements.

Samedi, 14 heures

Ils sont toujours agglutinés les uns contre les autres dans le lobby. Beverly continue de ruminer. Elle a beau se dire que c'est absurde, que son mari n'a rien d'excitant, pas le genre à avoir une aventure, la voilà obnubilée par l'idée qu'il fréquente une autre femme. Cette possibilité ne l'avait jamais effleurée auparavant. Elle essaie de penser à autre chose.

David observe Bradley qui vaque à ses occupations et suggère nonchalamment :

— Et si nous mettions la main à la pâte pour faciliter la tâche de Bradley ? Henry, ça vous dirait d'aller chercher des bûches avec moi dans la remise à bois ?

— Vous n'avez pas à vous occuper de ça ! lance Bradley en rougissant.

— Aucun souci. Tu dois avoir assez de choses à faire.

Beverly suit Henry des yeux. Celui-ci laisse son gilet sur le fauteuil et suit David jusqu'au portemanteau. Bradley leur tend une lampe torche en indiquant que les piles rechargeables ne vont pas durer longtemps.

Tous les autres semblent plongés dans leurs pensées. Elle fixe du regard le gilet de son mari abandonné sur le fauteuil. Son téléphone doit être dans sa poche, elle en mettrait sa main à couper. Il faudrait qu'elle s'en empare sans que personne le remarque.

Beverly vient s'asseoir près de la cheminée. Personne ne lui prête la moindre attention. Elle entend, au loin, James et Bradley s'activer dans la cuisine. Elle palpe discrètement le vêtement à la recherche du téléphone, le dissimule dans sa main et le glisse dans sa poche. Pas question de le consulter ici, devant tout le monde. Sans compter qu'elle n'a aucune envie que son mari la trouve assise à sa place quand il rentrera de sa corvée de bois.

Elle fait mine de chercher un magazine dans la pile mise à disposition dans le lobby. Peut-être Henry ne s'apercevra-t-il pas immédiatement que son portable a disparu. Et même s'il découvre qu'il n'est plus là, il n'aura aucune raison de croire que c'est elle qui l'a pris.

Elle s'intime de ne pas avoir trop d'espoir, vu qu'elle ignore le mot de passe.

Henry et David rentrent avec les premières brassées de bois, qu'ils laissent tomber près du foyer. L'avocat jette une bûche dans le feu et la pousse avec le tisonnier pour relancer les flammes. Puis ils repartent à la remise. Son mari ne lui a même pas accordé un regard.

— Je monte me reposer dans ma chambre, annonce Beverly.

— Nous devrions sans doute l'imiter, suggère Lauren à Ian en ramassant son livre sur la petite table d'appoint.

Personne n'a envie de rester dans le lobby, se dit Beverly. Ils sont déjà las les uns des autres. Elle s'avance vers l'escalier, impatiente de s'enfermer pour accéder au portable de son mari. Depuis le palier du premier étage, elle voit Gwen encourager Riley à monter se reposer elle aussi.

Beverly rejoint rapidement sa chambre grâce à la torche de son propre téléphone. Elle s'assied sur le lit et sort le portable de son mari de sa poche en se demandant par où commencer. Henry l'a utilisé des dizaines de fois devant elle. Il fait toujours le même geste avec son index : deux traits rapides de haut en bas et un de gauche à droite. Très inspirée, elle tente le plus évident, le H de Henry, mais cela ne marche pas. Elle se souvient de la dernière fois où elle l'a vu se servir de son téléphone, il a dû changer le mot de passe. Ce qui signifie qu'il a forcément quelque chose à cacher. Frustrée, elle essaie diverses combinaisons de chiffres, sans plus de succès. Enfin, elle compose un T comme Teddy, l'enfant favori de son mari, et le portable se débloque. L'euphorie la submerge un moment. Quel idiot, ce Henry. En plus il passe son temps à la sous-estimer.

Elle survole ses e-mails mais ne découvre que des messages professionnels, longs et ennuyeux. S'il a caché ceux de sa maîtresse dans la liste, elle ne les trouvera jamais. Alors elle parcourt les textos en commençant par le haut de la liste, passant sans s'attarder sur les noms connus. Elle repère soudain un mystérieux prénom de femme et clique sur le message pour l'ouvrir. Il y a une photo. Le cœur de Beverly s'arrête presque de battre dans sa poitrine. Elle commence sa lecture par le texto le plus récent.

« Jsp. Je dois partir en week-end avec la mégère. Quand est-ce qu'on se voit ? »

La mégère. C'est ainsi qu'il parle d'elle à sa copine. L'amertume l'envahit. C'est vrai qu'elle est constamment sur leur dos, à lui et aux enfants ; elle leur répète les mêmes choses à longueur de temps, mais c'est parce qu'ils ne l'écoutent pas. S'ils obtempéraient dès qu'elle leur demande de faire quelque chose, elle n'aurait pas à leur faire de réflexions. Mais le mot « mégère » la fait aussi penser à une vieille femme acariâtre, une sorcière à moustache, le dos bossu, laide à faire peur. Elle ravale ses larmes et poursuit sa lecture :

« Tu me manques terriblement ! Et moi, je te manque ? »

Sous le message, la photo d'une femme jeune et belle, les seins nus, le sourire provocant. Une briseuse de ménage sans aucune expérience de la vie. Choquée, Beverly fixe l'image. Elle se demande ce que cette fille voit dans son mari. Si elle en veut à sa fortune, elle se prépare une belle déception. Beverly va le sucer jusqu'à la moelle et le laisser sur la paille. Folle de rage, elle inspire profondément pour reprendre le contrôle de ses émotions.

Elle n'a pas l'intention d'exiger le divorce. Il ne s'agit sans doute que d'une histoire de sexe, une petite aventure sans lendemain typique d'une crise de la cinquantaine. Il a fait une bêtise, une erreur dont ils peuvent encore se relever. Elle ne veut pas le perdre. Elle a besoin de lui.

Elle remonte la liste des messages jusqu'au début, pour savoir depuis quand dure cette relation. Un mois. Il l'a rencontrée dans un bar.

Elle a épousé un stéréotype.

Bon, maintenant au moins elle est au courant.

Son doigt la démange d'envoyer un message à cette pute, mais elle hésite. Et puis il n'y a pas de réseau, de toute façon. Heureusement. Elle remet le téléphone dans sa poche avec l'intention de descendre en vitesse dans le lobby pour le ranger dans la poche de Henry jusqu'à ce qu'elle ait pris sa décision. Elle va devoir se montrer maligne. Elle ouvre la porte de sa chambre et sort dans le couloir.

16

Samedi, 14 h 20

Matthew est seul dans sa chambre au premier étage ; il n'a pas touché au plateau-repas apporté par Bradley. Il faudrait qu'il parle de toute urgence à son père, mais il n'a aucun moyen de le contacter. Son père saurait le conseiller. Il a l'habitude de gérer les crises.

Matthew se lève de son fauteuil et observe le paysage glacé par la fenêtre. Conduire par un temps pareil est exclu. Il ne peut pas rentrer à New York. Et même si c'était possible, de quoi aurait-il l'air s'il prenait ainsi la fuite avant l'intervention de la police ?

Non. Il est bel et bien coincé jusqu'à l'arrivée des autorités.

Henry, assoupi devant le feu, est réveillé par un bruit et ouvre péniblement les yeux. Sa femme descend les marches en se tenant à la rampe jusqu'au moment où, parvenue au bas de l'escalier, elle fait un grand détour pour éviter le corps de Dana. L'expression de son visage le met mal à l'aise.

Il s'est bien rendu compte que son téléphone portable n'était plus dans sa poche et il ne pense pas l'avoir fait tomber. Dans le doute, il est déjà retourné sur ses pas pour s'en assurer, mais impossible de mettre la main dessus. À l'expression peinte sur les traits de sa femme, il comprend immédiatement que c'est elle qui l'a pris.

La seule explication, c'est qu'elle le soupçonne d'avoir une aventure. Il se demande si elle a deviné son mot de passe.

Bon sang, se dit-il avec lassitude, regardant Beverly se rapprocher. Peut-être vaudrait-il mieux que sa liaison avec Jilly soit révélée au grand jour. Ainsi, sa femme saura qu'elle doit le laisser partir. Au début elle le prendra mal, bien sûr, mais il est amoureux de quelqu'un d'autre, c'est comme ça. Sa femme a un bon boulot. Elle s'en sortira. Ça ne va pas être facile, surtout pour elle, mais il a l'intention de remettre de l'ordre dans sa vie et de renouer avec le bonheur.

Ses enfants vont sans doute le haïr pendant un temps, mais ils s'en remettront eux aussi. Ted et Kate ont tous les deux des amis dont les parents sont divorcés. C'est banal, de nos jours. Les enfants n'en veulent même plus à leurs parents, on dirait presque qu'ils s'y attendent. Il y en a aussi qui profitent de la situation et jouent la carte de la culpabilité pour obtenir ce qu'ils désirent.

Henry se prépare à une discussion pénible tandis que son épouse, le visage grave, s'installe face à lui.

Le courage de Beverly la déserte à la vue de son mari, assis dans son fauteuil comme s'il l'attendait. Impossible de remettre le téléphone à sa place. Très bien. Il faut bien qu'ils aient cette discussion, à un moment ou à un autre. Autant le faire tout de suite. Pas moyen de se dérober. C'est peut-être aussi bien ainsi.

— J'ai quelque chose à te dire, lance-t-elle en rapprochant son fauteuil de celui de Henry.

Son mari la regarde durement.

— C'est toi qui as pris mon téléphone ?

Elle baisse les yeux pour rassembler ses forces, puis les relève vers lui.

— Oui.

— J'en étais sûr.

— Je voulais savoir si tu me trompais. J'ai réussi à deviner ton mot de passe, annonce-t-elle en observant Henry, qui semble surpris. Tu ne m'en croyais pas capable, pas vrai ?

Elle essaie de sourire, mais l'expression de son mari la déconcerte. Pourtant, il faut qu'elle poursuive. Peut-être Henry prendra-t-il conscience du ridicule de cette relation. Et puis elle aimerait lui faire du mal, ne serait-ce que pour qu'il se rende compte à quel point il l'a blessée. Elle veut le rendre si honteux qu'il en laissera tomber cette fille.

— J'ai découvert les messages entre toi et ta… copine…

Il ne répond toujours rien, et cela l'énerve tellement qu'elle ne parvient pas à cacher ses sentiments :

— Très instructif. J'ai vu des photos d'elle, je sais à quoi elle ressemble toute nue. Elle est beaucoup plus jeune que toi, n'est-ce pas ? dit-elle, poursuivant à voix basse tandis que son mari, figé, ne pipe mot. (Elle essaye de dissimuler son dégoût :) C'est fou, les amoureux, ce surnom que vous me donnez… La mégère, vous m'appelez « la mégère »…

L'indignation est perceptible dans sa voix, bien qu'elle fasse un effort surhumain pour garder son calme. Elle cherche son regard, mais il tourne la tête. Un vrai lâche.

— Comment crois-tu que je me sente, maintenant que je sais que vous couchez ensemble derrière mon dos et que vous m'appelez « la mégère » ? « Je dois partir en week-end avec la mégère… »

Il ne la regarde toujours pas.

— Faut-il que nous parlions de ça ici ? On ne peut pas attendre d'être rentrés ? demande enfin Henry d'une voix tendue.

— Eh bien, non. Pourquoi attendre ? Pourquoi faire semblant ? J'ai besoin de te dire ce que j'ai sur le cœur. Sais-tu comment je t'appelle, moi ? L'homme-enfant. Parce que tu es un adulte confronté à la tristesse du vieillissement, de la mort, et que tu connais des déceptions, comme tout un chacun, mais que tu réagis comme beaucoup d'hommes de ton âge : en véritable égoïste dénué de maturité. C'est affligeant. Et vain, ajoute-t-elle, consciente de s'être emballée et se taisant un moment pour retrouver le fil de sa pensée : Tu n'es pas amoureux d'elle, Henry. (Du moins, elle espère que c'est le cas.) C'est juste une phase…, déclare-t-elle, marquant une nouvelle pause pour lui laisser le temps de digérer ses propos. Tu penses vraiment que tu vas partir avec cette jeune femme et vivre heureux jusqu'à la fin de tes jours ? Tu vas emménager chez elle, et pourquoi pas t'acheter une décapotable ? Fini le monospace, terminée la corvée de conduire les enfants à leurs entraînements de foot trois soirs par semaine. Tu les verras le week-end, quand ça te chante, et puis tu t'abstiendras d'honorer les versements de la pension alimentaire, comme la plupart des mecs. Ta vie rimera désormais avec sexe, dîners en ville et escapades dans les pays chauds. Finies, les obligations… Eh bien, mon vieux, reprends vite tes esprits, parce que ça ne va pas se passer comme ça, dit-elle, s'interrompant de nouveau avant de reprendre sur un ton plus conciliant : Ça ne va pas durer. Tu vas te lasser d'elle. Et elle de toi. Nous allons te manquer, les enfants et moi. Tu n'auras plus autant d'argent. Tu vas le regretter, j'en suis certaine.

Son mari lève les yeux vers elle.

— Henry, ne détruis pas ce que nous avons construit. Oublie-la.

Le moment est venu pour lui de prendre la bonne décision, pense Beverly. Elle attend en retenant son souffle. Mais il ne dit rien. Son cœur palpite et elle a l'impression de se jeter dans le vide, comme ces fous qui tentent de traverser les chutes du Niagara dans un tonneau. Soudain, elle se rappelle ses espoirs de la veille, à leur arrivée à l'hôtel. Elle a l'impression que c'était il y a une éternité. Elle se sent ridicule. Dire qu'elle pensait qu'ils s'étaient juste éloignés et qu'il leur suffirait de passer un peu de temps ensemble pour se rappeler ce qui les avait attirés l'un vers l'autre. Quand elle songe qu'il ne l'a même pas accompagnée dans leur chambre avec les bagages ! Il a préféré réserver des excursions dans le lobby et meubler leur week-end afin qu'ils n'aient pas une minute pour réfléchir, pour discuter.

Et ce regard qu'il a posé sur elle dans son nouveau négligé.

Et tout ce temps où il lui a caché qu'il était amoureux d'une autre femme.

Eh bien, elle refuse de lui donner satisfaction. L'amour n'a rien à voir avec le désir. Elle doit lui accorder du temps pour reprendre ses esprits. Il traverse une crise. Il va lui revenir. Tout va bien se passer. Elle doit se montrer patiente, c'est tout.

— Réfléchis bien, Henry.

Elle se lève lentement et remonte dans leur chambre, laissant Henry près du feu.

Samedi, 15 h 30

La batterie de l'ordinateur de Candice est sur le point de rendre l'âme. Elle jure à haute voix dans la bibliothèque déserte et sauvegarde une nouvelle fois son travail avant d'éteindre sa machine tant que c'est encore possible. Elle doit économiser sa batterie, au cas où elle aurait besoin de se référer à un passage de son manuscrit. Elle aurait dû emporter une impression papier. Et merde. Elle ne fera plus jamais cette erreur. À partir de maintenant, se promet-elle, elle emportera une impression partout où elle ira.

Devant l'écran éteint, elle se demande quoi faire. Apparemment, elle va devoir continuer à la main. Le problème, c'est son écriture illisible, au point qu'elle-même a du mal à se relire ! Et, naturellement, elle n'a pas emporté de papier. Super, le travail dématérialisé.

Elle regarde autour d'elle et abandonne son fauteuil confortable au coin du feu pour fouiller le bureau dans le coin à côté de la porte, qui date vraisemblablement de la même époque que cet hôtel. La surface est intacte, simplement protégée par un élégant sous-main en cuir sur lequel repose un coupe-papier. Elle ouvre sans difficulté le tiroir du haut, qui ne contient rien d'autre qu'un trombone esseulé. Sa frustration augmente en même temps que son désespoir au fur et à mesure qu'elle essaie les autres tiroirs, sans plus de succès. Mon royaume contre une feuille et un stylo, murmure-t-elle. Rien. Merde.

Elle se souvient alors du petit secrétaire dans sa chambre, sur lequel était posé un classeur contenant des feuilles à l'en-tête de l'hôtel. Mais bien sûr ! La plupart des hôtels fournissent du papier à lettres et un stylo. Et si elle n'a pas assez de papier, elle pourra toujours en emprunter auprès des autres clients. Personne d'autre ne va l'utiliser, de toute façon. Elle espère seulement ne pas être obligée d'apprendre à écrire avec une plume et un encrier dans cet établissement au charme désuet.

Elle sort de la bibliothèque d'un pas rapide, son ordinateur pressé contre la poitrine. Il est encore chaud, ce qui est agréable. Elle tourne vers la droite et se dirige vers le lobby et l'escalier principal, puis elle se souvient de l'escalier de service. Curieuse, elle revient sur ses pas et longe le couloir qui mène à l'arrière du bâtiment et, tout au bout, à la porte de l'escalier à côté de celle de la cuisine, fermée à cette heure.

L'obscurité est si profonde qu'elle a l'impression d'être tombée au fond d'un puits. Elle est tentée de revenir dans le lobby mais elle sort son téléphone portable, presque à court de batterie lui aussi, et allume la lampe torche. Tendue, elle monte lentement les étroites marches en bois. Elle aurait dû emprunter l'escalier principal, malgré le corps étendu devant. Elle parvient enfin en haut et ouvre la porte du deuxième étage. Soulagée, elle se retrouve dans lc couloir faiblement éclairé par la petite fenêtre du fond. Sa chambre, la 206, est juste en face. Elle se hâte d'insérer sa clef et entre sans prendre la peine de fermer la porte derrière elle. Elle veut se munir en vitesse de ce dont elle a besoin et repartir directement à sa place au coin du feu dans la bibliothèque. Le froid de la chambre lui transperce les os.

Le secrétaire est niché sous la fenêtre, de l'autre côté de la pièce, avec le classeur posé dessus. Elle traverse le tapis, tellement épais qu'il étouffe le bruit de ses pas, et ouvre le dossier avec impatience. Celui-ci contient plusieurs feuilles de papier blanc cassé de bonne qualité en format A4 et un stylo. Elle sourit de soulagement.

17

Samedi, 16 heures

Les clients font mine de se rassembler une nouvelle fois dans le lobby vers 16 heures, l'heure du thé. Ils continuent de faire leur possible pour ignorer le corps au bas des marches, passant rapidement sur le côté pour rejoindre la salle à manger. Matthew n'est toujours pas descendu. James a confectionné des scones pour accompagner les boissons chaudes, et tous s'accordent sur le fait qu'ils sont délicieux.

Gwen sirote le thé brûlant, profitant de la chaleur de la tasse entre ses mains. Elle se demande si elle parlera de nouveau à David un jour.

— Je propose que nous allions tous visiter la glacière, maintenant que le chemin est dégagé. J'y ai jeté un coup d'œil tout à l'heure, ça vaut vraiment le coup, propose Henry.

— Merci pour vos efforts avec la souffleuse à neige, répond Bradley.

Gwen va avec les autres chercher son blouson et ses bottes à l'entrée, et Bradley les conduit dans le couloir du fond menant à la réserve à bois. C'est dans cette pièce qui embaume le bois fraîchement coupé qu'ils enfilent leurs vêtements d'hiver. Bradley ouvre la porte, laissant entrer une bourrasque glacée. Henry, accompagné du jeune homme, sort le premier, suivi de Ian et Lauren puis David, Beverly et, derrière Riley, Gwen fermant la marche.

Celle-ci claque la porte derrière elle. Le ciel est bas et le vent souffle en rafales. Gwen ne peut distinguer grand-chose à part le dos de Riley juste devant elle. Ils marchent à la queue leu leu sur le chemin borné par des bancs de neige de chaque côté. Derrière eux, le vent fouette les arbres de la forêt. Riley lui lance quelques mots par-dessus son épaule, mais Gwen ne l'entend pas à cause du blizzard. Le bout de son nez gèle déjà. Au moins, ils ne courent pas le risque de se faire écraser par une branche. Le chemin débouche sur une aire dégagée juste devant la glacière et la jeune femme peut enfin voir de quoi il s'agit.

On dirait un igloo, ou une cabane Nissen faite de neige. L'entrée est constituée de grands blocs de glace taillés et emboîtés les uns dans les autres. Deux portes en bois sont fixées dans la glace, on ne sait comment.

— Les portes représentent le seul élément qui ne soit pas en glace. Il faut reconstruire la glacière chaque hiver car elle fond au printemps, indique Bradley, formant des nuages avec son haleine.

— Cela fait beaucoup de travail pour une construction qui est amenée à fondre si vite, lâche Beverly, qui sent la peau de son visage se tendre sous l'effet du froid.

— Mais ce qui est bien, c'est que le style change chaque année, reprend Bradley, que ce soit en matière de design ou de sculptures. Attendez de voir ce qu'ils ont fait à l'intérieur...

— Ce n'est donc pas vous qui la construisez ? demande Ian.

— Oh que non !

Bradley leur ouvre la porte et ils pénètrent dans la glacière.

Gwen pousse un cri d'étonnement. C'est comme s'ils avaient soudain mis les pieds dans un paysage de conte de fées étincelant. Le bar incurvé, surmonté d'une voûte, est sculpté dans une glace translucide, tout comme les tabourets placés devant. Derrière le bar, des bouteilles sont rangées sur des étagères de glace qui irradient dans la lumière singulière.

Bradley, coiffé d'un bonnet rouge qui tranche dans toute cette blancheur, se poste derrière le comptoir.

— Je vous recommande la vodka martini.

Gwen regarde autour d'elle en attendant d'être servie. Elle distingue plusieurs tables rondes avec des sièges incurvés sculptés dans la glace. Mais c'est la sculpture monumentale perchée sur le comptoir qui l'impressionne le plus, un oiseau de proie aux ailes déployées et aux pattes tendues (y compris les griffes), sur le point de fondre sur sa proie. Aussi large que le bar, on dirait qu'il plane au-dessus de Bradley, occupé à mixer les cocktails.

David surgit derrière elle et lui tend un grand verre à martini de sa main gantée. Elle sent la nervosité la gagner.

— Je n'aimerais pas me retrouver ici sans mon manteau, dit-elle, prenant conscience du regard de Riley fixé sur elle, mais décidant d'en faire abstraction.

— Magnifique, répond David.

— N'est-ce pas ?

— Je ne parlais pas de la glacière, chuchote l'avocat.

Elle se sent fondre malgré le froid. Riley se trompe. David ne peut pas être l'homme qu'elle soupçonne. Les idées de son amie sont confuses, et sur bien des points.

David boit une gorgée de son martini tout en la fixant des yeux. Gwen rougit et dit, d'une voix plus forte :

— Dommage que Candice loupe ça.

— Elle travaille dans la bibliothèque et a demandé à ne pas être dérangée, explique Bradley.

— Elle va le regretter, reprend Gwen, c'est fabuleux.

Bradley lui sourit.

— Je crois que vous avez raison. Je vais aller voir si je peux la convaincre de sortir, annonce-t-il en quittant son poste derrière le bar.

— Détendez-vous, réprimande gentiment David.

Gwen lui sourit nerveusement tout en sirotant sa vodka. Sur un ton plus bas, il poursuit :

— Je crois que nous devrions trouver un moment et un endroit tranquille pour discuter juste tous les deux.

Elle acquiesce. Impossible de parler maintenant, dans cet espace confiné, avec tous ces gens autour d'eux – et surtout Riley, qui ne les lâche pas des yeux. Mais il faut qu'ils aient une discussion. Cette perspective la réjouit et la terrifie à la fois.

Bradley sort affronter le vent et se dirige vers la réserve à bois, tête baissée et col du blouson relevé. Le sourire plaisant a déserté son visage. Il y a toujours trop à faire quand on tient un hôtel, se dit-il, fatigué. On ne voit jamais le bout du tunnel, à courir dans tous les sens, à se montrer enjoué avec les clients. Pourtant, le groupe est assez sympa ce week-end. Mais il ne s'imagine pas travailler dans cet hôtel toute sa vie, à servir des repas et des apéritifs, à guider des hôtes et à se mettre à leur disposition. Son père le voit reprendre les rênes un jour, mais Bradley n'a aucune envie de se retrouver coincé à la campagne, loin de tout. Il adore cet endroit et il adore son père, mais il est impatient de foutre le camp. Il n'a pas l'intention de se laisser piéger à prendre soin de plus riches que lui, libres, eux, de partir où bon leur semble. Sans compter que, contrairement à son père, il n'a aucune passion pour la cuisine.

Toutefois, il se sent coupable à chaque fois qu'il pense à son départ. Comment abandonner son père ici tout seul ? James se fait tellement de souci. Il est toujours anxieux, de toute façon. Si seulement il vendait l'hôtel pour prendre sa retraite, alors Bradley serait libéré de ses obligations.

Il se rend à la bibliothèque, mais Candice n'y est pas. Il jette un coup d'œil rapide dans le lobby sans plus de succès. Elle doit être en train de se reposer dans sa chambre, mais il n'a pas envie de monter deux étages pour s'en assurer. Pendant un instant, il cesse de penser à elle. Il a de grands projets personnels. Il faut juste qu'il rassemble assez d'argent et…

Il entend son père l'appeler depuis la cuisine :

— Bradley, c'est toi ? J'ai besoin d'aide pour préparer le repas. Tu peux commencer à éplucher les légumes ?

— Impossible, rétorque Bradley en le rejoignant.

Son père lève les yeux, surpris.

— Je suis censé servir l'apéro dans la glacière.

— Qu'est-ce qui te prend ? J'aimerais ne pas devoir te rappeler de garder tes distances avec les clients, dit James en le regardant plus attentivement.

Voilà une autre chose que Bradley trouve insupportable : qu'on lui rappelle où est sa place. Il sent sa colère monter et sort de la pièce en claquant la porte sans prononcer un mot de plus.

David est en train de se dire que Gwen est vraiment charmante dans son blouson de ski rouge, coiffée de son bonnet à rayures roses et rouges, quand Bradley reparaît.

— Elle ne se trouvait pas dans la bibliothèque et j'ignore où elle est.

Les clients ont déjà fini leurs verres. Ils commencent à avoir froid et décident de rentrer à l'hôtel. La nuit tombe quand ils sortent de la glacière dans le vent hurlant. David marche à côté de Gwen sur le chemin étroit qui mène à la réserve à bois.

— C'est à cela que ressemble le vent qui souffle au sommet de l'Everest, déclare Riley quand ils se retrouvent dans la remise.

— Vous y êtes déjà allée ? demande Henry.

— Non, mais j'ai vu un documentaire.

Ils sont soulagés de réintégrer le lobby. Certains gardent leur bonnet et leurs gants pour se réchauffer.

Gwen se tient devant le feu en se frottant les mains. David se dit qu'il devrait peut-être lui proposer maintenant de l'accompagner dans un endroit tranquille. Pourquoi pas le bar ? Il pourrait allumer un feu, et ils y seraient seuls. Bradley est reparti dans la bibliothèque pour chercher Candice. Quant à Lauren, elle est penchée sur le bureau de la réception, en quête d'un stylo pour ses mots croisés.

Bradley revient dans le lobby en secouant la tête.

— Elle n'y est toujours pas, j'ai cherché partout. Elle doit être en train de se reposer. Je vais jeter un coup d'œil en haut.

David se sent mal à l'aise. Pourquoi Candice ne se trouve-t-elle pas où elle est censée être ?

— Je t'accompagne, propose-t-il.

— Moi aussi, dit Gwen.

Personne d'autre ne manifeste le désir de gravir l'escalier plongé dans l'obscurité. Bradley saisit une lampe à huile dont la lueur tremblote sur la table d'appoint et illumine le chemin. Il commence à faire nuit au-dehors, seul un mince filet de lumière filtre par les fenêtres.

Bradley, suivi de David et Gwen, porte la lampe à bout de bras, projetant des ombres sur la tapisserie sombre de l'escalier. David a allumé la lampe torche de son téléphone, mais il n'a presque plus de batterie. Tous trois montent prudemment les marches.

— Je l'ai vue après le déjeuner, au moment de débarrasser son plateau, explique Bradley. Je l'ai informée que le thé serait servi à 16 heures. Elle m'a répondu qu'elle nous rejoindrait si elle en avait envie, sinon il ne fallait pas la déranger.

Le deuxième palier leur semble encore plus sombre et sinistre que le premier, si c'est possible. Il fait un froid de gueux. La chambre de Candice est située à gauche de l'escalier, juste en face du placard à balais. Bradley cogne à la porte. Aucune réponse. Il frappe à nouveau. David est désormais alarmé, mais il essaie de ne pas le montrer.

Le jeune homme se tourne vers lui, l'air inquiet.

— Vous pensez que nous devrions entrer ?

— Pourrait-elle se trouver ailleurs ?

— J'ai regardé partout.

David hoche la tête. Bradley lui tend la lampe et sélectionne la bonne clef dans son trousseau. Il ouvre lentement la porte.

Candice est allongée par terre, son foulard étroitement serré autour du cou.

Samedi, 17 h 35

Dans la lumière macabre de la lampe à huile, Gwen a juste le temps de distinguer le corps ramassé à terre, un éclair de visage pâle, le joli foulard serré autour de la gorge de Candice, avant de se mettre à hurler. David la saisit d'un bras puissant et lui enfouit le visage contre sa poitrine pour qu'elle ne voie pas le cadavre, mais il est trop tard. Un goût amer emplit la bouche de Gwen.

Choquée, agitée de tremblements, elle se serre contre David en essayant de refréner son envie de vomir. La chute de Dana, au moins, paraissait accidentelle et la jeune femme, malgré les affirmations de David, s'était refusée jusqu'à présent à considérer qu'il pouvait s'agir d'un meurtre. Mais pour Candice, hélas, aucun doute n'est possible. La pauvre femme a été étranglée avec son foulard.

Glacée d'effroi, Gwen entend un bruit de pas dans l'escalier obscur.

18

Riley entend le hurlement de son amie et, malgré sa terreur, se rue dans l'escalier, les autres clients sur ses talons. En arrivant devant la porte ouverte de la chambre de Candice, la première chose qu'elle voit à sa droite est Gwen, le visage enfoui contre la poitrine de David, et, juste derrière eux, le corps à terre. Un cri étouffé s'échappe de sa gorge.

Tous s'agglutinent autour d'elle pour apercevoir la scène. De toute évidence, Candice a été assassinée. Ils s'engouffrent dans la chambre et Riley fait un pas de côté pour les laisser entrer. L'angoisse la submerge tandis qu'elle essaie désespérément de comprendre les implications de ce nouveau meurtre. Gwen s'écarte de David, qui pose la lampe à huile sur le bureau. Un halo de lumière se forme autour de Candice, lui donnant une apparence irréelle, comme si elle était une actrice jouant la comédie sous les feux de la rampe.

Riley est incapable de supporter la vue du cadavre plus longtemps et se tourne vers ses compagnons.

Bradley s'est agrippé au bureau pour conserver son équilibre et fixe Candice comme s'il avait vu un fantôme. David a les lèvres serrées. Gwen se tient juste derrière lui, la main sur la bouche pour s'empêcher de hurler, ou de vomir.

Ian, paralysé par la surprise, marmonne « mon Dieu » tandis que Lauren le pousse de son chemin pour desserrer le foulard autour du cou de Candice.

— Tout le monde recule, nous ne pouvons plus rien faire pour elle, ordonne David.

Lauren, pâle et bouleversée, s'assied sur ses talons et lève les yeux vers lui.

Riley entend un sanglot et se retourne. Henry et Beverly sont figés sur le pas de la porte, le regard tourné vers Candice. Beverly fait des efforts visibles pour se contrôler. Et voilà que surgit Matthew, tout dépenaillé, du couloir obscur, James à bout de souffle sur ses talons.

Riley se force enfin à examiner le corps. L'écrivaine est allongée sur le ventre, la tête tournée vers la gauche. Son visage d'une pâleur mortelle forme un contraste saisissant avec la moquette sombre. Ses yeux grands ouverts expriment une surprise sans nom. Une vision d'horreur, terrifiante.

Riley sent la panique l'envahir, alors elle ferme les yeux un moment en inspirant profondément pour ne pas laisser libre cours à cette sensation familière. Rouvrant les yeux, elle se rend compte que tout le monde est entré dans la chambre, malgré l'injonction de David de rester à l'écart. Elle se demande fugitivement qui va maintenir l'ordre dans l'hôtel, désormais. Sous le coup de la panique, la situation peut rapidement basculer, elle l'a déjà vu.

Gwen, au bord des larmes, se tient proche de David, le regard posé sur la morte. Elle est trop sensible, se dit Riley.

— Nous ne devons pas la toucher, dit David calmement, la police s'occupera d'elle à son arrivée.

— Quand ? crie Lauren d'une voix perçante. Comment pouvez-vous rester si calme ? Elle a été assassinée ! Il faut avertir la police !

— Mais putain, comment voulez-vous qu'on les appelle ? braille Henry.

— Je n'en sais rien, mais il faut trouver un moyen, rétorque Lauren d'un ton sec.

Henry, que la vision du cadavre trouble profondément, reporte son attention sur Matthew, qu'il n'a pas vu depuis la découverte du corps de Dana au petit matin. Le hurlement de Gwen a sorti le jeune homme de son isolement forcé. Si certains le soupçonnaient d'avoir poussé sa fiancée en bas des marches, ce nouveau meurtre change les données du problème, car il implique qu'un assassin rôde en ce moment même dans l'hôtel ! David a du mal à conserver son flegme habituel. Et on ne peut toujours pas prévenir la police !

La peur est palpable dans leur petit groupe. Tout le monde semble être arrivé à la même conclusion.

Dans son dos, Beverly prend une respiration forcée par le nez. Henry se demande s'ils sont tous en danger, et subitement une pensée épouvantable lui vient à l'esprit. Si Beverly avait été étranglée, au lieu de Candice, alors tous ses problèmes auraient été résolus comme d'un coup de baguette magique. Pour la première fois, Henry a conscience que la mort de sa femme le libérerait de ses soucis. Nerveux, il a soudain devant les yeux l'étrange vision de Beverly étranglée dans leur chambre. Mais David le tire de ces élucubrations macabres :

— C'est peut-être l'un d'entre nous.

Un silence terrible s'abat sur la pièce. Beverly secoue la tête.

— Certainement pas. Vous ne pensez pas sérieusement que l'un de nous est le meurtrier ?

— C'est possible, répond David.

— Mais c'est absurde, insiste Beverly en regardant désespérément les clients présents autour d'elle, vous pensez visiblement que tout le monde est capable de tuer, mais les meurtriers ne sont pas des gens normaux !

Henry est d'accord avec elle sur ce point. L'idée même que l'un d'entre eux puisse être le tueur est insensée. On se croirait au beau milieu d'un roman policier. Il était disposé à croire que Matthew, dans un geste de colère, avait pu jeter sa fiancée au bas des marches, mais il ne peut envisager que le jeune homme ait également assassiné Candice de sang-froid.

David a passé trop de temps au milieu de criminels, voilà tout. Henry ne peut imaginer que l'un de ses compagnons ait pu pousser la pauvre Dana dans l'escalier puis lui fracasser le crâne contre une marche, avant d'étrangler Candice… Non. Il doit y avoir quelqu'un d'autre dans les parages. Henry scrute les ténèbres grandissantes avec angoisse.

Samedi, 17 h 45

— Nous devrions fouiller l'hôtel, suggère David aux hôtes rassemblés autour du corps.

Les autres le regardent, pris de court.

David comprend qu'ils sont sous le choc et sans doute incapables de penser clairement, mais il poursuit sans ménagement :

— Deux personnes sont mortes, assassinées. Il se peut que nous ne soyons pas les seuls dans l'hôtel.

Les visages effrayés, entourés par l'obscurité, sont tournés vers lui.

— Ces meurtres doivent être l'œuvre d'un déséquilibré, murmure Lauren.

— Il… il n'y a personne d'autre ici, bafouille James.

— Aucun autre employé que nous n'ayons pas encore rencontré ?

— Non. Seulement Bradley et moi. Il n'y a personne d'autre à cause de la météo.

— Il se peut que quelqu'un soit entré ici sans que nous nous en soyons aperçus, reprend David.

— Impossible, les chambres sont verrouillées, répond Bradley.

— Cette chambre l'était, dit David, et malgré cela on a trouvé un cadavre à l'intérieur. Comment est-ce arrivé ?

Tout le monde garde le silence.

— Peut-être a-t-elle ouvert la porte à son assassin, suggère Matthew, qui songe sans doute à Dana, retrouvée morte à l'extérieur de sa chambre, sans raison apparente.

— Peut-être. Mais à en juger par la position du corps, elle se tenait debout devant le bureau, le dos à la porte, quand elle a été étranglée. De deux choses l'une : ou bien elle a ouvert la porte à quelqu'un qu'elle connaissait et en qui elle avait confiance ou qu'elle a reconnu – pourquoi pas l'un d'entre nous ? –, et elle s'est sentie suffisamment en sécurité pour le faire entrer et lui tourner le dos ; ou bien cette personne a ouvert sans qu'elle s'en rende compte.

— Mais ce n'est pas possible, affirme James. Nous conservons les clefs derrière le bureau de la réception.

Il rougit quand il prend conscience de la faiblesse de son argument.

— Il n'y a pas toujours quelqu'un à la réception, souligne David, en tout cas, pas ce week-end.

— Il se peut que l'assassin ait profité d'un moment où personne ne se trouvait dans le lobby pour prendre la clef, renchérit Henry.

— Mais Candice aurait entendu la porte s'ouvrir, vous ne croyez pas ? objecte Ian.

David lève la main pour demander le silence. Les hurlements du vent répondent à la question de Ian, sans qu'il y ait besoin d'ajouter une explication.

— Bon sang ! s'exclame Lauren, atterrée.

Riley, incapable de dissimuler l'hystérie qui la gagne, intervient brusquement :

— Vous voulez dire qu'un inconnu se trouverait actuellement dans l'hôtel ? Un assassin, qui plus est ? Et qu'il a la possibilité de s'introduire dans nos chambres ?

— Peut-être que la porte était déjà ouverte. Peut-être que Candice ne l'a pas refermée parce qu'elle était juste venue chercher quelque chose en coup de vent, s'empresse de répondre Gwen, son regard anxieux posé sur Riley.

— Pourquoi pas ? dit l'avocat.

Pendant un long moment, les clients se demandent s'ils se trouvent en danger immédiat et plus personne ne dit rien.

— Je suggère de fouiller l'hôtel de haut en bas, y compris nos chambres – à moins que l'un de nous ne s'y oppose ?

David les observe attentivement, désireux de découvrir si l'un d'entre eux a quelque chose à cacher.

Les clients échangent des regards gênés, mais personne n'émet la moindre objection.

— Devons-nous la recouvrir ? demande Bradley d'une voix peu assurée.

— Non, laisse-la comme elle est, répond David. Il serait sans doute préférable qu'une poignée d'entre nous se mette à inspecter l'hôtel. Les autres devraient rester au coin du feu dans le lobby. J'ai besoin que James et Bradley m'accompagnent.

— Je descends, propose Riley en hâte.

— Moi aussi, dit Lauren. Je n'ai aucune envie de me balader dans les couloirs à la nuit tombée.

— Je reste avec toi, je n'ai aucune intention de te quitter des yeux, déclare Ian sur un ton protecteur.

— Je compte bien fouiller l'hôtel avec vous, annonce Henry. Pourquoi ne descends-tu pas avec les autres te réchauffer dans le lobby ? poursuit-il en se tournant vers sa femme.

— Non, je reste avec toi, dit Beverly.

Son mari est le seul ici présent avec lequel elle se sente en sécurité. Elle ne connaît pas les autres.

David se tourne vers Matthew.

— Et vous ?

— Moi aussi, je veux fouiller l'hôtel, répond le jeune homme sur un ton péremptoire.

— Va rejoindre Riley et les autres en bas, propose l'avocat à Gwen.

Elle a l'air tellement effrayée et vulnérable qu'il se fait du souci pour elle. Elle hoche la tête et s'écarte de lui pour suivre Ian.

Riley quitte la chambre de Candice en compagnie de Ian, Lauren et Gwen. Elle ferme la marche et se colle tellement contre Gwen qu'elle lui écrase presque les talons. Dans le couloir, l'obscurité est totale en dehors du maigre faisceau de lumière provenant du téléphone de Ian. Tandis qu'ils descendent les marches dans un silence complet, Riley essaie d'extirper de son esprit la vision du corps sans vie de Candice, mais son imagination prend le dessus. Elle se figure les derniers moments de la pauvre femme. Quelqu'un l'a poursuivie dans cette chambre froide et sombre, et l'a éliminée sans pitié. Qu'a-t-elle bien pu ressentir au moment où l'écharpe s'est resserrée autour de son cou avec une telle force qu'elle n'a plus pu respirer ? Elle a dû se débattre…

Riley sent sa propre respiration s'accélérer, elle commence à hyperventiler. Mal à l'aise, elle regarde par-dessus son épaule. Les ténèbres sont aussi épaisses qu'un rideau de velours noir ; on ne distingue rien. Elle se rend compte qu'elle s'est laissé distancer par les autres parce qu'elle descend plus lentement de peur de trébucher. Elle s'agrippe à la rampe. Quand elle pense que quelques instants auparavant elle volait au secours de Gwen. Mais depuis qu'elle a vu le corps sans vie de Candice, elle a l'impression de patauger dans la mélasse, elle a perdu ses forces.

Riley se hâte pour rattraper les autres avant qu'ils ne tournent sur le palier, emportant avec eux la seule source ténue de lumière. Elle ne peut se défaire de l'idée qu'un étranger est caché dans l'hôtel, à l'affût de leur moindre geste. Tapi dans l'ombre, il a dû prendre son temps pour observer Candice, et maintenant elle est morte. Peut-être est-il en train de la surveiller à l'instant même, dissimulé juste derrière elle dans l'escalier, prêt à l'empoigner, elle, la retardataire… Son regard se pose sur elle en cet instant… Ici, tout près, dissimulée derrière le lourd rideau noir, la Grande Faucheuse tend une main squelettique…

Riley perçoit un mouvement au-dessus d'elle. Il y a quelqu'un, quelque chose. Prise de panique, elle se précipite vers les autres, chancelante, cramponnée à la rambarde.

— Attendez-moi ! hurle-t-elle.

Elle se cogne contre Gwen, juste devant elle – son amie était toute proche, en fait. Gwen la prend dans ses bras.

— Je suis juste là, Riley.

— J'ai l'impression qu'il y a quelqu'un en haut !

Le faisceau de lumière émanant du portable éclaire son visage, l'aveuglant presque, avant de se projeter sur les marches et le mur derrière elle. Tous regardent en direction de l'étage, mais leurs yeux ne portent pas loin.

— Riley, il n'y a personne, lui répond Ian fermement.

— Allez, courage. Nous y sommes presque, dit Gwen en la tenant par le bras.

David se tourne vers ses compagnons et propose :

— Nous allons commencer par les chambres inoccupées à cet étage.

Il remarque que, cette fois-ci, Bradley semble plus désemparé que son père, et regarde James retirer calmement le trousseau de clefs des mains tremblantes du jeune homme. Ils commencent par la chambre voisine de celle de Candice, juste en face de celle de Lauren et Ian. David éclaire James avec la lampe à huile tandis que celui-ci insère la clef dans la serrure. L'avocat jette un coup d'œil sur leur petit groupe hésitant avant de pénétrer le premier dans la chambre, dont la porte s'ouvre brutalement. Les autres lui emboîtent le pas, certains munis d'iPhone émettant de minces rayons de lumière.

La chambre est impeccable et attend son prochain client. Ils fouillent la salle de bains, les armoires, ils vérifient sous le lit fait à la perfection. Rien à signaler.

Ils visitent alors la chambre suivante, de l'autre côté de celle de Candice. Vide, elle aussi.

Mais c'est quand ils atteignent la dernière chambre inoccupée de ce côté du couloir, située en face de celle de Gwen et Riley, qu'ils tombent sur des éléments troublants. James insère la clef et ouvre la porte, précédant David qui porte la lampe. Devant le visage surpris de James, David se met à inspecter la pièce à son tour.

Il remarque immédiatement que quelqu'un a dormi dans le lit.

— Personne ne bouge, ordonne David, laconique.

Immobile, il tend l'oreille tout en enregistrant le fait que la porte de la salle de bains est ouverte. Quelqu'un est entré dans la chambre et s'y trouve peut-être encore. Une peur affreuse le saisit mais quelque chose, son ouïe ou son odorat, à moins qu'il ne s'agisse simplement de son instinct primaire, le convainc que la pièce est vide. Il se hâte vers la salle de bains et regarde à l'intérieur. Personne.

— Que se passe-t-il ? demande Beverly, restée dans le couloir, d'une voix stridente.

— Rien du tout, répond David.

Les autres s'éparpillent dans la chambre vide et l'avocat les entend crier de surprise à la vue du lit défait.

— Bon sang ! s'exclame Henry, alarmé.

David s'approche du lit, dont le couvre-lit a été replacé sens dessus dessous. La lueur vacillante de la lampe à huile l'accompagne tandis qu'il inspecte la pièce. Pas de valise, aucun vêtement, aucun effet personnel. On dirait que quelqu'un a libéré la chambre et que celle-ci n'a pas été refaite. Toutefois, on ne trouve pas trace sur l'oreiller ou le bureau du pourboire habituel destiné à la femme de chambre. David ouvre l'armoire, qui ne contient rien d'autre que des cintres vides. Il examine de nouveau la salle de bains, avec une attention plus soutenue cette fois, et remarque des éclaboussures autour de l'évier, une serviette abandonnée sur l'étagère. Les autres, visiblement bouleversés, s'affairent dans la pièce.

— C'est incompréhensible, déclare le propriétaire de l'hôtel, manifestement troublé.

— Serait-il possible que le personnel ait tout simplement oublié de nettoyer cette chambre ?

— Impossible, répond James avec emphase, l'hôtel est petit. Nous connaissons à tout moment l'état des chambres.

— Bradley ?

— Je ne comprends pas, répond le jeune homme, secoué, c'est très improbable, cela ne s'est jamais produit auparavant.

— Eh bien, si ce n'est pas le cas, alors quelqu'un dont nous ne savons rien a utilisé cette chambre et rôde vraisemblablement dans l'hôtel, sans que nous soyons au courant, annonce David.

Il se sent pris de peur pour Gwen. La chambre qu'elle partage avec Riley se trouve juste en face. Il regarde ses compagnons, serrés les uns contre les autres, le visage soucieux.

— Allez, on continue.

19

Henry ignore ce qui est le pire : l'éventualité que l'un d'entre eux soit un assassin ou celle qu'un inconnu, ayant déjà tué deux personnes, se balade dans l'hôtel à leur insu.

Pendant qu'ils fouillent la chambre de Gwen et Riley, Henry se demande ce qu'ils cherchent exactement. Il ignore pourquoi David a proposé d'inspecter aussi les chambres occupées, et pour quelle raison ils ont tous accepté. On se croirait au beau milieu d'un jeu de rôle ou d'une *murder party*, toutes lumières éteintes. Sauf que personne ne s'amuse.

Beverly trouve des médicaments dans le sac de voyage de Riley et les examine à la lumière de la lampe.

— Qu'est-ce que c'est ? demande Henry, au nom de toutes les personnes présentes.

— Des anxiolytiques, répond David tandis que Beverly les replace dans le sac.

Ils poursuivent leurs recherches au deuxième étage dans le salon près de l'escalier, sans oublier le placard à balais. Dans la chambre de Lauren, ils découvrent qu'elle prend de puissants somnifères, mais rien d'autre qui soit digne d'intérêt.

Ils s'attaquent ensuite au premier étage, où se trouvent les chambres des autres hôtes. Celle de David est située à l'angle nord-ouest, directement en dessous de celle de Gwen et Riley et voisinant avec le petit salon. En face, celle de Dana et Matthew, diagonalement opposée à celle de David. À côté de leur chambre, en face de celle de David, une autre chambre inoccupée.

C'est celle qu'ils inspectent en premier, et elle correspond en tout point à l'idée que l'on peut se faire d'une chambre d'hôtel.

Ensuite, David mène ses compagnons jusqu'à la sienne, de l'autre côté du couloir, quand bien même Henry est persuadé qu'ils ne vont rien y trouver. Ils se déplacent dans l'obscurité à la lueur faiblissante de leurs iPhone, ouvrant les tiroirs de la table de chevet, de la penderie, du placard de la salle de bains. Matthew remue les cendres froides sur la grille du foyer avec un tisonnier. La pièce – tout comme le reste de l'hôtel – est glacée et Henry, occupé à fouiller en dessous du lit, se dit qu'il aurait dû mettre un pull plus épais, voire son blouson. Il soulève ensuite le matelas et ce geste lui rappelle un souvenir d'adolescent, l'époque où il cachait des magazines pornographiques sous le sien. Pendant ce temps, Beverly étudie le contenu du sac de voyage de David sous les yeux de celui-ci.

Quand il a terminé, Henry jette un regard anxieux par la fenêtre. Le ciel est noir comme de la suie. Il entend les craquements des branches couvertes de givre, fendues par le vent qui hurle au-dehors. Il a l'impression de sombrer et il a peur.

Ils quittent la chambre et David referme la porte derrière lui. Les autres pénètrent déjà dans celle de Matthew et l'avocat les laisse fouiller les bagages, ouvrir les tiroirs, soulever les tapis et inspecter les cendres de la cheminée. Il se contente d'observer la réaction du jeune homme tandis que l'on passe au peigne fin la pièce qu'il partageait avec sa fiancée et leurs affaires personnelles. Matthew n'est pas très à l'aise, mais rien de plus normal.

David est pourtant surpris quand Henry trouve une arme, rangée sous clef avec des munitions, dans le sac de Matthew.

— Je possède un permis de port d'arme, annonce celui-ci, légèrement sur la défensive. Normalement elle reste chez moi, rangée dans le tiroir de ma table de chevet, pour pouvoir me défendre en cas d'intrusion. Mais j'ai pensé que je devrais être armé si nous décidions d'aller skier ou de faire une randonnée. À cause des ours. Je préfère être paré contre toute éventualité, précise-t-il en se tournant vers James. On peut facilement leur faire peur en tirant en l'air, n'est-ce pas ?

— Oui, acquiesce James nerveusement.

David hoche la tête et Henry replace avec soin le pistolet dans le sac de voyage, avant de reposer le bagage à terre. Mais Matthew le pose sur le lit et en retire l'arme à feu, qu'il se met à charger méthodiquement. David se fige et tout le monde s'immobilise brusquement pour observer le jeune homme. Celui-ci, ignorant les regards posés sur lui, glisse dans ses poches quelques munitions supplémentaires. Il tient son arme d'une main et David se demande s'il devrait dire ou faire quelque chose.

Le temps s'arrête. Le cœur de David bat la chamade. Les membres du groupe sont pétrifiés. Comme s'ils craignaient que le jeune homme ne soit le coupable et qu'il ne se mette à leur tirer dessus. Mais Matthew lève les yeux vers eux, l'air tout ce qu'il y a de plus normal, et les rassure sur ses intentions :

— Nous pourrions en avoir besoin.

La chambre de Henry et de Beverly est juste à côté, en face du placard à balais vide. Ils n'y trouvent rien non plus, et même David se demande alors ce qu'ils cherchent. Il commence à se dire qu'il était parfaitement inutile de fouiller les pièces occupées. Les deux chambres à proximité de l'escalier de service sont inoccupées et propres, dans l'attente de leurs futurs hôtes.

Samedi, 18 h 30

— Nous devrions fouiller le reste de l'hôtel, déclare James. Tout le rez-de-chaussée, et puis la cave.

James est confus de l'apparence de la 202. Une chose pareille ne s'était jamais produite jusqu'à aujourd'hui. Serait-il possible qu'un intrus se trouve actuellement dans l'établissement ? Il ne se connaît pourtant pas d'ennemi, en tout cas aucun nom ne lui vient à l'esprit. Aucun cousin éloigné, fou de jalousie ; pas d'employé ayant des comptes à régler. Il aurait dû faire installer des caméras de sécurité mais il s'y est toujours opposé de peur qu'elles jurent avec l'atmosphère surannée de son hôtel. Et puis, surtout, il n'aurait jamais imaginé qu'elles puissent avoir une quelconque utilité. Mais s'il l'avait fait, ils auraient pu comprendre ce qui est arrivé à Dana – à condition que l'incident ait eu lieu avant la coupure de courant. Cela dit, sans électricité, ils n'auraient pas pu regarder la vidéo, de toute façon…

James jette un coup d'œil à Bradley, qui se tient dans le couloir avec les autres. Le jeune homme, ne se sachant pas observé, garde les yeux baissés. Son visage exprime une peur viscérale, et un autre sentiment que James ne parvient pas à cerner. Pourtant ce n'est pas la première fois qu'il le remarque chez son fils.

Son cœur fait une embardée dans sa poitrine. Il y a des choses qu'il ignore au sujet de son fils. C'est le cas de tous les parents. Mais Bradley a déjà eu maille à partir avec la justice et James pensait que c'était de l'histoire ancienne. Bon sang, il espère que le jeune homme ne s'est pas une nouvelle fois fourré dans un guêpier. Mais il se dit pour se rassurer que, quoi que son fils ait pu faire, cela n'a vraisemblablement aucun lien avec le double drame d'aujourd'hui. Bradley est un bon garçon, au fond, mais il a eu le malheur de s'acoquiner avec des gens peu recommandables par le passé. D'ailleurs James a l'intention de discuter avec lui à la première occasion. Il s'approche de lui et murmure :

— Tout va bien ?

Bradley le regarde, surpris.

— Oui, ça va.

L'expression alarmante de son visage a disparu, alors James se dit qu'il s'inquiète pour rien. Les incidents de la journée n'ont rien à voir avec son fils. Bradley est juste effrayé, comme tout un chacun.

— C'est toi qui as la lampe, poursuit James, est-ce que tu veux nous montrer le chemin ?

Cette fois, ils empruntent l'escalier de service pour rejoindre le rez-de-chaussée. Ils descendent à la queue leu leu dans un silence interrompu par l'écho de leurs pas.

— Autrefois, c'était l'escalier réservé aux domestiques, explique Bradley.

— Est-ce qu'il y a un grenier dans l'hôtel ? demande David.

— Non, répond James.

Ils parviennent en bas des marches, devant une porte qui s'ouvre sur un couloir longeant l'arrière de l'hôtel. La cuisine se trouve immédiatement sur la gauche.

— Allons visiter la réserve à bois en premier et gardons la cuisine et la cave pour la fin, suggère James.

Tout le monde emboîte le pas à Bradley, qui se dirige vers la remise située au fond du couloir. Beverly n'avait pas bien regardé la pièce quand elle y était passée pour se rendre à la glacière avec les autres, mais cette fois elle prend le temps d'observer les lieux. Il y gèle, car les murs en bois de grange et le sol en terre battue ne fournissent aucune isolation. Au centre, elle aperçoit un billot avec une hache profondément plantée en son milieu, des bûches et du petit bois soigneusement rangés tout autour. Elle remarque aussi quelques outils de jardinage, et l'odeur de renfermé. En tout cas, elle ne voit pas d'endroit où se dissimuler.

Ils reprennent le couloir et tournent à gauche, en direction du lobby. Sur leur droite, la bibliothèque. James ouvre la porte vitrée et tous y entrent à sa suite. Ici aussi, il semble impossible de se cacher, tout comme dans le petit salon adjacent.

Ils continuent leur progression vers le lobby, non sans s'arrêter un moment pour inspecter le bar. Mais là encore ils sont bredouilles. L'appartement de James et Bradley est situé un peu plus loin dans le couloir. Le propriétaire ouvre la porte et les invite à entrer dans leur logement de taille modeste, mais bien rangé et joliment meublé. Ici non plus il n'y a personne.

Beverly se sent à la fois soulagée et découragée. Que faut-il donc faire pour trouver l'assassin ?

— Il ne reste plus que la cuisine et la cave, annonce Bradley.

La perspective de visiter la cave met Beverly mal à l'aise, mais elle suit ses compagnons jusqu'à la cuisine.

— Entrez, dit Bradley, illuminant de sa lampe à huile l'immense pièce qui fait autant penser à une cuisine de campagne qu'à un atelier industriel.

Beverly remarque le gigantesque réfrigérateur qui ne mesure pas loin de deux mètres cinquante de largeur, sans doute plein à craquer de nourriture sur le point d'être avariée. Le personnel doit, en temps normal, assaillir l'îlot surdimensionné au centre de la pièce. Des placards occupent tous les murs tandis qu'un double évier de taille impressionnante et un lave-vaisselle professionnel complètent le tableau.

James ouvre la porte du frigo pour en inspecter le contenu. Puis ils regardent tous à l'intérieur du cellier à la lueur vacillante de la lampe. Vide, lui aussi.

Le propriétaire se tourne alors vers les hôtes :

— Allons à la cave, lance-t-il en ouvrant une vieille porte en bois et en tendant instinctivement le bras vers l'interrupteur avant de se souvenir de la panne. Donne-moi ça, demande-t-il à Bradley en désignant la lampe.

— Non, je passe en premier, insiste son fils en le poussant légèrement pour prendre la tête, la lampe à la main.

Les marches, dépourvues de contremarches, grincent lorsqu'ils empruntent l'escalier rustique. Faute de rampe, Beverly garde la main sur le mur en crépi pour ne pas tomber. En bas, on se croirait revenu un siècle en arrière. De lourdes poutres soutiennent le plafond et les fondations sont en pierre.

— Soixante centimètres, rien que ça ! les informe Bradley en passant.

Beverly, impressionnée, admire la pierre blanchie à la chaux qui s'effrite par endroits.

— Il y a des rats ici ? s'enquiert-elle.

Évidemment qu'il doit y avoir des rats. L'hôtel est construit en pleine campagne et la cave se trouve juste en dessous de la cuisine… Le problème, c'est qu'elle a une peur bleue de ces bestioles.

— Ne vous inquiétez pas, on s'en débarrasse, dit Bradley.

— Comment ? demande Henry.

— Mort-aux-rats, répond James d'un ton sec.

Le malaise de la femme s'accentue. James n'a pas l'air content de montrer à ses clients sa cave plutôt archaïque et fréquentée par les rats, qui contraste violemment avec le luxe suranné un étage plus haut. Le pauvre doit avoir l'impression de se déshabiller devant nous, se dit Beverly.

Elle aperçoit un placard en bois grossier construit dans le mur et qui doit dater de la même époque. Vide. Bradley surprend son regard.

— On n'utilise pas beaucoup la cave, explique le jeune homme. Nous préférons conserver les aliments dans le garde-manger au rez-de-chaussée.

Beverly contemple l'immense pièce. Un panneau électrique, moderne et propre, se démarque du sol en béton inégal et du mur de pierre percé de petites fenêtres. La chaudière aussi a l'air plutôt récente.

— Personne, déclare David en regardant derrière.

— Nous n'en avons pas tout à fait terminé, dit Bradley, qui s'avance au fond de la cave et se glisse par une ouverture sur la droite. Les citernes sont ici, ajoute-t-il d'une voix qui paraît lointaine.

Beverly n'a aucune envie de se retrouver seule et suit les autres avec réticence. Deux immenses citernes cubiques sont plantées sur la droite.

— Elles sont vides, de nos jours, indique Bradley.

Beverly frémit. Elle reste près de l'ouverture tandis que Bradley examine l'intérieur de chaque cuve avec sa lampe tendue à bout de bras. David le rejoint pour les inspecter avec lui.

— Que dalle, annonce Bradley en secouant la tête.

— Regardez ! s'écrie vivement David.

Beverly se tourne dans la direction pointée du doigt par l'avocat : une fenêtre percée en hauteur dans le mur du fond.

— Mince ! s'exclame Bradley en s'approchant.

Beverly remarque alors les fragments de verre sur le sol, provenant de la vitre brisée.

— La fenêtre est encore fermée, souligne David à ses côtés.

— Peut-être que c'est la tempête, suggère Bradley.

— Ou alors elle a été intentionnellement cassée et déverrouillée de l'extérieur par quelqu'un qui s'est ensuite glissé dans la pièce et a remis le loquet.

Beverly se sent défaillir à ces mots, tandis que David renchérit :

— Nous ferions mieux d'aller jeter un coup d'œil dehors et de vérifier si on ne voit pas d'empreintes. Nous allons nous en charger, Bradley et moi. Vous n'êtes pas obligés de nous suivre.

— Je viens avec vous, rétorque Matthew.

Samedi, 19 h 10

Matthew enfile son anorak et ses bottes et accompagne David et Bradley sous le porche. Le vent souffle avec une force redoutable ; même les arbres semblent se recroqueviller devant sa rage. Ils viennent d'inspecter toutes les fenêtres et les portes de l'intérieur et de s'assurer qu'elles sont toutes bien sécurisées. Il ne leur reste plus qu'à aller examiner le carreau de la cave. Matthew se demande s'ils parviendront jusqu'à la façade est de l'hôtel avec tout ce verglas.

Ils ont été obligés d'abandonner la lampe à huile, car personne n'avait envie de patiner sur la glace en la portant à bout de bras. Ils décident de s'éclairer à l'aide de l'iPhone de Matthew – David souhaite conserver le peu de batterie qu'il lui reste. Matthew tend son portable à Bradley, puisque c'est lui qui va ouvrir la marche.

Ils glissent lentement le long de la façade de l'hôtel et tournent vers l'est, les mains appuyées contre le mur pour garder l'équilibre. En s'approchant de la fenêtre brisée, ils aperçoivent une branche sur le sol, juste devant.

Impossible de déterminer si la branche a cassé la vitre dans sa chute ou si quelqu'un l'a utilisée à cet effet. Sans compter que le verglas a effacé toute empreinte.

— Vous en pensez quoi ? demande Matthew en examinant la fenêtre et les branches éparpillées par terre.

— Je n'en sais rien, répond David, l'air soucieux.

20

Samedi, 19 h 30

À leur retour dans le lobby, David, Bradley et Matthew sont accueillis par des visages anxieux.

David s'effondre dans un fauteuil devant la cheminée et expose ce qu'ils ont découvert aux autres clients, avant de conclure, l'air soucieux :

— En bref, nous avons une chambre qui a l'air d'avoir été utilisée et une fenêtre mystérieusement brisée. À part ça, aucune certitude sur la présence d'un étranger ; aucun signe qu'une personne serait entrée clandestinement dans cet hôtel et en serait ressortie.

Tendus, ils se regardent les uns les autres en silence sans avoir l'air de comprendre les implications de cette affirmation.

— Alors, y a-t-il quelqu'un d'autre ici ou non ? demande Riley d'une voix stridente.

— Peut-être, répond David, mais je n'en suis pas sûr.

— Êtes-vous en train de suggérer que l'un d'entre nous aurait assassiné Dana et Candice ? s'exclame

Ian, incrédule. Mais pour quelle raison ? Nous ne les connaissions même pas !

— En êtes-vous certain ? À la vérité, nous ignorons si l'un d'entre nous connaissait déjà Dana ou Candice, dit David d'un ton égal, défiant les clients de prétendre le contraire. Personnellement, je ne sais rien de la vie des gens rassemblés dans cette pièce. Pour autant que je sache, et c'est ce que nous sommes amenés à penser, personne ne se connaissait auparavant. Mais ce n'est peut-être pas le cas. Quoi qu'il en soit, quand la police sera là, une enquête sera ouverte et le passé de Dana et Candice – ainsi que le nôtre, j'imagine – sera examiné à la loupe.

Il sait pertinemment l'effet que ses paroles ne vont pas manquer de produire sur l'assemblée. Effectivement, tous commencent à s'observer avec méfiance.

— Imaginons une minute que l'assassin soit l'un d'entre nous, reprend David. Il faut que nous sachions où chacun se trouvait cet après-midi. Candice était encore en vie lorsque Bradley est allé chercher son plateau dans la bibliothèque. Quelle heure était-il à ton avis, Bradley ?

— Autour de 13 h 30.

— À ce moment-là, nous étions tous dans le lobby, à l'exception de James et Bradley, et nous y sommes restés jusqu'à 14 heures, quand Henry et moi sommes allés chercher du bois. Chacun a ensuite vaqué à ses occupations et s'est de nouveau retrouvé dans cette pièce pour le thé à 16 heures. Puis nous sommes partis ensemble visiter la glacière et nous sommes rentrés ensemble à l'hôtel. Tous, à l'exception de James. Et bien entendu, Bradley, n'oublions pas qu'à un moment donné tu es retourné chercher Candice à l'hôtel, mais tu es revenu bredouille. Mais concentrons-nous d'abord sur ce que nous avons fait entre 14 et 16 heures cet après-midi, ajoute-t-il après avoir regardé chacun dans les yeux. Moi, j'étais dans ma chambre, seul.

— Riley et moi étions dans la nôtre, dit Gwen.

— Pareil pour Ian et moi, renchérit Lauren.

— Et moi dans la mienne. Vous m'avez demandé de ne pas quitter ma chambre et je n'en suis sorti qu'au moment où j'ai entendu Gwen crier, affirme Matthew.

— Je suis resté dans le lobby, indique Henry. Je me suis endormi dans mon fauteuil un instant, puis je suis remonté pour me rafraîchir. Il ne devait pas être loin de 16 heures.

Beverly hoche la tête.

— Je me trouvais dans notre chambre. Je suis descendue un petit moment pour discuter avec Henry dans le lobby, puis je suis remontée. Il est arrivé juste avant 16 heures.

— Moi, pendant ce temps, j'étais dans la cuisine, et Bradley me donnait un coup de main, dit James.

— Eh bien, on ne peut pas dire que nous soyons plus avancés, n'est-ce pas ? lâche David d'un ton las.

— Si vous pensez que le coupable est l'un d'entre nous, je parierais que c'est Matthew, affirme Henry, rompant le silence.

Le jeune homme, choqué, se tourne vers lui.

Henry n'a pensé qu'à ça pendant tout le temps de cette fouille laborieuse dans l'hôtel glacé. Si l'un d'entre eux est l'assassin, alors il est grand temps de secouer l'arbre pour faire tomber la pomme… Il a décidé de se faire l'avocat du diable :

— Vous êtes le coupable tout désigné, dit-il à Matthew sur un ton aimable. Vous avez vraisemblablement tué Dana après votre dispute, Candice l'a compris et vous vous êtes débarrassé d'elle pour la faire taire.

Les autres, alarmés, l'écoutent proférer cette accusation, mais personne ne songe à porter secours à Matthew.

— Mais comment aurait-elle pu le deviner ? demande Lauren.

— Aucune idée. Depuis le début, Candice m'a donné l'impression qu'elle aimait bien fouiner dans les affaires des autres. À moins que le sujet de son livre n'ait été Matthew, le célèbre et richissime homme d'affaires, suggère-t-il, réfléchissant à voix haute. Ou alors Dana, qu'il s'apprêtait à épouser. Imaginons maintenant que les deux femmes se crêpent le chignon en haut de l'escalier. Candice pousse Dana en bas des marches… Et Matthew devine que c'est elle l'auteure du meurtre de sa fiancée et l'étrangle…

— C'est quand même un peu tiré par les cheveux, dit Ian.

— Tout meurtre est un peu tiré par les cheveux, rétorque Henry. Nous sommes dans une situation qui sort de l'ordinaire. Quelqu'un parmi nous est un meurtrier. Une personne qui avait de bonnes raisons d'éliminer Dana et Candice. J'essaie juste de deviner de qui il s'agit.

— Candice ne vous a pas quittés des yeux, vous et Dana, de tout le dîner hier soir, dit Lauren sur un ton hésitant, en se tournant vers Matthew.

Le jeune homme, mal à l'aise, la toise en fronçant les sourcils. Il se tortille dans son fauteuil.

— Vraiment ? Je suis bien connu dans le monde des affaires et nos fiançailles ont été annoncées dans les carnets mondains. Effectivement, il est probable qu'elle m'ait reconnu.

— Elle savait très bien qui vous étiez, elle nous l'a dit ce matin au petit déjeuner.

— Mais moi je ne la connaissais pas, reprend Matthew sèchement, et Dana non plus. Si elle était réellement en train d'écrire un livre à notre sujet, nous n'en avions aucune idée. Et puisque nous n'avons rien à cacher, nous n'en aurions rien eu à faire.

— Mais Dana avait peut-être quelque chose à cacher, par contre, un secret que vous ignoriez, poursuit Riley. Il se peut que Candice ait eu vent de la chose et l'ait menacée d'en parler dans son livre. Elles se seraient battues dans l'escalier et Candice aurait poussé Dana…

— Mais sans connaître le prétendu secret de ma fiancée, comment aurais-je pu arriver à la conclusion que Candice avait poussé Dana, et l'assassiner ensuite ? rétorque Matthew, sarcastique.

— Et si, au contraire, vous étiez parfaitement au courant ? demande Henry. Après tout, c'est vous qui le dites.

Matthew se penche en avant et affirme posément :

— Je n'ai tué personne.

— Vous aviez emporté une arme. Peut-être saviez-vous que Candice serait ici. Peut-être aviez-vous l'intention de la tuer depuis le début, mais l'accident de Dana s'est produit en premier, insiste Riley d'une voix tendue.

— Je ne suis pas obligé d'écouter ces conneries.

— Attendez. Et si la mort de Candice constituait la preuve, au contraire, que Matthew n'a pas assassiné Dana, et qu'il n'est pour rien dans cette affaire ? intervient Beverly, qui se tourne vers Henry. Est-ce que cela ne disculpe pas Matthew, au lieu de l'incriminer ?

— Peut-être, répond Henry.

— C'est plus ou moins ce que je pensais, admet Gwen. Si Dana avait été la seule victime, alors dans ce cas, désolée, Matthew, mais vous seriez le suspect idéal. D'autant plus que Beverly vous a entendus vous disputer la nuit dernière… Mais puisqu'il s'est produit un autre meurtre, ne croyez-vous pas qu'il y ait de fortes chances pour que Matthew soit innocent ? demande-t-elle en s'adressant à tous.

— Elle a raison, dit Ian.

Henry observe les membres du groupe avec beaucoup d'attention. Une seule chose est sûre, c'est qu'il n'a nullement l'intention de baisser la garde.

— Si vous arrêtiez une minute de me pointer du doigt, j'ai quelque chose à dire, dit Matthew.

Il est conscient de l'agressivité de son ton, mais il n'en a cure. Après tout, bon sang, ils viennent pratiquement de l'accuser de meurtre…

— Quoi ? demande David.

— J'ai l'impression que James et Bradley cachent quelque chose.

James semble pris de court, tandis que Bradley rougit jusqu'à la racine des cheveux.

— Que… que voulez-vous dire ? bredouille James.

Matthew se penche vers le père et le fils, assis l'un à côté de l'autre.

— Cet hôtel vous appartient. Il y a peut-être des choses que vous savez et que nous ignorons.

— Telles que ? demande James, sur la défensive.

— Je n'en sais rien, mais j'ai surpris vos messes basses. De quoi parliez-vous ?

— Nous n'avons pas fait de messes basses, répond James en s'empourprant.

— Si. Je vous ai vus.

— Bon sang, ils ont un hôtel à gérer, intervient Ian.

David, le visage grave, se tourne vers James.

— Pensez-vous que quelqu'un vous voudrait du mal, à vous ou à votre hôtel ?

Bradley secoue vigoureusement la tête, tout comme son père.

— Non. Je vous l'aurais dit si cela avait été le cas, assure James.

— Je ne vous crois pas, dit Matthew en se renfonçant dans son fauteuil, l'air frustré. Je suis convaincu que vous ne nous dites pas tout, renchérit-il après avoir observé les deux hommes l'un après l'autre.

Gwen, incapable de rester en place, jette des coups d'œil au-dehors, par les fenêtres, alors que c'est parfaitement inutile. Personne ne va venir à leur secours ce soir. David décide de la rejoindre, indifférent aux regards qui pèsent sur lui.

Il s'approche d'elle et elle se tourne vers lui. Alors, il lit dans ses yeux que ce qu'elle s'apprête à lui dire n'est pas plaisant.

— J'ai quelque chose à te demander.

Et voilà, nous y sommes. Elle va me poser des questions sur ma femme. Tout ça à cause de Riley, bien évidemment. J'aurais dû prendre les devants et me confier à Gwen la nuit dernière, mais ce n'était pas le bon moment. Mais y a-t-il un bon moment pour raconter à une femme qui vous attire irrésistiblement que vous avez été arrêté pour le meurtre de votre épouse ?

— Tu peux me demander ce que tu veux, répond-il à voix basse, l'air sincère.

Il a l'intention de lui dire la vérité. À elle de décider si elle veut le croire ou non. De toute façon, elle va bien finir par le savoir, cette affaire a fait le tour de la Toile.

Gwen désigne les autres, rassemblés autour du feu.

— Pas maintenant, mais il faut que nous trouvions un endroit discret pour discuter en paix.

Il hoche la tête. Cela va lui permettre de réfléchir à ce qu'il va lui dire et comment. Il n'a aucune envie de la voir s'enfuir à toutes jambes.

Beverly ne rêve que d'une chose, c'est de rentrer chez elle et revoir ses enfants. Pour elle, l'hôtel a perdu tout son charme. Ce n'est plus qu'une bâtisse sombre, glacée et abominable. Elle frissonne en se rappelant la cave. Un vrai décor de film d'horreur. Elle a d'ailleurs l'impression d'être plongée dans un film macabre. Comment a-t-elle pu se retrouver dans un tel pétrin ? Beverly est une femme normale, qui mène une vie absolument normale, pour ne pas dire insipide. Il ne lui arrive jamais rien d'extraordinaire. Ce qui n'est pas pour lui déplaire, en vérité.

Quelle horreur que le corps de Dana soit encore là, au pied de l'escalier ! Beverly est au bord des larmes et doit faire un effort sur elle-même pour les refouler.

Elle voudrait que le cadavre soit déplacé. Sans compter qu'il ne va pas tarder à se décomposer et à sentir, puisque la mort remonte à la nuit précédente. Est-elle la seule à percevoir cette drôle d'odeur ? Il est vrai qu'elle a un odorat très fin et qu'elle a toujours été particulièrement délicate, tout comme son fils, d'ailleurs. Teddy ne supporte ni les étiquettes sur ses vêtements ni les chaussettes en synthétique. Beverly lève le poignet pour humer les traces de son propre parfum.

Au fur et à mesure que le temps s'écoule, elle se surprend à fixer d'un regard mauvais le cadavre de Dana, couvert d'un drap fantomatique. Dire qu'au début elle ne pouvait même pas supporter sa vue, mais maintenant il lui fait peur et elle ne peut concevoir de lui tourner le dos. C'est une pensée parfaitement irrationnelle, mais elle n'y peut rien, elle est en train de perdre les pédales.

Soudain, il lui semble que quelque chose se meut dans l'obscurité, près du corps étendu. Une forme noire, un bruissement. On dirait que la dépouille de Dana bouge imperceptiblement sous son drap. Elle a entendu parler de la manière dont les cadavres peuvent bouger après la mort, à cause des gaz qu'ils émettent. Elle observe plus attentivement…

Mais qu'est-ce que c'est ? Un rat !! Elle hurle.

Henry se lève d'un bond de son fauteuil.

— Un rat ! Là-bas, près du cadavre !

Tout le monde plisse les yeux pour essayer de distinguer dans le noir ce vers quoi Beverly pointe le doigt.

— C'est impossible ! s'écrie James, sur la défensive, en s'extirpant de son siège.

— Mais vous avez admis tout à l'heure que vous aviez des rats dans l'hôtel ! s'exclame Lauren, mal à l'aise, repliant ses pieds sous elle sur le canapé.

— Pas dans le lobby !

— C'est peut-être le cadavre qui les attire ! Oh, mon Dieu, je ne peux plus le supporter, dit-elle en frissonnant.

Beverly partage le sentiment de la jeune femme. Elle est à bout de nerfs et éclate en sanglots. Par habitude, elle enfouit son visage contre la poitrine de Henry. Son mari l'enlace, et malgré sa colère à son égard elle se sent un peu réconfortée.

— Nous devons nous débarrasser de ce corps, dit Henry avec irritation.

— Il ne faut pas y toucher, rétorque David.

— Ce n'est pas à vous de décider de ce qu'il faut faire ou ne pas faire ! Il y a, au beau milieu du lobby, un cadavre en train de pourrir qui attire les rats et effraie ma femme !

Beverly lève le visage de la poitrine de Henry pour observer Matthew, qui a pâli. Elle s'en veut d'avoir crié.

— Je suis désolée…

Mais Matthew l'ignore complètement. Il saisit la lampe à huile sur la table d'appoint et se rend auprès du corps de Dana pour l'éclairer. Beverly ne peut détacher le regard de cette scène macabre.

— Je ne vois aucun rat, dit le jeune homme d'un ton morose. Votre imagination a dû vous jouer un tour.

Ian le rejoint et se tourne vers David.

— Quoi qu'il en soit, je pense que nous devrions la déplacer, déclare-t-il calmement.

David scrute l'assemblée, comme pour déterminer l'état d'esprit général, puis il hoche la tête quand il se rend compte qu'il est seul contre tous. Il soulève le drap et prend quelques photos avec son portable.

— Ma batterie est totalement à plat. D'accord, allons-y. Où voulez-vous la mettre ? demande-t-il, frustré.

— La réserve à bois ? suggère Bradley timidement.

— Non ! Des rats… des rats pourraient être attirés… ! s'exclame Matthew.

Beverly a la nausée à la pensée du corps de la pauvre Dana rongé par des rats.

— Et pourquoi pas la glacière ? propose James. Il y gèle et la pièce est parfaitement scellée. Rien ne pourra… l'y déranger.

Matthew déglutit en hochant la tête et Beverly sent son cœur saigner pour lui. David retire le drap et l'étale sur le sol à proximité du cadavre, puis il saisit les pieds de Dana et Matthew ses épaules, et ils la posent gauchement dessus. Sa tête bascule soudainement d'un côté, alors ils l'enveloppent solidement pour pouvoir la porter plus facilement.

Les deux hommes ainsi que Bradley enfilent leurs blousons et leurs bottes et entreprennent leur triste et périlleux trajet jusqu'à la glacière. Dès que leurs silhouettes sont hors de vue, Beverly fond en larmes.

21

Samedi, 20 h 30

À son retour, David ajoute deux bûches dans la cheminée et le feu reprend de plus belle. Il se tourne alors avec réticence vers les autres clients, installés autour du foyer, leurs visages illuminés par les flammes. Matthew, isolé par son chagrin et les suspicions qui pèsent sur lui, est assis à l'écart.

La pièce est éclairée sporadiquement par la cheminée et la lumière vacillante de l'unique lampe à huile. L'hôtel est à court de carburant et on ne peut recharger les autres lampes, comme le leur a expliqué Bradley, très embarrassé. C'est qu'ils n'auraient jamais imaginé qu'ils devraient les utiliser vraiment.

Riley fait tourner sa bague autour de son index, sa manière à elle d'évacuer son stress, selon David.

— Qu'allons-nous faire ? demande-t-elle à la ronde.

L'avocat pense que quelqu'un devrait lui servir un verre, ou lui faire avaler une des pilules qu'ils ont découvertes dans sa chambre. Il se contente de lui répondre :

— Nous allons passer la nuit tous ensemble et nous sortir de ce pétrin.

Le vent hurle et fait trembler les fenêtres, comme pour se moquer de David.

— Et demain matin, quand il fera jour, nous tenterons de rejoindre la route principale, poursuit-il, sentant, dans l'obscurité, les autres hocher la tête pour marquer leur accord. Nous devons rester ici, dans le lobby. Si quelqu'un a besoin d'aller aux toilettes, nous irons par petits groupes. Et à l'aube nous partirons d'ici. Peut-être que les employés de la voirie seront déjà à pied d'œuvre. Ils pourront nous aider. Mais nous devons nous serrer les coudes. Rien de mal n'arrivera à aucun d'entre nous si nous restons ensemble, vous avez compris ?

Tous le fixent du regard avant d'acquiescer l'un après l'autre, y compris Riley, qui s'humecte les lèvres de nervosité.

— Il ne fait pas encore assez chaud dans cette pièce. Il faut garder le feu actif. Et puis nous devrions aller chercher des couvertures dans les chambres, ajoute l'avocat.

— Hors de question que je retourne là-haut, dit Gwen avec force.

David est décontenancé par la profonde anxiété qu'il lit sur ses traits, mais elle n'est pas la seule à avoir peur. Et il ne sait que faire d'autre pour garder ses compagnons en vie, à part faire en sorte qu'ils restent au chaud et mangent à leur faim, tous réunis au même endroit.

— La batterie de nos téléphones doit être quasiment au point mort ; le mien est éteint, précise-t-il.

Tous hochent la tête.

— Le mien fonctionne encore, pour l'instant, mais la batterie ne va pas tenir bien longtemps, dit Matthew.

David se tourne vers Ian et Bradley.

— Et si nous allions récupérer des couvertures ?

Tous trois s'avancent dans le noir jusqu'à l'escalier central, Bradley en tête éclairant le chemin avec la lampe à huile.

Gwen les suit du regard dans l'obscurité. Lui revient à l'esprit l'histoire de Hänsel et Gretel, perdus dans la forêt sombre et essayant tant bien que mal de retrouver le chemin de leur maison où personne ne veut d'eux. Petite, ce conte l'avait terrifiée, et maintenant elle a l'impression d'être devenue un personnage de l'histoire, abandonnée dans les bois par ceux qui l'aiment. Elle frissonne. Elle ne doit pas laisser son imagination prendre le dessus sur sa raison.

Riley observe ce qui se passe. Son cœur bat la chamade, tel un moteur qu'on a fait trop ronfler, proche de l'épuisement. Elle est à l'écoute du moindre son, si ténu soit-il : le souffle du vent contre les fenêtres, le crépitement du feu, les bûches qui s'effondrent dans la cheminée. La jeune femme ajuste la couverture plus étroitement autour d'elle. Elle se répète qu'il leur suffit de tenir jusqu'au lendemain matin et ils pourront alors foutre le camp d'ici. Elle essaie de faire le point sur ce qu'elle sait. Comme le suggère David, il existe peut-être un lien insoupçonné entre certains hôtes. Bien évidemment, personne n'a avoué qu'il connaissait Dana ou Candice. Par ailleurs, Matthew n'a peut-être pas tort quand il suspecte James et Bradley de cacher quelque chose. À moins que le jeune homme ne tente de reporter les soupçons sur d'autres que lui… Cela dit, elle aussi a surpris le propriétaire et son fils en train de chuchoter entre eux.

Riley sent bien qu'elle est un tant soit peu obnubilée par David Paley, mais elle a beau penser qu'il est peut-être l'assassin de sa femme, elle n'a plus peur de lui.

Elle voudrait seulement que Gwen garde ses distances.

Samedi, 21 h 05

Ils s'installent dans les fauteuils et sur les sofas disposés autour de la cheminée, après avoir dîné d'un repas préparé à la hâte par James et Bradley, que David a accompagnés dans la cuisine. Le propriétaire a également rempli une grande cafetière de café.

Personne n'a l'intention de dormir ce soir, ni même de fermer les yeux. Assis les uns à côté des autres dans un silence accablant, les clients n'osent plus évoquer leur situation.

Gwen, la nuque raide à cause du stress, gigote sur son canapé pour trouver une position plus confortable. Elle ignore qui est l'assassin et où le trouver, mais elle ne supporte plus d'y penser. Tout ce qu'elle veut, c'est survivre, et elle se raccroche à l'idée qu'ils tenteront de partir d'ici à la première lueur du jour.

Pelotonnés sous des couvertures, les mains serrées autour d'une tasse de café, les clients ajoutent chacun leur tour une dose de Kahlúa dans leur boisson pour se réchauffer.

Ce n'est peut-être pas une bonne idée de se pinter, pense Gwen, mais le Kahlúa a bon goût et la réconforte. Elle remarque que David n'en a pas ajouté dans son café et lui en sait gré. Il veut rester vigilant. Leur protecteur à tous. Elle a davantage confiance en lui qu'en Matthew, qui garde son pistolet à la main en permanence. Cela la rend nerveuse de le voir jouer avec son arme. Si seulement David pouvait lui demander de la poser ou la lui prendre des mains…

Ils essaient d'engager la conversation sur d'autres sujets – les hôtels où ils ont séjourné, dans d'autres pays –, n'importe quoi qui leur permette de songer à autre chose qu'à cette longue nuit noire qui les attend. Gwen ne peut s'empêcher de regarder David plus longuement au fur et à mesure que la soirée avance. Elle ne cesse de revivre en esprit la nuit précédente, ces moments passés ensemble. Et lui aussi regarde de plus en plus souvent dans sa direction.

Dans la lueur parcimonieuse du feu et de la lampe, l'avocat respire la force. Il n'est pas rasé, mais cela lui va bien. Une boucle de cheveux lui tombe sur le front d'une manière qu'elle trouve séduisante et elle a envie de le recoiffer. Elle aimerait le voir assis à ses côtés, sur le même canapé, plutôt que Riley.

Gwen se demande ce que David penserait d'elle s'il connaissait la vérité à son sujet. Elle n'a pas l'intention de lui dire quoi que ce soit, en tout cas pas maintenant. Une seule personne est au courant de ce qu'elle a fait : Riley. Mais son amie va garder le secret.

22

Riley ajoute du Kahlúa dans son café à une cadence bien plus rapide que les autres, qui supputent déjà qu'elle est portée sur la boisson. C'est peut-être le cas, après tout. Mais quelle importance, vu le pétrin dans lequel ils se trouvent ce soir. Elle a juste envie de se détendre un peu.

La jeune femme a remarqué la manière dont Gwen et David se mangent des yeux et vient de prendre la décision que cela ne va pas se passer comme ça. Elle a parfois l'alcool méchant.

— Et si nous en profitions pour faire plus ample connaissance, propose-t-elle en regardant David droit dans les yeux.

D'après son attitude de la veille au dîner, il a compris qu'elle l'avait percé à jour. Gwen se raidit à ses côtés mais Lauren, défiant Riley du regard, intervient soudain :

— Bonne idée ! Pourquoi pas ? Et si vous nous racontiez un peu qui vous êtes, Riley ? Quel est votre problème, au fond ?

Riley se tourne vers elle, décontenancée par cette attaque. Elle n'aime pas du tout Lauren, qu'elle a surprise à plus d'une occasion levant les yeux au ciel quand elle parlait. Et maintenant, cette fille osait lui donner du fil à retordre ? Ça n'allait pas se passer comme ça…

Irritée, elle lui répond avec un peu d'hésitation, mais sur un ton de mise en garde :

— Mieux vaut pour vous ne rien savoir.

— Mais si, cela m'intéresse…

Salope, pense Riley. Elle réfléchit un moment et reprend sur un ton glacial :

— J'ai assisté à des scènes qui vous tourneraient le cœur, donc vous feriez mieux de ne pas me juger !

— Loin de moi l'idée de vous juger, mais j'aimerais juste vous comprendre. À notre arrivée à l'hôtel, j'ai d'abord pensé que vous n'aviez pas toute votre tête. Vous sembliez terrorisée, avant même que tout ce bazar ne commence. Alors, dites-nous, avez-vous votre petite idée sur ce qui se passe ici ? Parce qu'en ce qui me concerne, je ne vous fais pas du tout confiance, dit Lauren en se penchant vers Riley dans l'obscurité.

La jeune femme, pétrifiée, se recroqueville sur son siège. Elle ne parvient pas à croire qu'on est en train de l'accuser.

— Que voulez-vous dire, proteste Gwen, indignée. Riley n'a rien à voir avec tout ça !

— Vraiment ? Elle n'est peut-être pas la meurtrière, mais cela ne me surprendrait pas qu'elle soit au courant de quelque chose. Il suffit de la regarder !

Tout le monde se met à dévisager Riley. La jeune femme, sentant l'agitation la gagner, fait un effort pour garder son calme.

— Ce n'est pas faux, dit Matthew, la fusillant du regard. Tout le monde s'est rendu compte que vous étiez très nerveuse depuis votre arrivée. Dès le début, j'ai eu l'impression que vous n'étiez pas nette. Dana aussi, d'ailleurs.

— Nous devrions tous prendre un moment pour réfléchir, intervient Ian posément.

— Je ne sais rien de ce qui se passe ici, proteste Riley.

— Dis-leur, l'interpelle Gwen, furieuse. Raconte-leur ce qui t'est arrivé, ou c'est moi qui le fais.

Riley lui jette un regard de reconnaissance. Elle pousse un grand soupir et commence à parler en choisissant ses mots :

— Je suis journaliste.

Elle hésite à poursuivre et boit une grande gorgée de sa tasse qui contient à présent davantage de Kahlúa que de café.

— Et alors ? lance Henry sur un ton provocant.

Riley, se sentant prise au piège, se tourne vers lui. Elle n'avait pas enregistré sa présence jusqu'à maintenant mais voilà que, soudain, elle se sent pleine de mépris à son égard. À part Gwen, sa seule amie ici, elle les méprise tous.

— J'étais basée en Afghanistan, à Kaboul la plupart du temps. J'y ai passé près de trois ans. J'ai assisté à des scènes terribles, reprend-elle d'une voix qui tremble légèrement. J'ai vu de nombreux civils tués, des enfants, des bébés. Des bras et des jambes dans les rues, arrachés par les bombes. Une brutalité innommable.

Elle peine à poursuivre. Sa voix n'est plus qu'un murmure et elle sent le bras de Gwen peser sur ses épaules. Elle essaie de se concentrer sur cette sensation pour ne pas perdre pied.

— Un jour, j'ai été prise en otage, reprend-elle.

— Quoi ?! demande Gwen, visiblement choquée. Tu ne m'avais jamais raconté ça.

Riley baisse les yeux.

— Personne n'en a rien su. J'ai été emprisonnée pendant six jours, jusqu'à ce que ma libération soit négociée. Chaque jour, ils me mettaient un pistolet sur la tempe et faisaient comme s'ils allaient tirer. Puis ils choisissaient quelqu'un au hasard et l'abattaient sur place, dit-elle, tremblant de tout son corps à présent, submergée par un terrible sentiment de honte, même si elle sait qu'il n'y a pas de raison. Je pensais que je devais tenir, parce que ces histoires étaient terriblement importantes et quelqu'un devait les raconter. Alors j'ai tenu, aussi longtemps que j'ai pu. On fait face jusqu'au moment où on craque. Mais quand cela m'est arrivé, j'ai été incapable de continuer.

Gwen lui masse le dos avec de longs mouvements circulaires pour la réconforter. Les autres ne pipent mot.

Riley se concentre sur la sensation des mains de son amie ; en fin de compte, elle ressent un certain soulagement d'avoir parlé. Elle est lasse de prétendre que tout va bien, alors que les gens qu'elle rencontre pensent qu'elle a une case en moins. Maintenant ils savent pourquoi ! Elle se rappelle qu'elle ne doit pas avoir honte ; sa maladie n'est rien d'autre qu'un signe de son humanité. Elle reprend la parole sur un ton en apparence plus détaché :

— Je n'avais pas le choix, il fallait que je rentre chez moi. Je fais de mon mieux pour guérir. Je souffre d'un syndrome post-traumatique et je prends des médicaments. Ces images d'horreur me reviennent sans cesse à l'esprit, sans que je puisse l'anticiper. Le moindre bruit me renvoie là-bas, au milieu du chaos, dans l'attente de la reprise des combats.

Elle lève les yeux et regarde chacun des membres de l'assemblée l'un après l'autre, leurs visages pâles apparaissant indistinctement au-dessus des couvertures sombres, comme si leurs têtes étaient séparées de leurs corps et flottaient dans les airs.

Gwen chuchote, son visage près du sien :

— Oh ! Riley, je suis tellement désolée, je ne savais pas… J'ignorais ce qui t'était arrivé.

Riley serre ses mains tremblantes l'une contre l'autre :

— La nuit dernière, j'ai cru percevoir un cri au moment où je m'endormais, mais je n'y ai pas prêté attention, j'ai pensé que ce n'était pas réel. Chaque nuit, quand j'essaie de m'endormir, j'entends des hurlements dans ma tête. Et ces cris reviennent me hanter dans mes cauchemars.

Elle a murmuré ces derniers mots et le silence dans la pièce est complet, seulement interrompu par les crépitements du feu. Même le vent semble s'être apaisé pour le moment. Alors Lauren prend la parole :

— Je suis désolée.

Henry garde le silence et Matthew continue de tripoter nerveusement son arme.

Beverly se recroqueville sous sa couverture, gelée jusqu'à l'os. Elle se sent très mal à l'aise après avoir entendu la confession de Riley, dont la terreur apparente semble contagieuse. Gwen masse toujours le dos de son amie.

Beverly est terrifiée par ce qui rôde, caché dans l'ombre. Elle ne croit pas que l'assassin soit l'une de ces personnes rassemblées autour de la cheminée, mais elle pense qu'il est là, quelque part, à attendre patiemment le moment de frapper de nouveau. Elle a l'impression d'être une souris prise au piège, les yeux luisants, le souffle court.

Henry est assis dans le noir près de la cheminée. Elle songe à leurs enfants, Teddy et Kate. Comment vont-ils s'en sortir si leurs parents ne rentrent pas ? Elle veut juste retourner chez elle avec Henry, et retrouver leur vie d'avant.

David boit son café refroidi au fond de sa tasse pour demeurer éveillé. Il a peu dormi la nuit dernière et ses yeux sont irrités. Il surveille son petit troupeau de brebis. C'est à cet animal que les membres de l'assemblée le font penser… à la fois effrayés et sans la moindre idée de ce qui leur reste à faire.

Matthew, qui a l'air agité, l'inquiète plus particulièrement. David aimerait bien lui retirer son arme, mais il veut éviter une confrontation. Or, il est incapable de prévoir la réaction du jeune homme.

En fait, il est incapable de prévoir la réaction d'aucun des clients. La confession de Riley explique bien des choses. Son histoire personnelle, son expérience passée justifient sa personnalité instable, son regard inquiet, sa manière d'être perpétuellement aux aguets, sa nervosité, sa tendance à la boisson. Il savait déjà qu'elle était journaliste mais, si elle était en mission en Afghanistan ces trois ou quatre dernières années, il y a des chances pour qu'elle n'ait pas entendu parler de lui. Peut-être était-elle jalouse qu'il s'intéresse à Gwen plutôt qu'à elle. Peut-être que Gwen ignore tout de son passé.

Mais la jeune femme lui a dit qu'elle voulait lui parler. Elle devait faire référence à son épouse assassinée. À moins qu'elle n'ait envie de lui confier quelque chose la concernant. Et si elle était déjà en couple, et qu'elle avait omis de l'en informer hier au soir ?

Une chose est sûre : ils ne risquent pas de se revoir s'ils ne survivent pas à la nuit. C'est pourquoi il doit se concentrer sur le problème présent. Peu importe Riley et ce qu'elle pense savoir sur lui.

David s'efforce d'analyser la situation comme il le ferait d'un nouveau dossier. L'hypothèse la plus probable, c'est que Matthew a assassiné sa fiancée. Ils se disputent. Il la pousse en bas de l'escalier. Il n'en avait peut-être pas l'intention mais, comme elle est tombée, il se croit obligé de l'achever. C'est un scénario tout à fait vraisemblable.

Mais alors Candice, dans cette histoire ? Elle détenait peut-être des informations sur Matthew, ou sur Dana. Ou sur la mort de Dana. Elle aurait vu ou entendu quelque chose… Espionnait-elle le couple ? Elle savait qui ils étaient. Il se peut qu'elle ait écouté derrière la porte. Elle entend leur dispute et elle détale au moment où ils ouvrent la porte. Elle a pu voir ou entendre

Matthew pousser Dana dans l'escalier. Mais, dans ce cas, pour quelle raison aurait-elle gardé le silence ?

Elle avait peut-être peur de dire quoi que ce soit avant l'arrivée de la police et attendait simplement le bon moment pour révéler ce qu'elle savait. C'est peut-être la raison pour laquelle on l'a tuée.

Si on lui demandait son opinion, il se rangerait du côté de Henry : Matthew est vraisemblablement le coupable. Il a menti au sujet de la dispute. Quant à Candice, ou elle savait quelque chose, ou elle était liée au couple d'une façon ou d'une autre. Et le jeune homme tente peut-être de jeter le discrédit sur James et Bradley, tout en leur faisant croire que l'assassin se cache dans l'hôtel.

À moins qu'il n'y ait réellement quelqu'un là-haut, qui tue pour le plaisir.

Et si ce meurtrier le fait pour tester son pouvoir ou simplement parce qu'il en a envie, alors aucun d'eux n'est à l'abri.

23

Samedi, 22 h 20

Gwen essaie de se détendre un peu sur le canapé. Elle se sent relativement à l'abri, entourée de ses compagnons d'infortune, mais elle garde quand même un œil sur Matthew. Le jeune homme, le regard fixé sur l'obscurité environnante, est sur le qui-vive, prêt à bondir si un danger le menace. Toutefois, son état d'alerte extrême n'a rien d'apaisant, bien au contraire. David, lui, a le don de la rassurer par sa présence. Il lui inspire confiance. Elle resserre la couverture autour de son cou et songe à ce qui vient de se passer. Quel soulagement que tout le monde connaisse la vérité au sujet de Riley ! Elle ignorait que son amie souffrait d'un syndrome post-traumatique et même qu'elle avait été retenue en otage, mais tout se tient. La confession de Riley devrait inciter les autres à se montrer plus compréhensifs à son égard, à la soutenir. Et Gwen aussi va s'efforcer de mieux l'épauler.

Les traumatismes ont pour effet de transformer les gens, elle devrait le savoir.

S'ils survivent à cette nuit – et bien évidemment qu'ils vont survivre, vu qu'ils ont décidé de rester groupés et de ne se séparer sous aucun prétexte –, elle devra avouer à David ce qui lui est arrivé. Mais dans un premier temps elle a l'intention de lui demander des explications sur lui-même. Elle espère – si intensément que cela l'effraie – que Riley l'a confondu avec un autre. Le problème, c'est que son amie a souvent raison.

Mais, d'abord, il va falloir qu'ils se tirent d'ici. Gwen ferme les yeux un moment et récite une petite prière pour que la police ne tarde plus.

Dimanche, minuit passé de cinq minutes

C'est après minuit que les choses se corsent. Le lobby est silencieux, même si personne ne dort.

Riley ne supporte plus ce silence. Il faut qu'elle parle pour chasser de son esprit les images terrifiantes qui la hantent. Elle ne cesse de regarder à travers l'obscurité l'endroit où était étendu le corps de Dana. Elle se rappelle la terrible expression de son visage sans vie. Et Candice, avec son foulard mortellement serré autour du cou. Elle ne veut plus penser aux meurtres, ou à ce qui risque de leur arriver à tous. Alors elle se met à cogiter sur David Paley. Elle fait une telle fixation sur lui qu'elle atteint rapidement un point de non-retour. C'est comme une croûte qu'elle ne peut se retenir de gratter. Elle se penche vers lui, bien éveillé de l'autre côté de la table d'appoint, et murmure :

— Je sais qui vous êtes.

Pendant un moment, elle pense qu'il a l'intention de l'ignorer, alors elle s'apprête à répéter sa phrase d'une voix plus forte, mais le voilà qui se penche vers elle, une expression résolue sur son visage éclairé par la lampe à huile.

— Et que croyez-vous donc savoir ? rétorque-t-il d'une voix basse mais bien distincte.

Gwen se fige à ses côtés et pose une main sur la jambe de Riley, sous la couverture, pour l'empêcher de répondre, mais celle-ci n'en tient aucun compte :

— Hier soir, votre nom me disait quelque chose, mais c'est ce matin que je me suis souvenue de votre affaire.

Elle a cessé de chuchoter et les autres, désormais vigilants, l'écoutent avec attention. Il la regarde droit dans les yeux, en attendant qu'elle poursuive, alors elle se lance :

— Vous êtes l'avocat arrêté pour le meurtre de sa femme.

Le silence autour de la cheminée est à présent d'une tout autre nature ; c'est la première fois que les clients, mal à l'aise, entendent parler de cette affaire.

— Arrêté et disculpé, précise-t-il d'un ton sec.

— C'est donc bien vous, siffle Riley, satisfaite d'elle-même.

Cela lui fait du bien d'avoir raison. Elle se tourne vers Gwen, triomphante, mais celle-ci la contemple avec une telle haine qu'elle en est troublée et se contente de lâcher :

— Je te l'avais bien dit !

— Les chefs d'accusation ont été abandonnés, affirme David avec plus d'assurance en regardant Gwen, comme pour jauger sa réaction. Je suis innocent.

— Le fait que les charges n'aient pas été retenues contre vous n'a rien à voir avec votre innocence, cela signifie simplement que les juges ne pensaient pas être en mesure de prouver votre culpabilité. C'est toujours le mari, tout le monde le sait, ajoute-t-elle, l'air dédaigneuse, avec un sourire en coin.

— Ferme-la, lui enjoint Gwen.

— Mais je suis en train de te rendre service, je t'avais bien dit que ce mec ne t'apporterait que des ennuis, répond Riley, surprise.

— Il vient d'affirmer qu'il n'était pas coupable.

— Oh ! Et tu le crois sur parole ?

Lauren, choquée, interpelle David :

— Votre femme a été assassinée ?

— Oui, mais pas par moi.

Tout le monde se tait, le temps de digérer cette information. Puis Ian demande :

— A-t-on arrêté le coupable ?

— Non.

— Une minute, dit Henry sur un ton accusateur, haussant la voix, pourquoi devrions-nous vous croire ? Nous sommes là, à attendre bien sagement que l'un d'entre nous soit assassiné, et nous découvrons que votre femme a été tuée ?

— Calmons-nous, propose Ian. Et si nous le laissions raconter son histoire ?

— Moi, je peux vous la raconter, fait Riley, sans quitter David du regard. Les journaux en ont fait leurs gros titres, certains d'entre vous doivent être au courant. Pensez donc, un célèbre avocat pénaliste de New York rentre chez lui en pleine nuit et découvre sa femme, battue à mort et baignant dans son sang, au beau milieu de la cuisine de leur maison chic dans les beaux quartiers. Si je me souviens bien, elle avait le crâne défoncé et le dos brisé sous la violence des coups. Est-ce que je me trompe ?

Il ne répond pas mais la fixe du regard, le visage dénué de toute expression.

— Il a prétendu l'avoir trouvée dans cet état quand il est rentré chez lui mais le souci, c'est qu'il s'était écoulé une bonne heure avant qu'il appelle la police. Sa femme et lui ne s'entendaient plus. Et elle avait pris une assurance-vie d'un million de dollars. Il a été arrêté presque immédiatement, mais il avait un excellent avocat… C'est qu'il a des contacts, voyez-vous.

Très contente d'elle-même, Riley se cale de nouveau au fond de son siège et dévisage chacun des membres de l'assistance l'un après l'autre, à part Gwen, à qui elle n'ose faire face. Ils l'ont écoutée avec attention, et maintenant les voilà qui se tournent tous vers David.

L'avocat est bien conscient de l'effet désastreux produit sur l'assistance par les accusations perfides de Riley. Tous les regards sont fixés sur lui. Il est en colère de devoir, une fois de plus, se justifier. En ce moment précis, il ressent même de la haine envers Riley, non seulement parce qu'elle a révélé qui il était – après tout, son déshonneur a été rendu public et il s'est habitué à ce qu'on le reconnaisse dans la rue et chuchote sur son passage –, mais parce qu'elle l'a fait pour des motifs répugnants, dans le seul but d'empêcher Gwen de se rapprocher de lui. Il avait l'intention de lui en parler de toute façon, mais maintenant elle est au courant, et de la pire manière qui soit.

Ce qui lui est arrivé le poursuivra sa vie entière. Il sera obligé de se défendre jusqu'à la fin de ses jours, et il tombera forcément sur des gens qui ne croiront pas à son innocence. Il a appris que chacun croit strictement ce qu'il a envie de croire. Et la facilité avec laquelle les gens parviennent à se persuader de quelque chose est absolument terrifiante.

Ce soir-là, il était rentré tard chez lui, ce qui était fréquent quand il avait un procès en cours. Il ne se souvient même plus de quel dossier il s'agissait. De toute façon, un de ses collègues du cabinet avait dû le reprendre à l'époque. L'assassinat violent de sa femme avait donné lieu à une enquête, puis il avait été arrêté. En conséquence, il n'avait pas travaillé pendant des mois par la suite.

Lorsqu'il était arrivé, la maison était plongée dans l'obscurité. Un spot éclairait encore le porche, mais à l'intérieur l'unique source de lumière provenait de la cuisine, de la lampe du four, qu'ils laissaient généralement allumée toute la nuit, telle une veilleuse pour le rez-de-chaussée.

Il était rentré en silence, comme toujours à cette époque. Il fut un temps où elle était heureuse de le voir et où il annonçait systématiquement sa présence, mais il ne le faisait plus depuis longtemps. Il avait retiré son manteau et l'avait suspendu dans le placard du couloir en se disant qu'elle avait dû monter se coucher sans l'attendre. Il est parfaitement exact que leur mariage battait de l'aile depuis un moment, c'était indéniable.

Tout comme il ne pouvait contester l'assurance-vie. Apparemment, le fait qu'il gagne lui-même bien sa vie ne changeait rien à l'affaire. Les gens avaient tendance à penser que la cupidité n'épargnait pas ceux qui étaient à l'abri financièrement. L'existence de cette police d'assurance lui avait beaucoup nui, même si lui aussi était assuré pour la même somme. Apparemment, un million de dollars représentait un montant excessif pour la plupart des gens.

Il s'était écroulé sur le canapé du salon, exténué. Les procès l'usaient. Il avait sûrement réfléchi au dossier en cours, à la manière dont les choses s'étaient déroulées au tribunal et à ce à quoi il devait s'attendre le lendemain. Puis ses pensées avaient dérivé vers sa vie personnelle, et sa relation difficile avec Barbara. Il se sentait trop crevé pour aller dans la cuisine se servir un verre. Ce qui, de toute évidence, ne l'avait pas aidé par la suite, pendant l'enquête. Au bout d'un moment, cependant, il avait trouvé l'énergie de se lever et de traverser le salon et la salle à manger dans l'obscurité, pour se rendre dans la cuisine. C'était à cet instant qu'il avait senti que quelque chose n'était pas comme d'habitude. Ses cheveux s'étaient dressés sur sa nuque. Peut-être avait-il été alerté par l'odeur du sang, sans en être conscient. Il avait ouvert la porte de la cuisine…

Elle était là, recroquevillée sur le sol dans sa chemise de nuit. Selon toute vraisemblance, elle avait été agressée au moment où elle se préparait une infusion. La tasse était encore sur le comptoir, un sachet de thé ouvert à côté. Barbara baignait dans son propre sang.

Visiblement frappée à mort, elle avait le crâne défoncé, le visage méconnaissable, un bras plié sous elle, sans doute brisé.

Sa première pensée, alors qu'il était paralysé par l'horreur, avait été de se demander si elle avait souffert ou si, attaquée par surprise, elle était morte dès le premier coup. Mais il connaissait bien sa femme. Elle avait dû se battre de toutes ses forces, à en croire la quantité de sang qui maculait la pièce. Barbara n'avait jamais été une victime. Et il avait appris après coup qu'elle avait eu le bras et le dos brisés. On l'avait rouée de coups de pied après sa mort. Cet élément non plus n'avait pas joué en sa faveur, car le meurtre ressemblait étrangement à un crime passionnel. Mais peut-être était-ce l'effet recherché par le meurtrier. En tout cas, c'est ce que David avait pensé à l'époque. On lui avait tendu un piège.

Il prend enfin la parole :

— Presque tout ce que vous avez dit est exact. J'étais rentré tard du travail et, à mon arrivée, la maison était plongée dans l'obscurité. J'ai pensé que ma femme, Barbara, était montée se coucher, raconte-t-il, prenant une grande inspiration et expirant profondément avant de poursuivre. Nous ne nous entendions plus et nous envisagions de nous séparer. Ce n'était un secret pour personne, elle en avait parlé à ses amis, et moi à un ou deux collègues de travail. Il est également exact, précise-t-il en regardant Riley droit dans les yeux, qu'elle avait contracté une assurance-vie d'un million de dollars, tout comme moi, dans les premiers temps de notre mariage.

Il passe le groupe en revue et ses yeux s'arrêtent sur Gwen, dont il essaie de déchiffrer l'expression. Mais il fait trop sombre.

— Je ne l'ai pas tuée, reprend-il. Elle était déjà morte quand je suis entré. Je l'ai trouvée étendue par terre dans la cuisine, couverte de sang. J'ai allumé le plafonnier. Ç'a été le moment le plus horrible de mon existence, déclare-t-il, marquant une pause pour reprendre ses esprits. J'ai d'abord pensé qu'elle avait été poignardée à plusieurs reprises, vu la quantité de sang. Mais je n'ai pas vu de couteau près d'elle. Elle avait été sauvagement battue… (À ces mots, il enfouit son visage dans ses mains, puis relève lentement la tête :) J'ai immédiatement appelé les secours. Je leur ai dit que je venais de rentrer chez moi et que ma femme était morte dans la cuisine. Je n'ai pas précisé que j'avais passé près d'une heure dans le salon avant de m'y rendre. J'ai oublié de le spécifier sur le moment. C'était une erreur, mais j'étais en état de choc et je n'avais pas les idées claires. Et puis mon voisin a raconté à la police qu'il se souvenait de l'heure à laquelle j'étais rentré. Il avait aperçu la lumière de mes phares quand j'avais garé ma voiture. Les enquêteurs ont aussitôt relevé le décalage entre le moment de mon arrivée et celui où j'avais appelé les secours. Je leur ai expliqué pourquoi, mais ils ont eu des soupçons et j'ai été arrêté. Après tout, poursuit-il non sans lancer un regard mauvais en direction de Riley, j'étais le mari, et tout le monde savait que notre mariage battait de l'aile. Ensuite, quelqu'un a fait toute une histoire de cette assurance-vie. J'ai vécu un enfer, un vrai cauchemar. Ma femme avait été assassinée, et moi j'ai été arrêté et jeté en prison sans possibilité de mise en liberté sous caution. Alors que j'étais innocent…

Un long silence s'ensuit, tandis que tout le monde essaie d'assimiler ce récit.

— Mais ils ont fini par abandonner les charges contre vous, dit Gwen à voix basse.

Il l'observe. Elle s'est penchée vers lui.

— Oui. Ils n'ont pas pu établir de preuves contre moi. Ils avaient bien un motif, mais aucun indice tangible. Pas une goutte de sang sur moi ou sur mes vêtements. Ils ont bien essayé de comprendre comment j'aurais pu la tuer puis détruire toutes les preuves, tout ça en moins d'une heure. Mais ils n'y sont pas parvenus car l'heure de la mort était vraisemblablement très proche de celle de mon arrivée. J'avais dû manquer l'assassin de quelques minutes. Sans compter que l'arme du crime n'a jamais été retrouvée. Mais ce qui m'a desservi le plus, bien sûr, c'est mon absence d'alibi. Les enquêteurs ont bien questionné le voisin, mais il était sorti pour jouer au bridge et il est rentré chez lui juste avant moi. Du coup, il n'a pas pu les aider. Le voisin de l'autre côté était en voyage et ceux d'en face se couchent tôt. Personne n'a rien vu. N'importe qui aurait pu se garer dans la rue et monter l'allée jusque chez nous ou faire le tour par-derrière. Rien n'avait été volé. La porte n'était pas forcée, mais Barbara aurait pu laisser quelqu'un entrer si elle le connaissait. Elle n'avait peur de personne. Elle avait peut-être un amant. Je n'en sais rien. Je ne m'étais jamais posé la question jusque-là et la police n'a rien découvert à ce sujet. De toute évidence, quelqu'un voulait sa mort, ou souhaitait me faire porter le chapeau.

Je donnerais tout pour connaître la vérité. Ils ont été obligés d'abandonner les charges mais ma vie est à jamais marquée par cette infamie. J'aimerais pouvoir affirmer que je m'y suis habitué, mais ce n'est pas le cas. Et je ne pense pas que j'y arriverai jamais, déclare-t-il, les regardant à tour de rôle avant d'ajouter : Il n'est pas en mon pouvoir de vous forcer à me croire. J'ai dit la vérité, mais je suis bien conscient que chacun croit ce qu'il a envie de croire. Je ne peux rien y changer.

24

Gwen a écouté avec effroi les deux versions de l'affaire de David. Elle est encore plus gelée qu'auparavant malgré la couverture.

C'est bien plus grave que ce à quoi elle s'attendait. Au départ, elle avait pensé que David avait été arrêté simplement parce qu'il était l'époux de la victime, et que la police avait rapidement compris son erreur. Mais la vérité, c'est que l'enquête n'a pas abouti faute de preuves. La question qui demeure est de savoir si elle croit à la version des faits de David. Riley a raison sur un point, c'est qu'il a sans doute bénéficié du meilleur avocat de la défense qui soit…

Sans compter que l'heure écoulée entre son arrivée chez lui et son coup de téléphone à la police est un élément particulièrement troublant. En tant qu'avocat pénaliste, il était parfaitement conscient de ce qu'il devait faire, il savait comment détruire les preuves ou s'en débarrasser. Gwen ne sait plus que penser.

Henry, mal à l'aise, se tortille sur son siège, le souffle court. La situation devient de plus en plus surréaliste.

Toutes ces confidences lui semblent étranges : tout d'abord Riley, avec son histoire d'otage, d'arme pointée sur la tempe, et de membres arrachés éparpillés dans les rues ; pas étonnant qu'elle soit bizarre. Et juste à l'instant, le choc qu'il a éprouvé en écoutant la confession de David. Bon sang, l'avocat a-t-il assassiné sa femme ?

Henry soupçonne qu'il considère cette affaire sous un angle un peu différent des autres. Il fixe son épouse, assise en face de lui. En ce qui le concerne, il est certain que David est coupable. Et comme il peut le comprendre… Selon lui, un homme peut ressentir le besoin impérieux de se débarrasser de son épouse pour mettre un terme à leur relation et reprendre le cours de sa vie sans avoir à l'entendre gémir sur son sort. D'ailleurs, comme il aimerait attraper le tisonnier, juste à portée de sa main, et l'abattre sur la tête de sa femme au moment où elle s'y attendrait le moins… Il connaît déjà la sensation de l'instrument dans sa main, puisqu'il s'est occupé du feu dans la journée. Il s'approche du feu, saisit le tisonnier comme pour raviver les flammes, mais au lieu de ça le voilà qui suspend brutalement son geste, prend son élan et se retourne pour la frapper de toutes ses forces. Lèverait-elle les yeux vers lui au bon moment ? Aurait-elle le temps de comprendre ce qui lui arrive, juste avant que son cerveau ne se répande à terre ? Quelle tête ferait-elle ? Il faudrait que le premier coup soit fatal, mais est-ce qu'un tisonnier fera l'affaire ? N'est-ce pas trop léger ? Aurait-il suffisamment de puissance dans le bras ? Combien de coups devrait-il lui porter pour être sûr ? Il vaudrait mieux trouver un objet plus lourd…

Henry se rend compte qu'il serre les poings sous sa couverture. Il cligne plusieurs fois les yeux pour chasser ce fantasme. Bien évidemment qu'il ne ferait jamais ça, même s'il n'y avait aucun témoin. Il y a un pas entre envisager et agir. Cela dit, il peut concevoir qu'un mari soit animé de la pulsion incontrôlable d'éliminer son épouse. C'est sans doute ce qui est arrivé à David. Pas de doute, c'est lui qui a tué sa femme.

Henry sent le regard de Beverly se poser sur lui depuis l'obscurité. Nerveux, il se demande un instant si elle est capable de lire dans ses pensées. Mais une idée se forme dans son esprit et, avant de peser le pour et le contre, le voilà qui se penche vers l'avocat et suggère à voix haute :

— Et si Candice vous connaissait, David, et qu'elle était en train d'écrire un livre sur vous ? Vous avez bien dit que votre affaire avait fait la une des journaux…

— C'est ridicule, répond David avec dédain.

— Vraiment ? Peut-être avait-elle découvert quelque chose sur cette affaire et s'apprêtait-elle à le divulguer dans son livre ? Vous auriez appris qu'elle comptait passer le week-end dans cet hôtel et vous seriez venu jusqu'ici pour la faire taire…

— N'importe quoi ! s'exclame Gwen, indignée. Dans ce cas, comment expliquez-vous la mort de Dana ? Pourquoi David l'aurait-il assassinée ? C'est tout bonnement ridicule.

— Pas du tout. Voilà mon hypothèse : Matthew s'est disputé avec Dana et l'a poussée en bas des marches. Et David a tué Candice parce qu'elle était sur le point de le confondre. Les deux meurtres ne sont pas liés. Il s'agit d'une pure coïncidence.

— Mais tu te prends pour qui ? rétorque Beverly. Pour Hercule Poirot ?

Henry la fusille du regard.

— J'ai effectivement remarqué que Candice fixait David pendant le dîner hier soir, intervient Lauren. Elle ne s'intéressait qu'à Matthew et Dana et à David, à personne d'autre. Vous, David, vous lui tourniez le dos, mais elle vous observait, c'est indéniable.

— Et si je vous servais un autre verre ? propose Ian dans un silence chargé.

Bradley ne fait pas un geste, alors Ian se lève et approche le chariot de bar. Il est difficile de distinguer quoi que ce soit dans la pièce mal éclairée, alors il saisit la lampe à huile et la brandit au-dessus des boissons.

— Il reste suffisamment à boire pour tout le monde.

Il remplit les verres et les passe à la ronde, puis reprend sa place auprès de Lauren et dit pensivement :

— Moi aussi, j'ai une histoire à raconter. Rien de grave. Pas de sombres secrets. On ne m'a jamais accusé d'avoir assassiné qui que ce soit. Je n'ai jamais été arrêté. Je ne me suis jamais rendu dans un pays en guerre, et je n'ai jamais vu des gens se faire massacrer. Mon enfance a été tout ce qu'il y a de plus normale. J'ai grandi dans l'Iowa avec mes parents et mes frères, indique-t-il avant de marquer une pause. Mais quand j'avais treize ans, mon petit frère est mort. Il avait dix ans. Cela a été très dur.

— Que lui est-il arrivé ? demande Gwen.

— Il s'est noyé. Dans la mare à côté de chez nous.

— Je suis désolée.

Ian hoche la tête, les yeux baissés sur le verre qu'il tient entre ses mains.

— Ma mère est devenue folle de douleur. Il était parti tout seul jusqu'à la mare. Il n'en avait pas le droit, mais nous étions tous occupés à autre chose, alors il n'a pas attendu. Mon frère était comme ça, une forte tête. Pas facile de lui dire non. Il ne faisait jamais ce qu'on lui disait de faire, mais uniquement ce qui lui plaisait, et peu importaient les conséquences. Quand il n'est pas rentré le soir, nous nous sommes mis à sa recherche. Ce n'était pas la première fois, nous étions toujours en retard pour le dîner, dit-il, hésitant un instant et buvant une gorgée. C'est moi qui l'ai trouvé.

Lauren lui prend la main et la pose sur ses genoux. Il lui a déjà raconté cette histoire.

— Mes parents ne s'en sont jamais vraiment remis. Le décès de mon frère les a brisés. J'imagine que ce drame a bouleversé mon enfance, qui était tout ce qu'il y a de plus banale jusque-là.

— Quelle tragédie ! s'exclame Riley, sincèrement touchée.

— Cette histoire ne date pas d'hier, répond Ian en saisissant son verre.

David regarde Ian avec attention. Cela fait un moment qu'il les observe tous sans qu'ils s'en rendent compte. Quelque chose dans la manière dont Ian a raconté l'histoire de son frère le turlupine.

L'avocat a l'habitude d'interroger des clients qui sont des menteurs professionnels, et habituellement il arrive à les percer à jour. À la façon dont leurs yeux dévient vers le haut et vers la gauche, leurs hésitations, une expression fugace sur leur visage. Dans le cas présent, malgré la faible lumière qui l'empêche de bien distinguer le visage de Ian, s'il devait donner son avis sur le fait que Ian a dit ou non la vérité sur son frère, il dirait que non…

David sait pertinemment qu'on ne peut pas toujours détecter si une personne est en train de mentir. Il s'est déjà trompé, par le passé. Et puis il est fatigué, stressé, sans compter que les circonstances dans lesquelles il se trouve sont pour le moins inhabituelles. C'est le cas pour toutes les personnes rassemblées dans la pièce, d'ailleurs. Toutefois, il vient de discerner chez Ian, un homme qu'il pensait jusqu'à maintenant chaleureux, ouvert et facile à vivre, une fêlure qui lui met la puce à l'oreille.

25

Dans la pièce où sont rassemblés les clients, emmitouflés dans leurs couvertures autour de la cheminée qui crépite et éclairés par la lueur vacillante de la lampe à huile, règne une étrange et fascinante intimité, renforcée par leur répugnance commune à rejoindre leurs chambres.

Lauren dit à voix basse :

— Moi non plus, je ne pense pas avoir de sombre secret à partager. (Ce n'est pas vrai. Elle a eu une enfance difficile dans une famille à problèmes avant d'être placée quelque temps dans un horrible foyer d'accueil, mais elle s'en est sortie. Elle est devenue quelqu'un. Et personne ne l'oblige à se confier.) Évidemment, j'ai vécu des périodes pénibles dans ma vie, mais je n'ai pas envie d'en parler. Des problèmes de famille, comme pour beaucoup de gens. Je ne crois pas que quiconque sorte indemne de son environnement familial, ajoute-t-elle avec un sourire triste, mais je n'ai rien à cacher.

— Vraiment ? Rien de rien ? la presse Riley.

Lauren a l'impression que Riley ne la croit pas. Elle a sans doute une dent contre elle. Ce n'est que justice, après tout, Lauren s'est montrée un peu dure à son égard quelques instants plus tôt, à lui balancer qu'elle avait un problème mental. Au moins maintenant tout le monde sait ce qu'il en est et pour quelle raison. Cela dit, elle n'a pas l'intention de se laisser emmerder par Riley.

— Pourquoi est-ce si difficile à croire ? lui demande Lauren sans détour.

Riley hausse les épaules et détourne le regard. Lauren décide de laisser tomber, mais Henry intervient :

— Si c'est le cas, pourquoi prenez-vous des somnifères ?

— J'ai des insomnies depuis des années.

— C'est la vérité, confirme Ian en hochant la tête.

Sur ces mots et à la surprise générale, Riley se tourne vers Gwen et l'interpelle :

— Puisque tout le monde y va de sa confession, à ton tour de nous raconter ton secret.

Lauren, stupéfaite, voit Gwen jeter un regard noir en direction de Riley, mais celle-ci a bu son verre cul sec et semble avoir perdu toute inhibition, ainsi que le sens commun. Elle ne sait pas se tenir quand elle a bu, se dit la jeune femme, soudain très curieuse de découvrir ce que Riley sait sur Gwen.

— Va te faire foutre, Riley.

Le cœur de Gwen bat la chamade tant elle est anxieuse. Elle n'a aucune envie d'être embarrassée et de dévoiler son passé devant ces inconnus. Surtout en présence de David. Pas question.

En même temps, elle se demande quel effet cela lui ferait de se confesser devant une autre personne que Riley. Cela serait sans doute libérateur, elle serait peut-être capable de se pardonner enfin. Et puis Riley n'aurait plus aucun contrôle sur elle. Peut-être même que cela sonnerait la fin de leur amitié.

Elle regarde en direction de David, son beau visage impénétrable. Elle a envie de tout lui raconter pour voir sa réaction. Elle se demande quel homme il est vraiment. Se peut-il qu'il soit le meurtrier de sa femme et qu'il ait eu suffisamment de présence d'esprit pour dissimuler ses traces ? Henry a suggéré que David avait assassiné Candice. Et si c'était vrai ? Comme elle aimerait n'être jamais venue dans cet endroit sordide, au milieu de nulle part ! Comme elle aimerait n'avoir jamais rencontré David, cet homme qui la tourmente sans le savoir, et tous ces gens, d'ailleurs, quand elle y pense…

— Tout va bien ? lui demande David.

Sa sollicitude semble sincère et elle aurait presque envie de se confier à lui, mais elle s'en défend et adopte une attitude distante et impassible.

— Très bien.

Elle s'est bien rendu compte que l'inflexion de sa voix était dure, qu'elle le repoussait. D'ailleurs, elle voudrait repousser l'ensemble de ces gens, tous plus horribles les uns que les autres – à commencer par Matthew, qui n'arrête pas de jouer avec son arme. Mais elle se dit que ce ne doit pas être facile de perdre de façon aussi brutale et soudaine l'être qui vous connaît le mieux sur terre, la personne sur laquelle vous comptiez pour vous poser enfin.

Dimanche, 1 h 10

David s'affale dans son fauteuil, rompu de fatigue et blessé par la rebuffade de Gwen. Matthew, qui ne tient pas en place, les rend tous nerveux. David l'interpelle brusquement :

— Matthew, posez cette arme, vous mettez tout le monde à cran.

Le jeune homme cesse de tripoter son arme, sans pour autant la poser.

— Vous pouvez tous attendre tranquillement de voir ce qui se passe, mais moi je m'en vais trouver ce salopard. Où est la torche ? demande-t-il en se levant de son fauteuil.

— Vous ne pouvez pas partir, lui répond David fermement, vous ne devez vous rendre nulle part tout seul, même armé, c'est trop dangereux.

— Cela m'est égal, donnez-moi la torche, rétorque Matthew avec un regard méprisant sur les autres clients.

— Les piles sont presque mortes, restez ici, l'adjure l'avocat quand le jeune homme la lui arrache des mains.

L'assemblée est en train de se scinder, et c'est précisément ce que David craignait. Tout le monde devrait rester groupé. Il ne veut pas que Matthew parte tout seul. Qui sait ce que le jeune homme, instable et surexcité, pourrait être amené à faire avec une arme entre les mains ? Son petit troupeau se désintègre alors qu'un assassin tapi dans l'ombre attend peut-être justement le moment où l'un d'entre eux sortira du rang pour en faire sa prochaine victime. À moins, bien évidemment, que le tueur ne soit déjà ici, parmi eux…

Doit-il laisser Matthew s'éloigner ?

S'il se fait tuer, alors ils sauront tous que le coupable n'est pas l'un des leurs. Il est presque tenté de l'envoyer comme appât, mais c'est une pensée ignoble.

— Est-ce que quelqu'un veut m'accompagner ? demande Matthew.

David se fait violence. Doit-il y aller lui aussi, et laisser les autres se débrouiller ? Tout le monde regarde Matthew avec nervosité, mais personne ne répond.

— Très bien, j'y vais seul.

— Mais comment comptez-vous vous y prendre pour le trouver ? demande Gwen. Nous avons déjà fouillé l'hôtel dans les moindres recoins. Restez ici, avec nous, et au petit matin nous sortirons d'ici. Je vous en prie…

Il lui jette un dernier regard de dédain avant de se tourner vers l'escalier et de disparaître dans l'obscurité.

Un silence tendu se fait parmi ceux qui restent. Ils ne sont plus que neuf installés autour de la cheminée, dénombre Beverly : Gwen et David, assis l'un en face de l'autre ; Lauren et Ian sur l'un des canapés ; Henry et elle-même, eux aussi face à face dans des fauteuils ; Riley, qui s'est levée du sofa qu'elle partageait avec Gwen et s'est assise près du foyer ; et James et Bradley, l'un à côté de l'autre.

Beverly se demande si Matthew est parti au-devant de sa propre mort. Soudain, David se lève d'un bond en jurant entre ses dents et se lance dans les ténèbres derrière Matthew. Riley s'exclame :

— Quel idiot !

Beverly espère sincèrement que David va revenir. Elle veut survivre à la nuit et sortir vivante de cet enfer. Mais pourquoi l'avocat les a-t-il abandonnés ?

Matthew est complètement déstabilisé par la mort de Dana. Il a gravi l'escalier obscur et s'arrête au deuxième étage de ce vieil hôtel, la torche à la main. Sa lueur vacillante illumine faiblement la moquette à fleurs.

Comme le couloir est sombre et glacé, pense-t-il. Froid comme une morgue. Un bruit se fait entendre juste en dessous de lui et il tourne la tête en direction de l'escalier plongé dans le noir. Il éteint la torche. Brusquement, il se trouve incapable de distinguer quoi que ce soit. Sans un geste, il écoute attentivement d'où vient le bruit. C'est David, qui l'appelle doucement par son nom. L'avocat doit être au premier étage.

Matthew ne répond pas. David va exiger qu'il rejoigne les autres, mais le jeune homme ne se sent pas appartenir au groupe et il n'a aucune envie de suivre leurs règles. Et puis, il est armé. Son cœur bat fort dans sa poitrine. Il se dirige vers la droite, en essayant d'ouvrir les poignées de porte au fur et à mesure qu'il avance. Ses mains sont humides de sueur. Toutes les portes sont fermées à clef, bien évidemment. Il refait le chemin inverse vers l'escalier et jette un coup d'œil dans le salon, où une faible lueur perce par la fenêtre, rendant la pièce moins sombre que le couloir. Il distingue les silhouettes fantomatiques des fauteuils et des canapés, désertés et sinistres. Puis il entend quelqu'un monter les marches jusqu'au deuxième étage. Il se glisse alors dans le salon et se tient contre le mur, immobile comme une sentinelle, la main serrée sur son pistolet. C'est encore David, qui l'appelle à voix basse. Matthew attend que l'avocat soit passé de l'autre côté du corridor, après avoir jeté un coup d'œil dans le salon sans le voir. Il comprend que David a dû se diriger vers l'escalier de service.

Matthew suit les pas dc l'avocat jusqu'à l'autre extrémité du couloir. La porte du placard à balais n'est pas verrouillée et il allume brièvement la lampe pour regarder à l'intérieur. Rien. Il ouvre la porte de l'escalier de service et se tient un moment immobile pour écouter. David n'y est plus. Il rallume la lampe et descend lentement les marches jusqu'au premier étage, tous les sens en alerte. Arrivé sur le palier, il éteint et ouvre la porte. David a cessé de l'appeler ; il est certainement retourné dans le lobby. Matthew passe devant la chambre qu'il partageait avec Dana.

Le couloir du premier est si sombre que le jeune homme ne pourrait jurer s'il est seul ou non. Il inspecte le placard à balais et le salon avant de regagner le rez-de-chaussée par l'escalier de service. Dans la bibliothèque, les portes-fenêtres laissent passer la faible lueur argentée de la lune et Matthew distingue un livre de grand format ouvert sur la table d'appoint. Il allume la torche et voit sur la page la photo d'un navire du XIXe siècle encerclé par les glaces. Il se demande qui pouvait bien lire un tel ouvrage. Il éteint de nouveau la torche et marque un arrêt devant la porte. Sur la droite, un autre salon, puis le lobby. Il n'a aucune envie d'y retourner. Alors il prend à gauche, de retour vers l'arrière de l'hôtel. Cette fois-ci, il reconnaît la porte menant à la réserve à bois. Après un moment d'hésitation, il emprunte ce passage.

26

Riley est ravie que David, cet homme qu'elle juge dangereux, ait quitté la pièce. Elle espère bien qu'il se fera descendre.

Le bruit sourd d'une porte qui se ferme quelque part dans l'hôtel la fait sursauter.

— Qu'est-ce que c'était ?

— Simplement Matthew ou David, à mon avis, lui répond Henry nerveusement.

Elle tend l'oreille pour écouter ce qui se passe au-delà du lobby, mais seul le vent feulant contre les fenêtres se fait entendre. Peu importe si la tempête se calme ou non au cours de la nuit. Le matin venu, ils devront tant bien que mal rejoindre la route principale et trouver du secours, même si cela s'annonce ardu et leur prendra sûrement des heures.

Elle pense à Donna, sa psy, qui l'a aidée à retrouver un semblant d'équilibre dans sa vie. Grâce à elle, Riley a appris à plus ou moins contrôler ses pensées négatives. Comme Donna serait déçue de la voir se rabattre sur l'alcool pour supporter les événements du week-end ! Mais elle est coincée dans un hôtel en pleine cambrousse, avec un groupe de gens qu'elle ne connaît pas, et ils sont tous en danger de mort… Elle s'imagine dans le cabinet de sa psy en train de lui raconter ses aventures. Donna lui répondrait certainement quelque chose dans le genre : « Vous avez vécu des moments traumatisants (c'est le cas !), et pour cette raison votre cerveau va vous jouer des tours. »

— Ça va ? lui demande Gwen.

Son amie est soudain agenouillée devant elle sans qu'elle l'ait vue arriver. Riley ne s'était même pas aperçue qu'elle avait quitté son canapé. La jeune femme la regarde dans les yeux, l'air inquiète.

— Je n'en sais rien, je n'en sais rien, lui répond Riley en chuchotant.

Gwen, alarmée, la dévisage. Riley se sent bizarre. L'enfer n'est pas un lieu imaginaire, il est bien réel, matérialisé par son état d'esprit perturbé. Elle se sent sombrer au fond d'un trou, submergée par sa terreur et son délire. Il faut qu'elle réagisse vite. Elle ne veut pas se laisser engloutir, mon Dieu ! Non, pas ici, pas maintenant. Elle agrippe la main de Gwen et la supplie :

— Reste avec moi.

— Bien sûr, je ne vais pas t'abandonner, lui promet son amie en s'asseyant à côté d'elle.

La tension entre les deux femmes semble s'être effacée. Pour l'instant, du moins.

À l'intérieur de la réserve à bois, un cliquetis en provenance du dehors fait sursauter Matthew. Le jeune homme se tourne dans la direction du bruit, trébuche et fait tomber la torche avant d'avoir eu le temps de l'allumer. Là, dans le noir complet, il sent quelque chose se mouvoir autour de lui. À bout de nerfs, il lève son arme et, désorienté et les doigts gourds de froid, tire au hasard dans l'obscurité.

David a suivi Matthew tant bien que mal, se servant de ses mains pour longer le couloir du premier étage dans les deux sens, puis monter l'escalier jusqu'au deuxième, appelant à voix basse le jeune homme par son nom, jusqu'à ce qu'il se retrouve en face de l'escalier de service.

Il a ouvert la porte sans faire de bruit et tendu l'oreille. Aucun son. L'escalier était plongé dans les ténèbres et il aurait donné sa chemise pour une lampe. Il devait absolument retrouver Matthew, qui avait perdu les pédales et était capable de tirer sur n'importe qui.

« Matthew ? C'est David. »

Personne ne lui avait répondu, mais le jeune homme était peut-être dissimulé dans l'obscurité, la torche éteinte. L'avocat avait attendu, en vain, l'oreille tendue, puis il s'était avancé maladroitement dans l'escalier, pas à pas, une marche après l'autre, s'aidant de la rampe. Où diable Matthew pouvait-il être ? Désorienté par l'obscurité totale, David avait eu l'impression de flotter à la dérive dans l'espace, sans aucun repère. C'était d'ailleurs l'impression qu'il avait depuis la découverte du corps de Dana le matin même.

David avait atteint le premier palier et, accablé par un mal de tête lancinant, avait hésité un moment à retourner dans sa chambre pour aller récupérer son tube d'aspirine. En fin de compte, il s'était décidé à chercher la porte de sa chambre et était parvenu à l'ouvrir avec sa clef. Un rayon de lune fugitif passant à travers les rideaux ouverts l'avait brièvement éclairé et David, après avoir soigneusement refermé la porte derrière lui, avait localisé son sac à tâtons, près de la table de chevet. Il avait trouvé l'aspirine et s'était dirigé à l'aveuglette vers l'évier pour remplir un verre d'eau et avaler le médicament. Quel soulagement de se retrouver enfin seul, ne serait-ce que pendant quelques minutes. Il était fatigué de passer tant de temps en compagnie des autres, et impatient que cette histoire se termine. Tout ce dont il avait envie, c'était de s'allonger sur son lit et de se glisser sous les couvertures pour ne plus jamais se réveiller. Au lieu de ça, malgré le froid ambiant, il s'était aspergé le visage d'eau glacée.

Cela l'avait un peu ragaillardi et l'avocat était retourné vers l'escalier de service avec l'intention de chercher Matthew dans le couloir du rez-de-chaussée à l'arrière de l'hôtel. Le jeune homme pouvait très bien s'être réfugié dans la cuisine, dans la cave ou dans n'importe quelle pièce du bas.

L'avocat se trouvait dans l'escalier de service au moment où il avait entendu les tirs d'une arme à feu. Le choc avait traversé son corps tout entier et il s'était figé de peur. Il avait tenté de se concentrer sur l'origine des coups de feu, qui, selon lui, provenaient vraisemblablement de la réserve à bois, et il avait dévalé les dernières marches en trébuchant, le souffle court. Et si quelque chose était arrivé à Matthew ? Et s'il le trouvait trop tard ?

Matthew a senti le recul du pistolet dans sa main. Il se retourne et s'enfuit, sans savoir ce qu'il a perçu ni sur quoi il a tiré. Il n'a aucune envie de vérifier et, la main serrée sur son arme, se précipite hors de la réserve à bois dans le couloir sombre. Il titube jusqu'à la bibliothèque, haletant, n'entendant plus que le bruit de sa propre respiration.

En fin de compte, c'est la fusillade qui a raison de Riley. Elle se lève d'un bond, repoussant Gwen. Celle-ci tente de l'apaiser, mais Riley est trop agitée et se précipite soudain vers la porte d'entrée comme si elle avait besoin de s'échapper. Elle n'a aucune idée de ce qu'elle est en train de faire.

— Riley ! Reviens !

Mais la jeune femme ouvre la porte à la volée et s'enfuit dans la nuit et la tempête, sans prendre la peine de refermer derrière elle.

Gwen hésite un court instant et jette un regard désespéré vers les autres avant de décrocher son blouson du portemanteau et de se lancer à la poursuite de Riley. Simplement chaussée de ses baskets, dépourvue de lampe, elle cherche son chemin à tâtons dans la nuit d'encre. Terrifiée de se retrouver au-dehors dans l'obscurité la plus totale, la jeune femme ne peut pour autant se résoudre à abandonner son amie. Comme elle aimerait que David soit là !

Gwen entend Riley trébucher devant elle dans la nuit glacée et se relever avec difficulté sur le verglas ; elle perçoit ses halètements paniqués. Malgré les rafales de vent qui l'empêchent de rester debout, Gwen suit son amie sur la pelouse verglacée, mais elle se cogne violemment contre une branche cassée et tombe à terre, ses mains nues enfoncées dans la neige. Riley court au hasard tel un animal apeuré, elle a perdu tout sens de la réalité. Il faut absolument la rattraper et l'amadouer pour la persuader de retourner à l'hôtel, où elles seront en sécurité.

Des voix résonnent derrière elle, et elle marque un temps d'arrêt. Les silhouettes floues de James et Bradley se dessinent dans la faible lueur de l'entrée. Ils viennent à son secours. La porte se referme et la nuit noire l'entoure une fois de plus. Gwen ne voit plus rien, mais elle les entend s'approcher d'elle à grands pas. Elle leur est tellement reconnaissante de venir à son aide. Mais ils n'ont pas de lampe non plus et s'orientent à tâtons.

— Dans quelle direction est-elle partie ? demande Bradley.

— Je l'ignore. Elle était devant moi, mais je ne l'entends plus. Je ne sais pas où elle est allée.

La porte de l'hôtel s'ouvre de nouveau et, dans la faible lueur, Gwen distingue Lauren et Ian qui viennent à la rescousse eux aussi. La jeune femme se met à penser à Henry et Beverly, assis tout seuls dans le lobby, dans un silence tendu. Et si quelque chose leur arrivait ? Mais elle s'en fiche. Ce n'est pas son problème. Elle doit d'abord retrouver Riley. Il se peut que l'assassin soit à l'affût. Peut-être que son amie court droit vers lui. Elle se détourne de l'hôtel et scrute l'obscurité.

— Riley ! hurle Gwen.

Tous s'immobilisent, l'oreille tendue.

Mais ils ne perçoivent rien d'autre que le vent fouettant les sapins.

— Il faut nous séparer, dit Bradley.

Le jeune homme part vers la droite, son père vers la gauche.

Gwen s'avance sur le verglas en suivant l'allée délimitée par les arbres à l'allure menaçante sur sa droite. Elle glisse et se retrouve à terre, ses mains nues à nouveau au contact du sol gelé. Où est donc partie Riley ?

Elle ne voit plus personne. Pourtant, ses compagnons sont tous autour d'elle, mais ils ont été avalés par l'obscurité. Les arbres et les buissons prennent une forme sinistre. Nous devons absolument la retrouver, pense Gwen en dérapant sur la glace.

27

Le cœur de David bat tellement fort dans sa poitrine, son souffle est si rauque qu'il n'entend rien d'autre que sa propre frayeur. Il se dirige à tâtons dans le couloir du rez-de-chaussée, la main droite contre le mur jusqu'à la porte de la réserve à bois. Il inspire profondément avant de l'ouvrir, tout en se maudissant une fois de plus de ne pas avoir pris de lampe.

— Matthew, vous êtes là ?

L'obscurité l'accueille dans un silence glacial.

Riley, submergée de terreur, se précipite comme une folle dans la nuit glacée. Elle court et elle glisse ; elle tombe et se relève, cherchant instinctivement une cachette, un endroit où se terrer. Il faut qu'elle trouve un abri. La forêt est devant elle, elle le sent et court dans cette direction. Quelque chose dans les tréfonds de son cerveau lui ordonne de se dissimuler et de ne plus faire le moindre bruit. La jeune femme atteint la lisière du bois et rampe sous un buisson. Accroupie au sol, elle se met en boule et ferme les yeux en se berçant, les mains sur les oreilles pour ne plus rien entendre.

Gwen n'a jamais eu aussi peur de sa vie. Pourtant, elle est réconfortée à la pensée que ses compagnons sont dehors eux aussi, même si elle ne peut les distinguer dans l'obscurité. Elle a l'impression de se trouver dans un trou noir. La jeune femme ne peut supporter de penser à David et aux coups de feu qui viennent de retentir. Est-ce que quelqu'un est mort ? Peut-être qu'à la fin il ne restera plus personne. Elle a terriblement envie de vivre mais si son heure est venue, alors qu'elle ne soit surtout pas la dernière à mourir. Elle n'a aucun moyen de se protéger. L'image du petit coupe-papier affûté, posé sur le bureau de sa chambre, lui revient à l'esprit. Comme elle aimerait l'avoir dans sa poche !

Elle continue à avancer et se retrouve dans l'allée, où elle manque de glisser à chaque pas.

— Riley ! Où es-tu ?

Elle fait encore quelques pas et s'arrête pour écouter. Elle n'y voit goutte, elle n'entend rien. Si seulement elle avait une torche… Soudain, un hurlement sauvage résonne dans la nuit. Des coyotes, sans doute. Ou bien des loups. L'épouvante l'empêche de continuer. Mais qu'est-ce qu'elle fout là ?

Gwen se rend compte que cela fait un moment qu'elle n'entend plus les autres. Elle hurle le nom de Bradley, mais il ne répond pas. D'ailleurs, personne ne lui répond. Peut-être ne perçoivent-ils plus ses cris à cause du vent furieux ? Son cœur bat la chamade, et le stress l'empêche de respirer. Elle se tourne en direction de l'hôtel, vers l'endroit où elle a entendu les autres pour la dernière fois.

— Bradley ? Lauren ?

Elle crie plus fort encore, d'une voix qui laisse transparaître sa panique. Elle n'arrive plus à réfléchir. La voilà seule dans la nuit, abandonnée par les autres. Et si un assassin était là, tout près d'elle, prêt à passer à l'acte ?

Soudain, la jeune femme ne peut plus faire un pas. Une douleur affreuse étreint sa poitrine.

Il lui semble entendre le bruit d'un objet tombant lourdement à terre, mais elle ignore dans quelle direction. L'obscurité l'entoure comme dans un gouffre, le vent tourbillonne autour d'elle, tous ses sens sont confus. Pendant un moment, une minute, peut-être dix, elle ne bouge plus. Elle est prise de terreur, et elle a si froid que tout mouvement lui semble impossible. Il faudrait d'abord que la douleur dans sa poitrine s'estompe.

Au bout d'un instant, elle reprend la direction de l'hôtel, le corps penché en avant, les bras tendus devant elle, cherchant ses compagnons, Bradley ou James, Lauren ou Ian, peu importe, pourvu qu'elle ne soit plus seule et qu'elle ait moins peur. Elle comprend qu'elle est en train d'abandonner son amie à son destin. Riley, terrifiée et vulnérable. Riley, qui a perdu la raison et a grand besoin de son aide.

Mais tant pis. Pour l'heure, Gwen ne pense plus qu'à survivre. Elle tremble violemment et s'arrête un moment en tendant l'oreille, persuadée que le tueur est à ses trousses et qu'il a assassiné tous les autres sans un bruit. Alors, convaincue d'être la prochaine sur la liste, elle s'enfuit en sanglotant vers l'hôtel, dont la silhouette se dessine dans le noir. Le verglas est dangereusement glissant et elle manque de tomber à plusieurs reprises, mais elle est prête à se rompre le cou pour pouvoir se retrouver enfin à l'intérieur, dans la lueur du feu de cheminée.

Henry et sa femme, silencieux et terrifiés, sont assis seuls dans le lobby. Il l'observe tandis qu'elle a les yeux tournés vers le feu faiblissant. Il faudrait ajouter une bûche.

Quelque part dans l'obscurité, David tente sûrement de localiser Matthew, armé et potentiellement dangereux, tandis que Riley et Gwen sont sorties dans la nuit. Il comprend bien que James et Bradley se soient sentis obligés de partir à leur rescousse, mais pourquoi Lauren et Ian les ont-ils suivies, eux aussi ? Il leur en veut d'avoir choisi les jeunes femmes plutôt que Beverly et lui, qui se retrouvent livrés à eux-mêmes. Imaginons un moment que l'assassin s'en prenne à eux ?

Il considère son épouse avec attention. Il ne ressent strictement plus rien pour elle, on peut même dire qu'elle le révulse. Ses cuisses molles, ses jambes veinées de bleu, ses seins lourds, son air perpétuellement las, comme si la vie était un fardeau trop lourd à porter. Pourtant, il aime toujours ses enfants, ses sentiments à leur égard n'ont pas changé.

Mais elle… quelle plaie ! C'est peut-être sa façon de le juger comme un père de famille bedonnant, un nul, un mec dont la vie est quasiment finie et qui ne fera plus jamais rien d'excitant. Sa seule présence à ses côtés l'emplit de haine. Qu'est-ce qu'elle lui a dit, déjà ? Que ce n'était qu'une phase. Elle le rabaisse, comme elle l'a toujours fait. Tout l'opposé de Jilly, qui l'admire, qui le trouve intéressant, attirant. La jeune femme lui a assuré qu'elle désirait passer le reste de son existence avec lui. Et elle ne se lassera jamais de lui, quoi qu'en pense Beverly.

Sa femme n'a aucune envie de passer le reste de sa vie avec lui, mais elle l'aurait fait s'il n'avait pas rencontré Jilly. Par sens du devoir, c'est tout ce qui compte pour elle. Ah, quelle tyrannie… Je devrais, tu devrais. « Tu devrais passer plus de temps avec nous. Tu devrais passer davantage de temps avec les enfants. Tu devrais demander une promotion… »

Il se lève pour fourrager dans le feu et attrape le tisonnier de la main droite. Bizarrement, le temps semble se ralentir. Sa main se serre sur l'instrument. Dire qu'elle est juste là, vulnérable. Ce serait si facile. Aucun témoin. Il lui suffirait ensuite de partir en courant, de rejoindre les autres, d'inventer une histoire…

Il empoigne l'instrument.

David avance à tâtons dans la réserve à bois en espérant que Matthew s'y trouve aussi. Il l'appelle, mais personne ne lui répond. Alors il se résout à se mettre à quatre pattes pour explorer le sol couvert de sciure de bois, jusqu'au billot dont il touche la surface rugueuse.

Mais tout ce qu'il trouve, c'est la torche.

Riley, tremblante de peur et de froid, se remémore les pires moments de sa vie. Les cris, la souffrance, la mort, tout lui revient en force. Elle se presse les mains sur les oreilles pour bloquer la clameur des victimes, mais son geste demeure sans effet car le tumulte est dans sa tête. Elle ferme très fort les yeux pour ne plus rien voir, mais les images formées dans son esprit continuent de la hanter.

Matthew entend quelqu'un s'approcher sans bruit de la bibliothèque. Soudain, les nuages s'écartent pour laisser passer un rayon de lune par les portes-fenêtres. La pièce s'éclaire alors d'une lueur fantomatique. Le jeune homme, debout en face de la porte, tient son arme à la main. Il sait qu'il lui reste encore quelques balles.

David apparaît dans l'encoignure de la porte.

— Oh, c'est vous ? J'ai cru entendre un bruit dans la réserve à bois…

— Donnez-moi cette arme.

Matthew obtempère.

Dimanche, 1 h 45

Au moment où Gwen pousse la porte et trébuche dans le lobby, elle est presque surprise que Henry et Beverly soient encore là, précisément à l'endroit où elle les a laissés, sauf que le mari se tient debout devant le feu, le tisonnier dans la main. De saisissement, il lâche l'ustensile, qui fait un bruit de ferraille en touchant le plancher.

Elle s'attendait presque à les trouver morts.

Puis David surgit soudainement de l'obscurité, près de l'escalier, Matthew avec lui. Elle en défaille presque de soulagement.

Henry se tourne vers les deux hommes.

— Que s'est-il passé ?

— Rien du tout. Personne n'est blessé, répond David brusquement. Mais où sont les autres ?

— Dehors, lui indique Gwen en chuchotant, frissonnant de tous ses membres.

— Riley s'est précipitée dans la nuit quand elle a entendu les coups de feu. Tout le monde s'est lancé à sa poursuite, explique Henry.

— Nous n'arrivons pas à la retrouver, elle ne répond pas à nos appels, reprend Gwen, tremblant toujours. Il fait si noir dehors. Les autres sont encore en train de la chercher.

— Bon sang ! Nous ferions mieux d'aller à sa recherche nous aussi. Il faut absolument la ramener ici, déclare David, qui semble à bout. Restez ici avec Henry et Beverly, ordonne-t-il à Gwen.

— Non, je viens avec vous.

Elle n'a pas l'intention de s'éloigner de David. Lui seul peut la protéger et retrouver Riley.

— Vous… vous n'allez quand même pas nous laisser de nouveau tout seuls…, balbutie Henry.

Mais personne ne prend la peine de lui répondre.

28

Matthew se glisse sous le porche puis disparaît dans la nuit, sous les yeux de David qui se demande s'il est vraiment raisonnable de s'éparpiller ainsi dans toutes les directions. Mais ils doivent retrouver Riley et le temps ne joue pas en leur faveur. Il fait si froid. Ils couvriront plus de terrain s'ils se dispersent.

— Est-ce qu'elle porte un manteau ? demande-t-il à Gwen.

Elle secoue la tête et lui répond entre ses dents :

— Non, juste un pull.

David émet un juron dans sa barbe. Ils avancent avec difficulté, le vent hurlant tout autour d'eux.

— Il y a quelqu'un ? crie-t-il, sentant que le vent lui arrache les mots de la bouche et les dissémine dans l'obscurité. Il y a quelqu'un ? hurle-t-il de nouveau, les mains en porte-voix.

— Je suis là ! lui répond Ian depuis l'allée.

— Et moi ici, près des arbres, mais je ne l'ai pas vue ! lance Lauren, qui semble proche.

On ne va jamais y arriver, songe David avec inquiétude. Sans la torche il ne parvient même pas à distinguer ses mains, et les autres n'ont aucune source de lumière. En plus, il a beaucoup de mal à conserver son équilibre. Il se tourne vers Gwen.

— Que pensez-vous qu'elle fasse ? Où est-elle allée, à votre avis ?

La jeune femme le regarde d'un air ahuri, son visage tout près du sien.

— Je ne sais pas. Je ne crois pas qu'elle soit consciente de ses actes. Comment savoir si elle est descendue jusqu'à la route ou si elle s'est cachée parmi les arbres ? Je n'en ai pas la moindre idée.

— Et nous sommes entourés d'arbres, reprend David d'un ton abattu, avant de remettre les mains en porte-voix : Bradley ? James ?

— Ici ! indique James, sa voix provenant de la droite, à l'ouest de l'hôtel. Moi non plus je ne l'ai pas vue, mais on n'y voit goutte. Et elle ne répond pas. Où diable est Bradley ?

David se sent soudain très anxieux. Pourquoi le jeune homme ne s'est-il pas manifesté ? Peut-être a-t-il déjà atteint le bois, hors de portée de voix. L'avocat progresse d'un pas mal assuré dans cette direction, Gwen à ses côtés.

Ils ont presque atteint les arbres au-delà de la pelouse quand David perçoit un cri étouffé et un bruit de chute, suivi d'un hurlement de douleur qui les transperce, juste derrière eux sur leur droite.

— James ! hurle David de toutes ses forces.

Il se retourne et se précipite à grand-peine en direction du cri. Gwen trottine en haletant sur ses talons, mais elle a du mal à le suivre.

— Bradley !

La voix de James est emplie d'un désespoir tel que David sent un frisson glacé parcourir sa colonne vertébrale. Il se hâte de le rejoindre tant bien que mal. Mais, soudain, il donnerait tout pour pouvoir fermer les yeux et repousser l'horrible spectacle. La faible lueur de la torche dessine la sombre silhouette de l'hôtelier, penché sur le corps apparemment sans vie de Bradley.

Le jeune homme est allongé dans une flaque de sang, le visage à demi enfoui dans la neige glacée. Il s'était précipité dehors sans son bonnet, et l'on distingue nettement une terrible blessure à la base de son crâne.

James, les traits déformés par le chagrin, lève les yeux vers lui.

— Aidez-le, hurle-t-il, il faut que vous l'aidiez !

David s'agenouille dans la neige à côté du corps. La torche éclaire faiblement le visage de Bradley, qui gît les yeux fermés, les lèvres bleuies. On dirait qu'il ne respire plus. L'avocat cherche un pouls, en vain. Il espère un moment que c'est à cause de ses mains tremblantes, engourdies par le froid. Mais non. Bradley est mort.

James hurle sa douleur. C'est le cri le plus terrible, le plus déchirant que David ait jamais entendu, celui de la détresse infinie d'un père qui pleure son fils unique. Il pose les yeux sur Gwen, dont la terreur l'envahit à son tour. Alors, au bord des larmes lui aussi, il s'assied sur ses talons.

D'autres s'approchent en faisant du bruit. Il les éclaire avec la torche : Matthew et Lauren.

— Que s'est-il passé ? crie la jeune femme à distance, avant même de voir la dépouille.

— Ne vous approchez pas !

David se relève avec difficulté et brandit la torche dans l'obscurité qui les entoure. Il distingue une forme noire dans la neige, un objet familier, taché de sang, qu'il reconnaît sans peine : le gratte-bottes en fer du porche. Quelqu'un s'en est servi pour assassiner Bradley, mais qui ? Et à quel moment ? Un étranger ? Ou l'un des hôtes sortis de l'hôtel pour secourir Riley ?

Il se tourne vers eux.

Lauren s'approche du cercle lumineux et s'arrête brusquement à la vue de Bradley étendu dans la neige, James accroupi à ses côtés.

— Mon Dieu, murmure-t-elle, il est… ?

— Il est mort, répond David d'une voix sourde.

— Mon Dieu ! Est-ce que je peux… ?

— Restez en arrière, on ne peut plus rien faire pour lui, c'est trop tard.

— En êtes-vous certain ? Il ne peut pas être mort ! C'est impossible ! Il est peut-être encore vivant ! On peut sûrement le secourir !

Elle est dans tous ses états et tente de contourner David pour s'approcher du corps, mais l'avocat secoue la tête et lui bloque le passage. Elle se met à sangloter en lui martelant la poitrine de ses poings.

— Il n'y a plus rien à faire.

Puis quelqu'un s'avance vers eux, le souffle court. C'est Ian.

— Oh non, c'est pas vrai ! s'exclame le jeune homme.

James, effondré sur le corps de son fils, sanglote désespérément. Ses épaules animées de soubresauts rappellent à Ian les pleurs incessants de sa mère, son chagrin sans fin. Il détourne le regard.

— On ne peut pas l'abandonner ici, dit David à voix basse.

Il n'a pas besoin de préciser ce à quoi ils pensent tous : les bêtes sauvages – loups, coyotes – vont s'attaquer au cadavre s'ils le laissent dehors.

Au bout d'un moment, James s'assied lourdement dans la neige, le regard vide.

— Est-ce que l'un d'entre vous a encore un peu de batterie dans son téléphone ? J'aimerais prendre une photo avant de le déplacer.

Tous secouent la tête.

— Bon sang ! s'exclame David.

— Et que va-t-on faire du corps ? lui demande Ian à voix basse.

— Nous devrions l'emmener à la glacière en traversant l'hôtel. Ce sera plus simple que de faire le tour dans cette neige.

Ian hoche la tête avec lassitude et se tourne vers Lauren.

— Peux-tu accompagner James à l'intérieur ? David, Matthew et moi allons nous occuper de Bradley.

Elle acquiesce et attend que David aide le père de la victime à se relever pour partir avec lui. Dès que Lauren et James se sont éloignés, suivis de Gwen, l'air défait, les trois hommes tentent de soulever Bradley. Mais ça ne sert à rien. Ils ne parviennent pas à porter le corps et à conserver leur équilibre. Alors ils se résignent à le tirer par les pieds, souillant la neige d'une traînée de sang. Puis ils le hissent sous le porche et pénètrent enfin dans le lobby, où ils le posent un instant pour reprendre leur souffle.

Henry et Beverly, trop choqués pour prononcer une parole, ne peuvent détourner le regard du cadavre de Bradley. David leur annonce :

— Nous allons le mettre dans la glacière.

Leur tâche terminée, les trois hommes retournent dehors pour chercher Riley. Ils arpentent la neige dans l'obscurité aussi longtemps qu'ils peuvent supporter l'atmosphère glaciale. Et cette fois-ci, méfiants, ils restent proches les uns des autres. Mais Riley ne répond pas à leurs appels désespérés. Dans le froid intense et la nuit noire, ils ont du mal à avancer. Alors au bout d'un moment ils renoncent, persuadés qu'ils ne la retrouveront jamais. Riley ne veut pas qu'on la retrouve.

Dimanche, 3 h 10

Beverly les voit revenir en silence, sans la jeune femme. Un par un, ils retirent leur manteau et leurs bottes et, déconfits, viennent s'affaler devant le feu de cheminée.

Beverly est convaincue que Riley est morte, tout comme le pauvre Bradley. Elle est presque soulagée qu'ils ne l'aient pas retrouvée, car elle doute de pouvoir supporter la vue d'un autre cadavre. Elle n'avait jamais côtoyé la mort d'aussi près et elle a l'impression affreuse que la Faucheuse la surveille, attendant le moment propice pour frapper.

Ian avait une drôle d'expression quand ils ont apporté le corps de Bradley dans le lobby. Une froideur dans le regard que Beverly n'avait pas remarquée auparavant chez le jeune homme et qui la fait frissonner. Mais elle n'en est pas certaine. Elle l'a peut-être imaginée.

Gwen, hébétée, s'écroule sur le sofa. Riley est dehors, perdue dans la nuit et vraisemblablement morte ou agonisante, tout ça par sa faute. Elles n'auraient jamais dû venir ici. Ses mains tremblent quand elle comprend que l'assassin pourrait être n'importe lequel d'entre eux.

Henry, l'air maussade, fixe les flammes. Trois personnes sont mortes, sans compter Riley, mais sa femme, elle, est toujours bien vivante… Il a échoué, on l'a interrompu au dernier moment. Il n'aurait pas dû hésiter si longtemps. Quel lâche ! Mais les autres auraient pu rentrer juste quand il finissait de lui défoncer le crâne et ils auraient sauté sur lui comme une bande d'hyènes.

Il sursaute lorsque sa femme apparaît silencieusement à ses côtés et s'agenouille au pied de son fauteuil.

— Henry, chuchote-t-elle, la voix si basse qu'il doit pencher l'oreille tout près de ses lèvres pour entendre ce qu'elle a à lui dire. Je crois que je sais qui est l'assassin.

Ils sont si proches qu'il sent son haleine. Il se demande si elle est capable de lire dans ses pensées.

Il lève la tête et fixe ses yeux effrayés qui brillent dans le noir.

29

Ian n'apprécie pas beaucoup la façon dont Beverly le regarde. Elle s'est approchée de son mari pour lui chuchoter des trucs à l'oreille. Intéressant, vu que ces derniers temps elle avait plutôt eu tendance à se tenir à l'écart de son époux. Mais que peut-elle bien lui raconter ? Apparemment, c'est à son sujet…

Ian s'assied dans le noir pour réfléchir parmi les ombres.

Henry aimerait bien identifier le coupable. Il pensait sincèrement que les meurtres n'étaient pas liés et que Matthew et David étaient les assassins, mais la mort de Bradley a changé la donne.

Sa femme lui a murmuré à l'oreille que le tueur doit être un déséquilibré. Elle a presque réussi à l'en persuader, d'ailleurs. Selon elle, c'est Ian le coupable. Le jeune homme n'est pas net. Pourtant, si Beverly a raison, cela signifie que Lauren est nécessairement au courant. Comment pourrait-elle ne pas l'être ? Elle et Ian passent tout leur temps ensemble…

Henry continue à méditer. Sa femme a de nombreux défauts, mais elle est loin d'être stupide. Il dévisage Ian en plissant les yeux, essayant de détecter cette noirceur que sa femme a devinée en lui. Essayant de l'imaginer en train de tuer quelqu'un.

En fin de compte, il n'est pas difficile de se représenter Ian dans la peau du meurtrier. Henry a appris une chose ou deux au cours du week-end. Et d'abord qu'il est lui-même de la graine d'assassin. Du coup, cela ne lui demande pas un énorme effort d'imaginer qu'il peut en être de même pour une autre personne.

Est-ce que Lauren serait en train de couvrir Ian ? Henry l'observe à travers la pièce avec un intérêt accru. Jusqu'où irait-elle par amour ? C'est un sentiment tellement plus difficile à comprendre (et à prédire) que la haine.

Lauren, mal à l'aise, se tortille sur le canapé. Le vent hurle toujours et claque contre les fenêtres. L'atmosphère du lobby est lugubre, avec la lampe à huile qui fuit légèrement sur la table d'appoint et le feu mourant.

Combien de temps faudra-t-il encore attendre l'intervention de la police ?

Elle les examine, tous ces gens assis autour de la cheminée. Quel contraste par rapport au jour de leur arrivée ! Elle se rappelle leur rencontre autour de l'apéritif, vendredi soir. Ils étaient tous tellement enjoués, détendus… Lui viennent à l'esprit l'image du jeune Bradley, préparant les cocktails, puis celle du beau Matthew (qu'est-ce qu'il a changé !) avec sa lumineuse fiancée, laquelle gît désormais dans la glacière. Et Candice, étranglée par son foulard…

Elle aimerait bien savoir qui David soupçonne d'être l'assassin.

James, en état de choc, est abasourdi de chagrin. Il tourne et retourne dans sa tête ce qui s'est passé. Il se rappelle, deux ans auparavant, quand Bradley s'était mis à trafiquer de la dope. Le jeune homme y voyait un moyen simple de gagner de l'argent rapidement, mais les choses ne s'étaient pas exactement déroulées comme il l'avait souhaité.

Soudain, James sort de son apathie. Submergé de chagrin et de colère, il bondit de son fauteuil et s'écrie :

— Qui a fait ça ? Lequel d'entre vous a tué mon fils ? Pourquoi ? Mon Dieu, pour quelle raison voudrait-on assassiner mon fils ?

Il pose sur chacun un regard accusateur, et sa voix enragée les pétrifie. David se lève alors et s'approche de lui pour essayer de le calmer, mais l'homme le repousse. Il exige des réponses.

— Je l'ignore, James. Je suis terriblement désolé. Mais nous découvrirons qui a fait ça. Vous saurez bientôt qui a tué votre fils.

— L'un de vous l'a assassiné !

— À moins que ce ne soit un étranger qui rôde autour de l'hôtel, lui rappelle Lauren en frissonnant.

— Il n'y a personne d'autre ici ! crie James.

Il s'écroule dans son fauteuil et enfouit son visage dans ses mains en sanglotant éperdument.

Dimanche, 3 h 30

Malgré l'heure tardive, Lauren ne dort toujours pas. Tout le monde se jette des coups d'œil embarrassés avant de détourner la tête. Tout le monde sauf Henry et Beverly, assis l'un à côté de l'autre. Le couple ne les quitte pas des yeux, elle et Ian. Elle se demande ce qu'ils sont en train de cogiter.

— Qu'est-ce que vous avez à nous fixer du regard comme ça ? demande-t-elle au bout d'un moment d'une voix dure, s'adressant à Henry.

— Je ne vous fixe pas, lui répond-il en détournant les yeux.

— Mais si. Vous avez quelque chose à nous dire ?

L'atmosphère se tend, mais elle s'en fiche. Elle veut savoir pourquoi il la dévisage de cette façon, et elle exige qu'il cesse.

À sa grande surprise, c'est Beverly qui prend la parole :

— Il me semble avoir vu quelque chose.

— Quoi ? Qu'avez-vous vu ? demande David en se tournant vers elle.

— Quelque chose dans l'expression de Ian.

— Mais de quoi parlez-vous, à la fin ?

— J'ai remarqué que Ian avait regardé Bradley quand vous l'avez amené ici.

— Tout le monde a regardé Bradley, reprend Lauren d'un ton dur. Et alors ?

— C'est la manière dont il l'a regardé, lui répond Beverly, nerveuse.

— Que diable voulez-vous dire ? demande Ian.

Beverly le fixe droit dans les yeux et précise :

— Vous le regardiez comme si vous étiez heureux qu'il soit mort.

— Quoi ?! Mais c'est ridicule, proteste le jeune homme, choqué.

— Comment osez-vous ? s'exclame Lauren, se détournant de Ian pour lancer un regard noir à Beverly. J'étais juste à côté de lui et il n'a rien fait de tel.

— Je sais ce que j'ai vu, affirme Beverly.

— Votre imagination vous a visiblement joué un tour.

— Ma femme ne se permettrait jamais d'inventer une chose pareille, il n'y aurait aucune raison, intervient Henry, prenant la défense de son épouse.

Son visage, éclairé par les flammes, semble rougi de colère et son ton est agressif.

Lauren ne sait que répliquer.

David est surpris par cet emportement de la part de Beverly. Il ne sait que croire. Personne ne connaît mieux que lui le manque de fiabilité notoire des témoins oculaires. Il leur suffit de voir une voiture noire pour prétendre qu'elle était rouge. Leur échappent des choses qui se produisent juste devant leurs yeux, mais ils n'hésitent pas à en inventer d'autres. Dans quelle mesure Beverly est-elle en train de projeter sa propre peur ? Pourtant, elle paraissait avoir la tête sur les épaules jusqu'à maintenant.

Mais lui aussi a des doutes au sujet de Ian, depuis le moment où il a eu l'impression que le jeune homme mentait sur la mort de son petit frère. Et il a réfléchi au sujet des somnifères. Comment croire Lauren quand elle déclare que Ian n'a pas quitté leur chambre la nuit où Dana a été tuée ? Il aimerait bien en savoir plus et se dit qu'il va pousser le jeune homme dans ses derniers retranchements.

Gwen est atterrée par cet échange. Voilà que Beverly semble accuser Ian d'être l'assassin. Mais comment serait-ce possible ? Le jeune homme au sourire dévastateur est si charmant, si sociable. Un vers de Shakespeare lui revient soudain en tête. Il sort d'où, déjà ? *Un homme peut sourire, et sourire, et n'être qu'un scélérat*[1]. Son corps se raidit, chaque muscle tendu et douloureux. C'est que Ian aurait pu le faire. Il aurait pu tuer Dana pendant que Lauren dormait, assommée par ses somnifères. Et il est remonté à l'étage avec Lauren quand Candice a été éliminée. Enfin, il est sorti avec les autres quand Bradley a été assassiné. Dans l'obscurité totale, il avait tout le loisir de le faire. Et il se peut que Lauren mente pour le défendre. Gwen ferme les poings.

Elle jette un regard à David, assis de l'autre côté de la table d'appoint, mais elle est incapable de deviner à quoi il pense.

— Il y a quelque chose qui me chiffonne, fait David.

À ces mots, tout le monde se tourne vers l'avocat, qui a lui-même les yeux fixés sur Ian.

— C'est à propos de ce que vous nous avez raconté sur votre frère, poursuit David.

— Qu'est-ce que cette histoire a à voir avec ce qui se passe ici ? répond Ian d'un ton sec.

1. Shakespeare, *Hamlet*, acte I, scène 5.

— J'ai l'impression que vous ne dites pas toute la vérité.

— Et qu'est-ce qui vous fait penser ça ? demande Ian en se léchant nerveusement les lèvres.

Gwen, au bord de la nausée, est tout ouïe.

— Je suis habituellement capable de dire si quelqu'un ment, affirme David en se penchant vers l'avant, dans la lumière des flammes. Est-ce que vous nous avez raconté toute l'histoire ? Si vous avez autre chose à ajouter, maintenant me semble être le bon moment.

Ian avale nerveusement sa salive et réfléchit à la position dans laquelle il se trouve. David l'a surpris en plein mensonge. Il a réellement menti au sujet de son frère. Il se sent acculé.

— D'accord, dit Ian, bouleversé, à voix basse. Vous avez raison, je ne vous ai pas dit toute la vérité au sujet de mon frère.

Il lève les yeux vers l'avocat.

— Je ne pense pas que cela ait la moindre espèce d'importance vu la situation, dit Henry. Personne n'en a rien à battre, de votre frère.

D'un regard, David lui intime de se taire.

— Moi, j'aimerais savoir pourquoi il a menti.

— Je n'en ai jamais parlé à personne auparavant, reprend Ian, nerveux, les yeux posés sur Lauren. J'avais treize ans, Jason dix. Il n'était pas toujours facile et je détestais m'occuper de lui et le surveiller. Ce jour-là, Jason voulait aller nager dans la mare, mais il n'avait pas le droit d'y aller seul. Alors je l'ai accompagné. Mais en arrivant là-bas, nous nous sommes disputés à propos d'une broutille. Il était tellement têtu. Il m'a énervé et je l'ai planté là. Je l'ai laissé tout seul. Sans imaginer qu'il irait se baigner sans moi. Il savait que c'était dangereux, précise-t-il avant de reprendre son souffle et d'expirer bruyamment. Quand je suis rentré chez moi un peu plus tard et que nous avons constaté que nous ne savions pas où il était, je suis retourné à la mare. Il flottait dans l'eau, mort. Et j'ai compris que c'était ma faute. Je n'aurais jamais dû le laisser tout seul, ce serait désormais mon fardeau, pour toujours. Alors j'ai menti à mes parents. Ils ignoraient que nous étions allés à la mare tous les deux. Je leur ai fait croire qu'il y était parti tout seul, que c'était un coup de chance que je le retrouve. Pendant toutes ces années, j'ai vécu avec ce sentiment de culpabilité. Et mes parents ne sont toujours pas au courant, admet-il en les regardant. J'ignore si je suis coupable aux yeux de la loi. Je l'ai abandonné et j'ai toujours menti sur ce point. Au fond de moi, je savais bien qu'il irait se baigner. Et je vous ai raconté la même histoire que j'ai toujours racontée à tout le monde, même à mes parents, avoue-t-il sans oser regarder Lauren, les yeux posés sur David. C'est la première fois que je dis la vérité. Et maintenant, vous êtes tous au courant.

Il s'effondre dans son fauteuil, vidé.

30

Lauren observe son amant avec stupeur puis jette un coup d'œil à l'avocat pour tenter de deviner ce qu'il pense. On dirait que maintenant, il croit en l'histoire de Ian. Quant à elle, elle se pose des questions. Peut-être que cela s'est passé comme Ian vient de le raconter, ou peut-être qu'il a poussé son frère dans la mare, qu'il lui a enfoncé la tête sous l'eau…

À elle, il avait servi la première version de l'histoire – le mensonge.

Il est assis à côté d'elle, leurs corps se touchent, mais elle fait un geste de recul et Ian la considère d'un air consterné.

— Pourquoi ne m'as-tu pas dit la vérité ? lui demande-t-elle, en le regardant droit dans les yeux.

— Je ne l'ai même pas racontée à mes parents ! Je ne pouvais pas te le dire, j'avais trop peur de te perdre. Je n'ai jamais souhaité que cela arrive. Crois-moi, je me suis fait suffisamment de reproches jour après jour. Tu n'imagines pas à quel point je me sens coupable quand je pense à mes parents ! À chaque fois que je leur parle…

Elle tourne la tête devant sa mine implorante.

— Je t'en prie, Lauren, ne laisse pas ce drame nous séparer.

Elle garde le silence un moment puis lâche :

— Tu aurais dû leur dire la vérité.

Ses propos semblent un peu trop moralisateurs.

— Je n'étais qu'un gosse.

La jeune femme s'écarte davantage de Ian. Elle sent le regard des autres peser sur elle. Alors elle inspire profondément avant de répondre d'un ton stressé :

— Tu n'es plus un enfant. Et il faut toujours dire la vérité, Ian, car elle finit par nous rattraper.

— Comment ça ?

— Il y a quelque chose que vous avez envie de nous dire ? demande David.

Elle lui répond avec quelque réticence :

— Quand nous sommes remontés dans notre chambre après le déjeuner, j'ai affirmé que nous étions ensemble. Mais en réalité, je me suis isolée un moment dans le petit salon du second étage pour lire. Ian m'avait dit qu'il voulait faire la sieste. Je n'étais pas avec lui, contrairement à ce que j'ai déclaré.

Ian, mal à l'aise, se tortille sur le canapé.

— Pourquoi avez-vous menti ? lui demande Beverly.

— Je n'ai pas réfléchi. Cela dit, je ne pense pas que Ian soit impliqué dans tout ça.

Ian, l'air un peu inquiet, reprend la parole :

— Lauren est allée lire dans le salon pendant l'après-midi, et je suis resté seul dans la chambre, c'est exact. Nous aurions sûrement dû le dire. Mais je ne suis pas un assassin. C'est ridicule. Ce n'est pas moi le coupable ! Et toi, Lauren, tu ne crois tout de même pas que c'est moi, n'est-ce pas ?

— Non !

Elle secoue la tête mais son intonation laisse transparaître ses doutes. Il est d'ailleurs probable que les autres s'en sont rendu compte.

— Mais pour quelle raison pourrait-on penser une seconde que je suis le meurtrier ? demande Ian en jetant un regard nerveux sur les hôtes rassemblés autour du feu de cheminée. Pourquoi moi ? N'importe qui aurait pu le faire.

— Mais ça pourrait être toi, murmure soudain Lauren. Je me suis peut-être montrée aveugle.

— Quoi ? Allons, Lauren. C'est… c'est complètement fou ! bafouille Ian, affolé.

— Quand Dana a été assassinée, j'ai supposé que tu avais passé toute la nuit à mes côtés…

— Mais j'ai passé toute la nuit avec toi, et je n'ai pas quitté notre chambre, je le jure ! Et de toute façon, comment pourrais-tu prétendre le contraire ? Tu dormais !

— Justement ! lui répond Lauren, le regard suspicieux. Tu sais bien que je prends des somnifères. D'ailleurs, vendredi, j'en ai pris deux. Tu l'as bien vu. Tu aurais tout à fait pu sortir de la chambre pendant des heures entières sans que je m'en aperçoive.

— Mais ça ne signifie pas que je l'ai fait ! s'exclame-t-il en se frottant les mains sur les cuisses. D'accord, tu ne peux pas attester que j'ai passé toute la nuit dans la chambre, mais c'est quoi, le problème ? Aucun d'entre vous ne peut prouver où il se trouvait cette nuit-là non plus. Pourquoi ces airs accusateurs ? Je pense qu'il est temps de reprendre nos esprits, au lieu de verser dans la paranoïa…

Tous les yeux sont fixés sur Ian. Lauren se réfugie à l'autre bout du canapé.

— Le problème, c'est que je n'étais pas avec toi non plus dans l'après-midi.

— Alors maintenant, tu penses que je les ai tous éliminés ?! Mais enfin ! Pourquoi diable irais-je tuer trois personnes ? Ces meurtres sont l'œuvre d'un timbré ! rétorque Ian en secouant vigoureusement la tête, prenant les autres à témoin.

— Mais peut-être l'êtes-vous, intervient Beverly, à la surprise de Lauren. J'ai bien vu la façon dont vous regardiez Bradley quand vous avez apporté son corps ici.

— Quoi ? Mais je n'ai aucune idée de ce dont vous parlez, proteste Ian, vous êtes complètement cinglée.

— Ce n'est pas moi qui suis cinglée ! crie-t-elle d'une voix stridente, devant un Ian médusé qui se recroqueville sur son siège.

Ian n'apprécie pas du tout ce revirement de situation, et encore moins la méfiance qu'il peut lire dans tous les regards.

— Je ne suis pas un tueur, reprend-il plus calmement. Lauren et moi n'étions pas ensemble une partie de l'après-midi mais ça ne signifie pas que j'ai assassiné trois personnes de sang-froid, voyons ! Vous n'avez aucune raison de me suspecter.

— Mais comment as-tu pu mentir à tes parents toutes ces années ? lui demande Lauren, très pâle. Peut-être que tu n'es pas l'homme que je croyais.

Elle se lève brusquement du canapé et s'éloigne de quelques pas pour aller s'asseoir avec Gwen, posant des yeux apeurés sur Ian.

— Lauren, la supplie-t-il.

Mais elle tourne la tête et refuse de le regarder.

Gwen est au bord de la nausée. Elle aimerait régurgiter toute cette peur, ce chagrin. Ses pensées sont confuses. Elle refuse de croire que Ian puisse être le meurtrier, mais il faut bien reconnaître que c'est une possibilité.

Ils doivent tout faire pour survivre jusqu'à l'arrivée de la police et ensuite la laisser mener l'enquête à son aise. Mais personne ne sait quand elle sera là. Elle a encore plus peur qu'avant. Elle n'est même plus certaine que l'union fait la force. Et Riley, dehors dans le froid… Vraisemblablement morte, elle aussi. C'est à se demander qui sera le prochain à y passer.

Matthew rumine dans l'obscurité, lançant des regards méchants vers Ian. Soudain, il se penche en avant et annonce :

— Nous n'avons aucune raison de vous faire confiance.

— Croyez ce qui vous chante, gronde Ian. La police ne va pas tarder à arriver et ils me croiront. Il n'y a aucune preuve que j'aie tué qui que ce soit. Et c'est parce que je suis innocent. Et toi, tu le sais pertinemment, ajoute-t-il en se tournant vers Lauren.

Matthew devine, au coup d'œil que Lauren lance à Ian, que la jeune femme a envie de le croire.

— Vous avez menti au sujet de votre frère, reprend-il.

Ian ne répond pas et Matthew poursuit sur un ton menaçant :

— Peut-être que vous ne nous avez toujours pas raconté la vérité. Qui sait si ce n'est pas vous qui avez noyé votre frère ? Vous avez peut-être ça en vous.

Tout le monde se fige, pendu à ses lèvres.

— Non !

— Je ne vous crois pas. Je pense que c'est vous qui avez tué Dana. Et je ne sais même pas pourquoi, poursuit Matthew en étouffant un sanglot. Comme j'aimerais vous étrangler de mes propres mains !

David tressaille, prêt à intervenir.

Matthew se lève subitement et David se dresse devant lui en posant une main sur sa poitrine. Le jeune homme est plus grand et large d'épaules, mais la main de l'avocat est ferme.

— Je ne l'ai pas tuée ! Je n'ai assassiné personne, proteste Ian.

— Matthew, asseyez-vous, ordonne David d'un ton résolu.

Le jeune homme a un moment d'hésitation avant d'obtempérer de mauvaise grâce.

David s'enfonce dans son fauteuil, le cœur battant à tout rompre. Pendant un instant, il a bien cru que Matthew allait se jeter sur Ian. Tout le monde est sur le point de craquer. La peur rend les gens imprévisibles, voire dangereux. David ne peut se permettre de baisser la garde, même une minute.

Beverly tremble sous sa couverture et observe attentivement les autres. Elle est convaincue d'avoir surpris une expression bizarre sur le visage de Ian quand celui-ci a regardé le cadavre de Bradley dans le lobby. Et voilà que Lauren vient d'annoncer qu'elle ne se trouvait pas avec Ian l'après-midi où Candice a été tuée. Et cette terrible histoire sur son frère. Cela lui a fichu la trouille. Quel genre de personne peut mentir pendant des années à ses parents sur une chose pareille ? Il n'a aucune sensibilité, voilà l'explication. Et apparemment, Matthew ne croit pas en son innocence non plus.

Mais qu'est-ce que Ian – ou un autre – pourrait bien retirer de ces meurtres ? se demande Beverly. S'il y a un lien, eh bien, personne ne l'a encore deviné. Le tueur est vraisemblablement un déséquilibré, et c'est ce qui l'effraie le plus. Pour la simple raison que si l'assassin tue pour le plaisir, par envie ou par pulsion, alors ils sont tous mal barrés. Comment prévoir ce qu'il s'apprête à faire et jusqu'où il a l'intention d'aller ? Et quel risque il est prêt à courir ? Imaginons que Ian ait projeté de tous les liquider ? Peut-être qu'à un moment donné, avant l'aube, il va éclater de rire avant de les massacrer allègrement ?

Il se peut bien que cette sotte de Lauren ait enfin compris ce qui risquait de se passer. Elle a l'air transie de peur.

Gwen a envie de fermer les yeux pour s'endormir. Comme elle aimerait être couchée dans son lit, bien en sécurité ! Si seulement la police pouvait arriver bientôt. Elle est épuisée de terreur et de chagrin, sans compter la culpabilité qui l'envahit quand elle pense à

Riley, abandonnée dans le froid glacial. Et c'est Gwen qui l'a amenée ici, personne d'autre. Elle observe les autres en silence à travers ses yeux entrouverts et gonflés de larmes. Elle ressent aussi de la tristesse pour James, qui vient de perdre son fils. On dirait qu'il ne s'en remettra jamais, d'ailleurs. Eh bien, comme ça, ils seront deux. Elle essaie de compatir au deuil de Matthew, mais le jeune homme ne lui inspire pas confiance. Ian, quant à lui, a l'air terrifié. Il n'a vraiment pas la tête d'un assassin mais bon, c'est peut-être juste une façade.

Elle ne doit pas se laisser aller au sommeil. Elle secoue la tête pour rester éveillée.

Gwen surprend le regard de David et se demande ce qu'il pense de tout ça. Est-ce que, selon lui, Ian est l'assassin ? Puisque Lauren était dans le salon, qui peut dire où Ian se trouvait quand Candice a été tuée ? Quand on y pense, personne ne peut avoir de certitude sur les allées et venues de chacun au moment des meurtres. C'est bien là le souci. Tout est si confus et embrouillé, et de toute façon elle est tellement crevée qu'elle se sait incapable d'avoir un raisonnement cohérent.

La jeune femme s'assoupit un court instant et se réveille en sursaut. Puis elle change de position en essayant de résister au sommeil. C'est sa seconde nuit sans dormir ; la veille, elle a à peine fermé l'œil. Si seulement elle avait une arme pour se protéger. Mais à dire vrai, même si elle avait un couteau, elle ne se voit pas en train de s'en servir. Si le meurtrier s'avançait vers elle pour la tuer ou s'il menaçait quelqu'un d'autre, serait-elle capable de plonger son couteau dans sa gorge ? Elle observe Ian, les yeux fixés sur les flammes, l'air morose, sa pomme d'Adam légèrement apparente. Pourrait-elle y plonger une lame ? Le jeune homme déglutit, inconscient du regard de Gwen posé sur lui.

Non, elle ne croit pas qu'elle en aurait le courage. Elle tremble sous la couverture de laine épaisse qui les couvre, Lauren et elle. Puis elle saisit la main de la jeune femme et la serre dans la sienne, et Lauren répond à sa pression.

Dimanche, 4 h 05

— Nous devrions le supprimer avant qu'il ne nous tue tous, énonce Henry sans avertissement.

David sent ses cheveux se dresser sur sa nuque. Tout le monde retient son souffle. L'avocat inspire profondément et dit d'une voix dont le calme ne masque pas tout à fait l'indignation :

— Ne soyez pas ridicule, Henry, nous ne savons pas si Ian a tué qui que ce soit.

— C'est lui ou nous !

Il n'est apparemment pas en état d'entendre raison. Ils sont tous au bout du rouleau et c'est peut-être Henry qui a atteint le premier le point de non-retour. Après avoir jeté un coup d'œil à Ian, pétrifié d'angoisse, David sent soudain la colère monter en lui devant l'inconséquence de Henry.

— On ne peut pas juste le supprimer !

— Pourquoi pas ? C'est un cas d'autodéfense.

— Espèce d'idiot, répond David en haussant la voix, ce serait un meurtre de sang-froid. Nous n'avons aucune certitude qu'il ait assassiné quelqu'un. Regardez-le, tapi dans son fauteuil. Il est tout seul et nous sommes sept. Vous pensez vraiment pouvoir le tuer en toute impunité ? Vous seriez donc à la fois juge, juré et bourreau ?

Il n'a pas pu contenir son dégoût, qui résonne sans aucune ambiguïté dans la pièce.

Henry se recroqueville à contrecœur dans son fauteuil, le visage dissimulé dans l'ombre.

Dimanche, 4 h 59

Les paupières de Henry palpitent. Il est en train de rêver qu'il est complètement paralysé : incapable de bouger les bras, les jambes, les doigts et même les orteils. Il a déjà fait ce rêve (symbolique), mais c'est la première fois que celui-ci paraît si ancré dans la réalité. Il ne peut même pas bouger la langue, qui lui semble épaisse dans sa bouche. La seule chose encore vivante est son cerveau.

Soudain, Henry se rend compte que quelque chose ne va pas du tout. Il dormait, mais il ne s'agit plus d'un rêve. Il essaie de parler mais sa bouche ne s'ouvre pas, il a même du mal à déglutir. Il a l'impression que ses yeux sont ouverts mais ses paupières sont figées et tout est noir, il ne peut rien distinguer, comme si un film opaque était tombé devant ses yeux. Alors il comprend qu'il va mourir sans pouvoir avertir personne.

Il aimerait remuer les bras pour demander de l'aide ; il en est incapable. Il a encore conscience du lieu où il se trouve grâce à son odorat : il reconnaît l'odeur des bûches se consumant dans la cheminée, comme pendant les Noëls de son enfance. Henry n'a pas quitté le Mitchell's Inn, et le meurtrier l'a eu à son tour.

31

Dimanche, 6 h 30

Dehors, les bêtes sauvages détalent en hurlant dans la forêt. Le vent est réduit à un murmure et le ciel commence juste à s'éclairer à l'est. Toutefois, à l'intérieur de l'hôtel, le silence et l'obscurité règnent comme dans un tombeau. Soudain, le lustre clignote et se rallume, arrosant le lobby de lumière. Les clients, surpris, s'agitent et regardent autour d'eux. Des appareils se remettent en marche dans tout l'hôtel ; des vrombissements et des cliquettements se font entendre. L'électricité est rétablie.

David, qui n'a pas fermé l'œil de la nuit, se tourne d'abord vers Gwen endormie, ses cils sombres contrastant sur sa peau pâle. Elle respire paisiblement, en tout cas pour le moment. Lauren est roulée en boule à côté d'elle. Beverly cligne des paupières, éblouie.

— Le courant est revenu, Dieu merci ! s'exclame-t-elle avec ferveur.

Au son de sa voix, Gwen s'étire en ouvrant les yeux et Lauren se redresse brusquement sur le canapé en criant « Alléluia ! ».

Matthew et Ian remuent sous leurs couvertures. David ne saurait dire s'ils s'étaient assoupis mais en tout cas les voilà bien réveillés, à présent. James est avachi dans son fauteuil, les yeux ouverts. Impossible de savoir s'il a dormi.

Soudain Beverly, horrifiée, pousse un cri en secouant le bras de son époux. Henry, parfaitement immobile dans son fauteuil, la tête renversée en arrière, les yeux fermés, la bouche entrouverte, n'est plus de ce monde. Cela ne fait aucun doute. Son visage est blême sous la lumière du plafonnier.

— Henry ! crie Beverly, paniquée, le secouant plus fort.

David se lève d'un bond et s'avance vers Henry, mais il n'y a plus rien à faire. Sa femme se met à sangloter hystériquement sous le regard de Gwen, terrorisée.

James se redresse lentement et se dirige en chancelant vers le bureau de réception pour composer un numéro d'une main fébrile. David retient son souffle, mais à son grand soulagement le téléphone a l'air de fonctionner. Enfin !

— Nous avons besoin d'aide, prononce James d'une voix peu assurée.

Dimanche, 6 h 45

La sergente Margaret Sorensen, la quarantaine charpentée, les cheveux d'un blond tirant sur le gris, s'est levée tôt comme à l'accoutumée. Elle profite de son dimanche en dégustant son café, bien au chaud dans son pyjama de flanelle qui ne la met pas exactement en valeur. Soudain, elle est interrompue par un coup de fil du commissariat.

— Sergente, il y a un gros souci au Mitchell's Inn, indique l'officier Lachlan d'une voix tendue.

Cela ne lui ressemble pas, car il est plutôt du genre relax et dans son élément quand il s'agit de gérer les incidents frappant la communauté.

— Qu'est-ce qui se passe ?

— James Harwood, le propriétaire, vient de nous appeler. Il prétend qu'au moins trois personnes ont été assassinées, peut-être plus.

— C'est une blague ?

— Ça n'en a pas l'air, sergente.

Elle devine au son de sa voix qu'il est convaincu de la sincérité de l'appel. Bon sang, se dit-elle, choquée.

— Il faut qu'on aille sur place, sergente, ajoute-t-il en respirant vite, comme s'il était à bout de souffle.

— On a qui en service, aujourd'hui ?

— Perez et Wilcox. Nous allons préparer les motoneiges. C'est le seul moyen d'y aller, vu la météo.

— Je ferais mieux d'informer le chef. Donnez-moi dix minutes.

Heureusement qu'elle habite à deux pas du commissariat situé juste au coin de la rue.

Dimanche, 7 h 35

La sergente Sorensen pousse le moteur à fond sur la neige glacée qui recouvre la longue route tortueuse jusqu'au Mitchell's Inn. Un triple homicide. Ce genre d'événement est si rare par ici qu'ils n'ont même pas d'inspecteur au commissariat. Elle va devoir faire l'affaire jusqu'à ce que la police de New York leur envoie quelqu'un. Lachlan lui a appris tout ce qu'il savait, à son arrivée, mais l'histoire ne tient pas debout. Apparemment, trois clients et le fils du propriétaire sont décédés, et une cliente manque à l'appel. Margaret, sous le choc, se demande ce qui les attend là-haut. Elle connaît bien l'hôtel et la famille qui le gère. Le jeune Bradley. Mort. Ça ne peut pas être vrai. L'adrénaline pulse dans ses veines lorsqu'elle emprunte le dernier virage de la longue allée.

Elle coupe le moteur devant l'hôtel. La pelouse est luisante et crisse sous ses pas. Elle sort son arme de son ceinturon et fait signe aux autres officiers de faire de même. Ils s'approchent précautionneusement de la porte d'entrée, dérapant sur la glace avec leurs lourdes bottes. La température est glaciale, elle peut voir son propre souffle sortir de sa bouche.

En silence, Sorensen pointe du doigt une trace de sang devant le porche, avant de gagner à pas de loup le côté de l'entrée. Elle regarde à l'intérieur par la fenêtre puis, l'arme au poing, ouvre la porte. Suivie des trois policiers, elle pénètre dans le lobby et se tourne automatiquement vers la cheminée et les gens aux visages blêmes, emmitouflés dans des couvertures, assis autour du feu. Elle se dit qu'elle risque de se souvenir toute sa vie de ce moment.

Elle dénombre huit personnes rassemblées autour de la cheminée, hagardes et les cheveux en bataille, comme si elles n'avaient pas fermé l'œil de la nuit.

On dirait les rescapés d'un siège. En s'approchant, elle remarque qu'en fait il y a un cadavre dans l'un des fauteuils. Sept survivants. Elle rengaine son arme et s'efforce de prendre un ton à la fois autoritaire et rassurant :

— Je suis la sergente Sorensen. Voici les policiers Lachlan, Perez et Wilcox. Nous sommes ici pour vous aider… (À première vue, impossible de deviner si le défunt a été assassiné ou s'il est mort de cause naturelle. Comme elle aimerait que le médecin légiste et son équipe soient sur place… Mais l'heure de leur arrivée va dépendre de l'état des routes. Jusqu'à nouvel ordre, elle ne peut compter que sur elle-même.) Pour le moment, tout le monde doit rester sur place, poursuit-elle. Il n'y a aucun moyen de vous ramener en ville avec toute cette neige. Nous allons jeter un coup d'œil dans tout l'hôtel, puis je vous interrogerai les uns après les autres. Quand les routes seront dégagées, nous vous conduirons en ville pour que vous fassiez une déclaration officielle. Mais, pour l'instant, j'ai besoin de toute l'aide que vous pourrez m'apporter.

Quelques clients hochent la tête d'un air las en guise d'assentiment.

— Avant de faire le tour des lieux, j'ai besoin que l'un d'entre vous me mette au parfum. Juste un résumé rapide, précise-t-elle alors que ses yeux se posent sur un homme d'une quarantaine d'années au regard intelligent. Comment vous appelez-vous ? demande-t-elle gentiment.

— David Paley.

Elle s'installe dans un fauteuil à côté de lui.

— Peut-être pouvez-vous commencer par me donner le nom des personnes ici présentes, puis vous me raconterez ce qui s'est passé…

Elle écoute son histoire d'un air sombre, avant de conclure :

— D'accord. Nous nous mettrons à la recherche de Riley dès que possible.

Ensuite, Sorensen ordonne à Perez et Wilcox de rester dans le lobby afin d'assurer la protection des survivants, puis elle demande à Lachlan de l'accompagner pour faire le tour de l'hôtel et prendre des notes.

Ils commencent par le lobby. Sous le regard des rescapés, elle enfile une paire de gants en latex et s'avance vers l'escalier. Là, elle s'agenouille pour observer le sang sur la tranche de la marche, puis lève les yeux vers le palier du premier étage.

Faisant signe à Lachlan de la suivre, elle gravit les marches sans bruit, mis à part le couinement de ses bottes. Ils empruntent ensuite le couloir jusqu'à la chambre 206 sur la gauche. Elle ouvre la porte de ses mains gantées avec l'une des clefs que lui a confiées James et allume le plafonnier. À l'intérieur gît le cadavre de la deuxième victime, en position fœtale sur le sol, le foulard encore serré autour du cou. Les policiers l'examinent attentivement en prenant soin de ne pas corrompre la scène.

Puis ils jettent un coup d'œil dans la 202, la chambre qui n'a pas été faite, prenant note du lit défait, du lavabo non essuyé. Sans un mot, elle questionne son équipier du regard. Lachlan pince les lèvres. La police scientifique passera la chambre au peigne fin à son arrivée.

Les deux policiers redescendent l'escalier et traversent la réserve à bois pour aller visiter la glacière dans le froid mordant. En entrant, la première chose qu'ils voient est le cadavre de Bradley allongé contre le mur du fond, seule tache de couleur dans la pièce translucide et étincelante. Sorensen inspire profondément. Elle savait bien ce qu'elle allait trouver mais malgré tout, la vue du jeune homme raide mort est un choc. Il était tellement beau. Elle inspecte sa terrible blessure à la tête.

À ses côtés, un autre cadavre, entouré d'un drap blanc.

— Autant regarder, dit la sergente.

Lachlan enfile à son tour une paire de gants et écarte le drap pour dévoiler le visage d'une femme aux traits déformés dans la mort, vêtue d'un négligé et d'un peignoir de satin bleu marine. Elle était très belle et Sorensen frissonne de la voir ainsi morte, allongée en petite tenue au fond de la glacière. Elle se penche pour observer la blessure à la tête de Dana.

— Bon sang, quelle horreur ! s'exclame-t-elle, attristée. Maintenant, j'aimerais bien voir où Bradley a été tué.

Ils retournent à l'hôtel et ressortent par la porte d'entrée pour suivre les traces de sang. Bradley a été frappé à moins de trente mètres du porche, on peut distinguer la forme de son corps dans la neige glacée et une flaque de sang à l'endroit où il est tombé. Le gratte-bottes a été abandonné à moins de cinquante centimètres. La policière l'étudie sous tous les angles et se détourne, écœurée. Elle regarde en direction du bâtiment et s'exclame :

— Mais qu'est-ce qui s'est passé ici, putain ?

Son adjoint secoue la tête.

De retour dans le lobby, Sorensen prend Perez et Wilcox à part et leur explique la situation :

— Vous deux, vous allez devoir fouiller l'hôtel de fond en comble. N'oubliez pas de vérifier dans les coins, les placards, les caves, le grenier s'il y en a un. Prenez James avec vous, s'il est d'attaque. Traitez-le avec douceur, il vient de perdre son fils. Fouinez aussi dans les alentours et dans toutes les dépendances. Et puis les portes et les fenêtres. Il faut s'assurer qu'il n'y a absolument personne d'autre ici. Et que personne d'autre n'était là ce week-end non plus.

— D'accord, répond Perez.

— Pendant ce temps, Lachlan et moi allons partir à la recherche de Riley. Elle n'a pas dû aller bien loin, ajoute-t-elle d'un air sombre.

Dehors, les deux policiers balaient la pelouse à la recherche de la jeune femme, en commençant chacun par un côté pour se rejoindre au centre. Parvenus à la lisière de la forêt, ils essaient de repérer des signes de présence humaine. Sorensen a déjà participé à des fouilles dans les bois pour retrouver des chasseurs égarés, parfois des enfants. Il arrive que le dénouement soit heureux, mais dans ce cas précis la sergente ne se fait aucune illusion. Une femme seule, mal équipée pour affronter la neige… cela n'aura pas pris longtemps pour qu'elle se retrouve en hypothermie. À moins qu'elle ne soit entraînée pour survivre seule dans les bois en plein hiver, mais cela l'étonnerait. Sans compter que Riley était en pleine crise de panique, incapable de penser clairement. Or, la première chose à faire pour s'en sortir dans des conditions extrêmes, c'est de garder son calme.

Les branches se cassent avec un bruit sec sous ses bottes. L'air froid et perçant oppresse sa poitrine. Elle passe la forêt au peigne fin en compagnie de Lachlan, qui avance précautionneusement à ses côtés. Habituellement, Sorensen aime marcher dans les bois en hiver, mais pas aujourd'hui. En plus du sentiment d'urgence que revêtent les fouilles de terrain – cet espoir mêlé de crainte –, il se peut qu'un tueur soit tapi derrière les arbres.

Au bout d'un moment, Sorensen est gelée jusqu'à l'os. Les policiers pénètrent dans une petite clairière où la neige est plus profonde et elle scanne l'étendue du regard à la recherche d'un indice. Soudain, Lachlan l'appelle :

— Par ici !

Au ton de sa voix, elle a deviné.

Pourtant, elle se hâte de le rejoindre aussi vite que possible, trébuchant dans la neige. Lachlan est penché sur une forme sombre qui contraste avec toute cette blancheur. C'est une femme d'une trentaine d'années, au visage d'une pâleur inquiétante, les lèvres bleues, les yeux ouverts incrustés de glace. Elle porte un jean et un pull gris. Des tennis. Pas de manteau, pas de bonnet. Recroquevillée contre le rocher, les genoux serrés sur la poitrine, les mains rentrées dans les manches, roide. Comme si elle se cachait ou qu'elle attendait l'inévitable. Sorensen est prise de pitié, mais elle fait de son mieux pour ne pas le montrer. Au lieu de ça, elle s'incline pour examiner le corps de plus près. Aucun signe visible de violence. Elle se redresse.

— Et merde ! marmonne Lachlan.

Les corneilles, points noirs contre le ciel blafard, tournoient au-dessus d'eux et Sorensen les contemple un instant.

— Pas de trace de coups, dit-elle en regardant son coéquipier.

— Mais qui fuyait-elle ainsi dans la tempête, sans manteau ?

— Je crois qu'elle ne le savait pas elle-même.

32

Dimanche, 10 h 05

Sorensen et Lachlan retournent à l'hôtel pour annoncer la mauvaise nouvelle. C'est une tâche pénible, même si la sergente ne pense pas qu'aucun des hôtes espérait retrouver Riley vivante. Comme il fallait s'y attendre, c'est son amie Gwen qui le prend le plus mal. Elle éclate en sanglots et se balance sur son siège en gémissant. Sorensen s'assied à côté d'elle et pose une main sur son épaule jusqu'à ce qu'elle recouvre son calme.

Puis les deux policiers abandonnent le groupe et vont s'installer dans la salle à manger, où Perez et Wilcox les rejoignent à leur tour. Ils sont persuadés qu'il n'y a personne d'autre que les survivants dans l'hôtel. Aucun signe de fuite. Ils ont bien remarqué la fenêtre brisée et la branche tombée, mais à leur avis c'est la branche qui a cassé la vitre. À partir de ce moment, il est clair que le meurtrier est vraisemblablement l'une des personnes présentes et qu'elles doivent toutes être considérées comme suspectes.

— Je ferais mieux de leur lire leurs droits par précaution, dit la policière à Lachlan.

Sorensen s'entretient en premier avec James Harwood, qu'elle invite dans la salle à manger, où elle a installé une table à cet effet. Une faible chaleur provient de la cuisine, mais cela prend un temps fou pour que le chauffage se remette en marche. On a ouvert les volets, et James a un air épouvantable dans la lumière du jour. La sergente se demande s'il va continuer à gérer l'établissement, sans Bradley. James prend place en face d'elle et de Lachlan, muni de son carnet. Elle lui lit ses droits et, d'un signe de tête, il lui indique qu'il est prêt à poursuivre.

— James, je suis terriblement désolée pour Bradley, commence-t-elle gentiment.

Il hoche la tête, les lèvres pincées, essayant de chasser ses larmes. Elle sait qu'il a déjà eu son compte de malheurs. Sa femme est décédée d'un cancer il y a quelques années et c'est lui qui a élevé leur fils tout seul après sa mort. Ce qui n'a pas toujours été facile.

Elle se penche vers lui et lui dit :

— Je devine combien c'est pénible, James. Je vous connais, vous et Bradley, depuis longtemps. Vous savez que j'aimais beaucoup votre fils.

Il acquiesce, les yeux rougis.

— Vous avez toujours été bienveillante avec nous, murmure-t-il d'une voix hachée.

— Alors ne prenez pas mal ce que je m'apprête à vous demander.

Il rentre la tête dans les épaules, sachant parfaitement ce qu'elle va dire. Bien sûr qu'il le sait. Elle est persuadée qu'il a dû se poser les mêmes questions depuis que Bradley a été tué.

— Bradley aurait-il pu être impliqué dans cette… situation ?

Son regard est intense et empli de compassion.

Il prend son temps pour lui répondre, les larmes aux yeux :

— Bradley pouvait faire des bêtises, mais il ne se serait jamais compromis dans un truc pareil. Il avait ses travers, vous les connaissez comme moi. Vous savez comment il était. Impulsif, incapable de rester tranquille. Il conduisait trop vite, il fréquentait des voyous. Sans parler de ses problèmes avec la drogue. Il aimait l'argent et ce que l'argent pouvait lui permettre. Il cherchait toujours le moyen facile d'en gagner. Et il ne savait pas toujours rester à sa place. Mais c'était un bon garçon, il n'aurait jamais rien fait de vraiment mauvais, dit James, effondré.

— James, je n'ai jamais suggéré que Bradley ait quoi que ce soit à voir avec ces meurtres, mais peut-être qu'il a mis son nez là où il n'aurait pas dû, peut-être qu'il a découvert quelque chose et que c'est ce qui l'a tué.

— Je me le suis demandé, admet James en expirant lourdement. J'ai surpris le même regard qu'il a eu, la fois où il s'est fait arrêter parce qu'il vendait de la dope. Vous vous souvenez ? Il se montrait toujours si sûr de lui mais il savait bien, au fond, quand il était dépassé par les événements. Il avait ce même regard quand on a découvert le corps de Candice. J'ai d'abord pensé qu'il était fatigué, qu'il avait mal dormi la nuit précédente, celle où Dana a été tuée. Mais maintenant je me demande : et s'il avait vu quelque chose ? S'il connaissait le tueur ?

— Vous lui avez posé la question ?

James acquiesce, essuyant les larmes qui coulent librement sur ses joues.

— Il a dit qu'il était juste bouleversé à cause des meurtres, comme tout le monde. Je n'ai pas insisté.

— James, je ne pense pas que vous auriez pu faire quoi que ce soit pour que les choses se passent différemment, dit Sorensen en lui posant la main sur l'épaule.

Le vieil homme renifle bruyamment.

— Peut-être que si j'avais insisté pour lui parler… J'aurais dû. Et maintenant, c'est trop tard.

Elle le laisse pleurer un moment, sans retirer sa main, jusqu'à ce qu'il s'essuie les yeux et se mouche.

— La chambre 202, le lit défait…

— Oui ?

— Ce n'est pas possible qu'on ait loupé cette chambre et qu'elle soit restée en l'état après le départ du dernier client. Cela ne s'est jamais produit chez nous. Et quand vous parlerez à Susan, la femme de chambre, vous verrez qu'elle vous dira la même chose.

— Qu'est-ce que vous en pensez, alors ?

— Je ne crois pas qu'un étranger ait pu s'installer dans l'hôtel sans que nous le sachions. Je connais cette bâtisse comme ma poche. S'il y avait quelqu'un d'autre ici, je le saurais. Pareil pour Bradley. Il était certain lui aussi qu'il n'y avait personne d'autre dans l'hôtel. Peut-être connaissait-il l'assassin, ajoute-t-il en ravalant un sanglot. Je pense que l'un des clients doit être le tueur et qu'il est entré dans la chambre et a défait le lit pour nous convaincre qu'il y avait un inconnu dans l'hôtel. Bradley était d'accord avec moi sur ce point, il me l'a dit. L'un de ces gens a tué mon garçon, conclut-il, le regard dur.

Elle était déjà arrivée à la même conclusion.

— Merci, James. Nous allons trouver le coupable, soyez-en sûr.

Elle renvoie James dans le lobby et appelle David Paley.

— Sergente, la salue l'avocat avec courtoisie en prenant place devant elle et Lachlan.

— Je peux vous servir quelque chose à boire ? Un verre d'eau ?

— Non merci.

Elle est quasiment certaine qu'il s'agit du même David Paley accusé du meurtre de sa femme il y a plusieurs années puis relâché. Elle se souvient bien de cette affaire qui n'a jamais été résolue. Toutefois, elle n'a pas l'intention de lui en parler tout de suite.

Il lui a déjà fait un résumé des événements mais, après lui avoir lu ses droits, elle lui demande de tout reprendre depuis le début, étape par étape, y compris les détails atroces.

— Aviez-vous déjà rencontré Dana Hart ou Candice White avant ce week-end ?

— Non, jamais.

— Les connaissiez-vous de nom ?

— Non plus.

— Aviez-vous rencontré l'un des autres clients avant ce week-end ?

— Non.

— Que faites-vous dans la vie ?

— Je suis avocat.

C'est donc bien lui.

— À votre avis, qui a commis ces meurtres ?

Il hésite un moment, puis lâche :

— Je n'en sais rien.

Elle garde le silence et attend qu'il poursuive.

— Hier soir, les autres, Beverly, Henry et Matthew, mais surtout Henry, étaient convaincus que c'était Ian le meurtrier. Ils avaient l'air de croire qu'il allait tous nous trucider pendant la nuit. Peut-être que cela les réconfortait d'avoir un coupable sous la main. Ils avaient tellement besoin de blâmer quelqu'un, répond-il en se frottant les yeux. Au cours des années, j'ai appris que la pensée humaine ne savait pas gérer l'incertitude.

Il lui raconte alors la façon dont ils se sont tous attaqués au jeune homme.

— Bon sang ! s'exclame-t-elle en imaginant la scène.

— Ils se sont calmés au bout d'un moment. Mais je n'oublierai jamais le soulagement que j'ai lu sur le visage de Ian.

— Vous lui avez vraisemblablement sauvé la vie.

— Je ne pense pas qu'ils en seraient arrivés là. Mais c'est bien ce que je suis : le protecteur et défenseur des accusés, quelle que soit la noirceur de leurs crimes.

Après lui, la sergente Sorensen invite Beverly Sullivan dans la salle à manger. L'officier Lachlan, qui sait parfaitement comment se comporter en présence des victimes, propose un verre d'eau à la femme du défunt, ce qu'elle accepte avec gratitude.

— Madame Sullivan, commence Sorensen après lui avoir lu ses droits, puis-je vous appeler Beverly ?

Beverly hoche la tête.

— Mes sincères condoléances pour votre mari.

— Merci, répond-elle à voix basse, les larmes lui perlant aux paupières.

Avec tact, Lachlan pousse vers elle une boîte de mouchoirs dénichée dans la cuisine.

— Nous ne connaissons pas encore la cause du décès. On dirait qu'il s'agit d'une mort naturelle, mais seule l'autopsie pourra nous le confirmer. Cela doit être terriblement difficile pour vous mais vous comprenez, j'en suis persuadée, que je dois parler à toutes les personnes présentes ici ce week-end afin de déterminer précisément ce qui s'est passé et pourquoi.

Beverly hoche de nouveau la tête en s'essuyant les yeux avec un mouchoir.

— Bien sûr.

La sergente lui demande de résumer les événements du week-end. Quand elle mentionne le moment où le corps de Bradley a été transporté dans le lobby, Beverly se penche légèrement en avant.

— Il s'est alors passé quelque chose de bizarre…

— Que voulez-vous dire ?

Elle sait déjà ce que la femme s'apprête à lui révéler, car David lui en a parlé.

Beverly la dévisage et lui explique :

— C'est Ian. Il a regardé Bradley…

Elle hésite comme si elle ne trouvait pas ses mots.

— Comment ?

— Pendant un court instant, j'ai surpris cette expression sur son visage. Cela a été furtif, quelques secondes tout au plus. Mais j'ai eu peur, et après j'ai cessé de lui faire confiance. J'ai dit tout bas à mon mari que je pensais que Ian était l'assassin. Juste après avoir surpris ce regard. Henry ne l'avait pas remarqué. Mais quand Lauren a raconté la vérité, qu'elle l'avait couvert, qu'en fait elle n'avait pas passé tout l'après-midi avec lui…

— Continuez.

— Quand Lauren a dit qu'elle avait voulu le protéger, nous avons commencé à comprendre. Il a nié, bien évidemment. Il faisait tout pour qu'on le croie. La situation était… indescriptible.

— Et qu'avez-vous pensé ?

— Je sais ce que j'ai vu. Je pense que Ian est le tueur, même s'il a fait tout son possible pour nous convaincre que ce n'était pas lui. Il sait sans doute bien jouer la comédie, suggère-t-elle en fixant la policière dans les yeux. Toutes ces années pendant lesquelles il a menti à ses parents au sujet de son petit frère… Qui serait capable de faire ça, sinon un psychopathe ? déclare Beverly, qui marque une pause et inspire profondément avant de conclure : Je n'avais jamais rencontré un psychopathe auparavant. J'étais terrifiée. Nous l'étions tous.

L'entretien suivant a lieu avec Gwen. La jeune femme est, de toute évidence, fortement traumatisée par ce qui s'est passé, et bouleversée par le décès de son amie.

Quand Gwen a fini de lui raconter sa vision des événements, elle demande à Sorensen :

— Donc Riley n'a pas été assassinée ? Elle est morte de froid ?

— Nous le saurons avec certitude quand l'équipe scientifique sera sur place, mais cela m'en a tout l'air.

— Alors sa mort aurait dû être évitée, murmure la jeune femme.

La policière la réconforte du mieux qu'elle peut avant de la renvoyer dans le lobby. Elle se sent un peu dépassée par la situation mais décide de se concentrer sur le travail qui l'attend.

Sorensen appelle Matthew Hutchinson, qui se lève avec raideur de son fauteuil pour la rejoindre dans la salle à manger.

En temps normal, elle aurait installé les témoins dans des pièces séparées, mais il était plus simple de les laisser tous assis autour du feu. Elle se fie à la vigilance de ses policiers, Perez et Wilcox, pour s'assurer qu'ils ne communiquent pas entre eux.

Après lui avoir lu ses droits, Sorensen prend le temps de retracer les événements du week-end avec Matthew. Le jeune homme est bouleversé, ça ne fait aucun doute. Sa fiancée est morte. Mais il répond aux questions avec beaucoup de bonne volonté, et rien de ce qu'il raconte ne contredit ce que les autres ont déjà relaté.

— Vous n'aviez aucune raison de tuer votre fiancée ?

— Quoi ? s'exclame-t-il, l'air inquiet, effrayé même.

— Beverly prétend qu'elle vous a entendus vous disputer cette nuit-là. Racontez-moi ce qui s'est passé.

Il baisse la tête mais ne dément pas. Elle s'attendait à ce qu'il le fasse, car, après tout, c'est sa parole contre celle de Beverly.

— C'est vrai, nous nous sommes disputés ce soir-là, mais rien de grave. Juste un coup de stress avant le mariage, vous savez. Elle trouvait cela angoissant.

— Quoi, précisément ?

— Les préparatifs du mariage. Ma famille. Ils peuvent être un peu… difficiles. Intimidants.

— Votre famille n'était pas favorable au mariage ?

— Je n'irais pas jusque-là, répond-il en tournant la tête. Ma mère n'approuvait pas pleinement ma décision, mais j'aimais Dana. Et elle savait que je voulais l'épouser.

— D'accord.

— Je ne l'ai pas tuée, ni elle ni personne d'autre, ajoute-t-il avec quelque agressivité.

— Mais vous auriez pu. Personne ne peut jurer qu'il était en votre compagnie au moment où chacune des victimes a été tuée.

— Pourquoi diable les aurais-je assassinés ?

— Je n'en sais rien. À vous de me le dire.

Il lui jette un regard consterné.

— Pourquoi votre fiancée a-t-elle quitté votre chambre au milieu de la nuit ?

— Je l'ignore.

— Vous avez reconnu vous être disputés. Peut-être lui avez-vous couru après et, dans un accès de colère, vous l'auriez poussée en bas des marches. Puis, voyant qu'elle vivait encore, vous lui auriez fracassé le crâne contre la marche du bas.

Elle sait bien qu'elle est dure avec lui, mais elle veut voir sa réaction.

— Bon sang, non ! Je ne l'ai pas tuée.

— Et quelqu'un aurait été au courant, ou l'aurait découvert. Candice, par exemple. Ou Bradley aurait assisté à la scène. Est-ce que l'un d'entre eux – ou les deux, pourquoi pas – aurait tenté de vous faire chanter ?

— Non ! Ce… ce que vous dites est scandaleux ! s'exclame le jeune homme en bafouillant.

— Vraiment ?

— Mais oui ! Je n'ai pas tué ma fiancée. Je l'aimais.

Elle l'observe attentivement et il lui rend son regard, mal à l'aise.

— Candice écrivait un livre. Est-ce qu'elle y parlait de vous ? Ou de Dana ? De secrets susceptibles de vous nuire ?

— Non, je n'avais jamais entendu parler d'elle. Je ne savais rien de son projet. De plus, Dana et moi n'avions rien à cacher. Pourquoi quelqu'un irait-il écrire un livre sur nous ?

Elle le laisse se tortiller devant elle un moment.

— D'accord, c'est tout pour l'instant. Vous pouvez retourner dans le lobby.

Elle se lève pour ouvrir les portes vitrées de la salle à manger.

33

Dimanche, 12 h 45

La sergente raccompagne Matthew dans le lobby et appelle Lauren. Sorensen s'assied en face d'elle, lui lit ses droits et commence l'entretien :

— Vous allez bien ? demande la policière avec un petit sourire.

— Pas trop mal, vu les circonstances. Cela va sans doute me rattraper à un moment donné.

Lauren accepte le verre d'eau proposé par Lachlan et boit une gorgée.

— Le choc ?

Lauren hoche la tête. Elle a l'air tendue, mais ils le sont tous.

— C'est vous qui avez découvert Dana ?

— Oui. J'étais descendue à l'aube pour essayer de trouver du café. Je ne savais pas si quelqu'un était déjà réveillé.

— Poursuivez.

— Quand je suis arrivée sur le palier, j'ai vu Dana étendue en bas. Je pense que j'ai crié, dit-elle en lançant un regard embarrassé en direction de Lachlan. J'ai tout de suite vu qu'elle était morte. Elle ne bougeait pas. J'ai couru vers elle, et puis les autres sont arrivés.

— Est-ce que vous l'avez touchée ?

— Oui, pour trouver son pouls. Les autres sont descendus. Tout le monde était bouleversé. Personne ne s'attend à ce genre de choses. Nous avons d'abord pensé qu'elle était tombée. Mais David, plus tard… David nous a dit qu'il ne pensait pas que ç'ait été un accident.

— Quand vous l'a-t-il dit ?

— Après le déjeuner. Il a affirmé qu'elle devait rester là jusqu'à l'arrivée de la police, que c'était une scène de crime. Au début, personne ne l'a cru, nous pensions qu'il s'agissait d'une chute accidentelle, qu'il exagérait. Mais c'était avant que Candice ne soit tuée à son tour.

La policière demande à Lauren de lui raconter le reste de la journée, et notamment la découverte du cadavre de Candice et tout ce qui s'est passé ensuite. Quand Lauren a terminé son récit, Sorensen reprend :

— Certains hôtes pensent que le coupable est votre ami, Ian.

— Je ne sais pas, dit Lauren, crispée, les yeux baissés vers la table.

— Pensez-vous que ce soit possible ?

La jeune femme, mal à l'aise, hésite un moment avant de répondre :

— C'est possible. J'ai passé une partie de l'après-midi dans le petit salon du deuxième étage pour lire. Je n'étais pas avec lui. Je suppose… je suppose qu'il aurait pu le faire.

— Et vous ?

— Pardon ?

— Vous auriez pu tuer Candice. Vous non plus n'avez plus d'alibi. Vous prétendez que vous lisiez seule dans le salon. À cet égard, vous auriez aussi très bien pu tuer Dana, puis Bradley, plus tard.

— Eh bien, je vous assure que je ne l'ai pas fait. Pourquoi les aurais-je tués ?

— Aucune idée. Connaissiez-vous Dana Hart ou Candice White avant de venir ici ?

— Bien sûr que non, répond Lauren sur un ton ferme.

La policière ne réagit pas. Lauren se penche alors vers elle et ajoute avec sincérité :

— Vous ne savez pas comment c'était, de se retrouver piégée ici avec tous ces meurtres. Hier soir, quand tout le monde a couru dehors dans le noir, David à la suite de Matthew, et nous autres pour essayer de rattraper Riley… fait-elle en secouant la tête, l'air presque incrédule. Il faisait si sombre qu'on ne pouvait pas voir où chacun se trouvait. Et puis j'ai entendu Gwen, elle ne devait pas être loin de moi… J'entendais sa respiration, à un moment elle a même glissé sur le verglas. On aurait dit qu'elle paniquait, comme si quelqu'un était à sa poursuite, explique Lauren avant de se taire quelques secondes, comme pour mieux revivre ces terribles instants où tout le monde craquait. Elle m'a appelée, reprend-elle dans un murmure, mais je n'ai pas répondu. J'ai pensé que, si l'assassin était dans les parages, il la suivrait plutôt que moi. Alors j'ai gardé le silence.

Un sanglot s'échappe de sa gorge, puis elle se met à pleurer sans retenue.

Sorensen la laisse reprendre ses esprits. Elle lui propose un mouchoir.

Après quelques minutes, Lauren déclare :

— Je ne suis pas fière de moi, mais je n'ai tué personne.

La jeune femme regarde Sorensen droit dans les yeux. Elle tend une main tremblante vers son verre, ce que remarque la policière.

— Prenez votre temps.

— J'ai essayé de repenser à des signes qui m'auraient échappé, des indices qui prouveraient que Ian est fou, mais honnêtement je n'ai rien trouvé. Son comportement est tout ce qu'il y a de plus normal, poursuit-elle en fixant Sorensen de ses grands yeux noirs emplis de perplexité. Il charme tous ceux qu'il rencontre comme il m'a charmée moi. C'est tellement frustrant de s'apercevoir qu'on a pu se tromper à ce point-là sur une personne. Je n'ai jamais entrevu la moindre cruauté chez lui. J'ai cru… j'ai cru que c'était un homme avec lequel je pourrais avoir une relation durable.

— Les véritables psychopathes peuvent être très convaincants.

— Je ne pense pas que vous vous rendiez compte à quel point c'était terrifiant de passer la nuit entière dans cette pièce sans savoir ce qui nous attendait, avec un assassin qui rôdait dans les parages, insiste Lauren en la regardant, une expression lugubre sur le visage.

— Vous avez raison. Je ne peux pas me l'imaginer.

Lauren quitte la pièce au moment où le policier Perez frappe à la porte.

— Qu'y a-t-il ?

— C'est que je viens juste de me souvenir d'un élément qui a peut-être son importance. Vous vouliez savoir si Wilcox ou moi-même avions déjà entendu parler de Candice White. Je me disais bien que son nom m'évoquait quelque chose. Peut-être un livre que j'aurais vu entre les mains de ma femme. Elle lit beaucoup.

— Et ? demande Sorensen avec impatience.

— En fait, c'est moi qui ai lu l'un de ses livres. C'était il y a quelques années, son bouquin portait sur un crime qui s'était réellement produit. J'aime bien ce genre d'histoires.

— Vraiment ? Et comment s'appelle ce livre ?

— Je ne me souviens plus du titre, mais il parlait de ce proviseur qui avait tué l'une de ses étudiantes.

Perez se retire et Lachlan absorbe cette information en serrant les lèvres.

Margaret Sorensen frotte ses mains l'une contre l'autre et s'avance vers les fenêtres de la salle à manger, qui donnent sur la forêt. Elle se demande quels genres de créatures rôdent parmi les arbres : des ours, des loups, des animaux dangereux en tout état de cause, mais le sont-ils davantage que le meurtrier qui se planque dans l'hôtel ?

James entre dans la pièce, portant sur un plateau du café et des sandwichs. Sorensen est triste de voir le vieil homme se charger du service alors que cette tâche aurait dû incomber à Bradley. L'heure du déjeuner ne doit pas être loin. Elle voudrait le remercier, mais elle craint d'être trop émue. Il pose le plateau sur la table du buffet et se retire avec un signe de tête.

Elle va se servir une tasse de café brûlant et un sandwich avant de retourner à la fenêtre observer la forêt.

David, convoqué par Sorensen, est de retour dans la salle à manger. Il se demande ce qu'elle lui veut. Il lui a déjà raconté tout ce qu'il savait et il a très envie de dormir.

— Monsieur Paley…, commence la policière après un long silence.

Sa voix a changé, beaucoup moins chaleureuse qu'auparavant. L'avocat se tend par réflexe, dans l'attente du coup qui ne va pas tarder.

— Je sais qui vous êtes.

Il n'est même pas surpris. Elle a frappé exactement là où il s'y attendait.

— Je vous ai dit qui j'étais, répond-il froidement.

— Vous m'avez donné votre nom mais vous ne m'avez pas tout dit, si ?

— Et pourquoi le ferais-je, si cela n'a aucun lien avec la situation présente ?

— Mais peut-être qu'au contraire il y en a un, justement.

— Je ne vois pas lequel.

— Candice White écrivait un livre.

— Oui, c'est ce qu'elle nous a raconté.

— Vous savez sur quoi ?

— Non. Elle ne l'a pas dit. D'ailleurs personne ici ne savait qui elle était.

Il attend, consterné, que la policière lui parle de son affaire à lui.

— N'êtes-vous pas toujours suspecté du meurtre de votre femme ?

— Non.

— Vous ne me dites pas la vérité.

— Je ne sais pas ce que vous voulez que je vous dise. J'ai été arrêté et les charges ont été abandonnées, comme vous le savez parfaitement, lui répond-il, en colère. Les preuves contre moi se sont révélées insuffisantes. En ce qui me concerne, il n'y a rien à ajouter. Je ne fais plus l'objet d'une enquête criminelle, un point c'est tout.

— Mais bien sûr que si. Ces enquêtes ne s'arrêtent pas d'un coup de baguette magique. Ce n'est pas parce que, jusqu'à aujourd'hui, ils n'avaient pas suffisamment d'éléments en leur possession pour vous arrêter que ce ne sera pas le cas plus tard. Un bon officier de police n'abandonne jamais ses investigations, vous devriez le savoir. Il entreprend juste ses recherches de manière plus discrète.

— Où voulez-vous en venir ?

— Je me demande si vous n'avez pas été pris de peur à l'idée qu'on puisse écrire un livre sur vous, sans compter que vous ignoriez ce que Candice avait découvert sur le meurtre de votre femme.

— C'est ridicule, je vous l'ai déjà dit. Je n'avais jamais entendu son nom. Et elle n'écrivait aucun livre à mon sujet.

Il a la tête qui tourne et son cœur bat à tout rompre. Il sait qu'il n'a pas assassiné Candice, ni personne d'autre d'ailleurs. Sorensen fait fausse route.

— J'espère pour vous que vous avez raison. Toutefois, j'ai entendu dire que Candice White était célèbre pour ses romans fondés sur des faits divers réels.

David se sent pâlir à ces mots.

— Quoi qu'il en soit, nous n'allons pas tarder à en avoir le cœur net, aussitôt que nous aurons analysé le contenu de son ordinateur. C'est tout pour le moment. Vous pouvez vous retirer.

34

Dimanche, 13 h 45

La sergente Sorensen se rassied lourdement sur sa chaise. Elle ignore combien de temps elle va devoir attendre la brigade scientifique et consulte sa montre avec impatience. Après avoir passé des heures entières dans des pièces glacées, à boire des litres de café brûlant, elle commence à comprendre ce que les clients ont dû ressentir coincés tout le week-end dans cet hôtel paumé, et sans électricité en plus. Quant à imaginer le reste… !

Mais les preuves sont là. Au moins trois personnes assassinées. Une autre morte de froid après s'être enfuie de l'hôtel sous le coup d'une terreur sans nom. Et une cinquième décédée dans des circonstances pour le moins suspectes. Les survivants ont toutes les raisons d'être traumatisés.

Elle appelle Ian Beeton. Celui qui les effraie, celui qu'ils pensent être le meurtrier. Ian, pâle d'inquiétude, entre dans la pièce, la considérant avec circonspection. Elle se demande ce qui est le pire pour lui : être accusé par tous au beau milieu de la nuit, à un moment où la peur et la paranoïa étaient à leur comble, ou se voir interrogé par la police, qui ne lui témoigne aucune compassion.

Il doit subir une pression épouvantable, se dit Sorensen en lui indiquant de prendre un siège.

Il s'assied et la regarde comme s'il s'attendait à être arrêté. La policière se demande s'il va être le premier à refuser de lui parler quand elle lui aura lu ses droits.

Mais il opine du chef tout en jetant des regards nerveux en direction du lobby, dont les portes vitrées sont fermées. Puis il entreprend de lui raconter sa version du week-end sur un ton hésitant, guidé par les questions qu'elle lui pose. Il prétend ne jamais avoir rencontré Dana Hart ou Candice White, tout en lui assurant qu'il a été aussi choqué que les autres par les meurtres.

— Les autres pensent que c'est vous qui les avez tués.

— Ils sont dingues. Je n'ai assassiné personne, se défend-il. Le meurtrier peut tout à fait être n'importe lequel d'entre eux.

— Qui est le coupable, à votre avis ?

Il garde le silence un moment. Puis :

— Je ne sais pas.

— Vraiment ? demande-t-elle en haussant les sourcils.

— Je ne suis pas policier mais l'assassin, quel qu'il soit, doit être fou. Cette situation est insensée. Honnêtement, la nuit dernière, j'ai vraiment craint pour ma vie, poursuit-il en se léchant les lèvres. Sans David, ils m'auraient sans doute tué. C'est ce connard de Henry qui l'a suggéré. Heureusement, David a réussi à les calmer.

Elle l'observe d'un air impassible.

— Et maintenant, Henry aussi est mort.

— Je n'ai rien à voir avec ça, je le jure.

— Nous ne connaissons pas encore les causes de sa mort. Nous allons pratiquer une autopsie, bien sûr. Bon, c'est tout pour le moment. Vous pouvez retourner dans le lobby.

Dimanche, 15 h 30

Sorensen et Lachlan vont s'installer dans le salon du rez-de-chaussée, où James a allumé un feu. La pièce est bien plus confortable que la salle à manger. Les autres restent dans le lobby, sous l'œil attentif de Wilcox et Perez. On leur a donné à manger, mais ils ne tiennent pas en place. Sorensen sait bien qu'on ne peut rien y faire. Elle aussi attend impatiemment l'arrivée des renforts mais le commissaire, le médecin légiste et les membres de l'équipe scientifique sont tributaires de l'état des routes.

La policière a analysé les preuves matérielles au mieux de ses compétences. Elle s'est entretenue avec toutes les personnes présentes en allant aussi loin que possible sans qu'elles commencent à se braquer et demandent un avocat. Elle se désole que les techniciens ne soient pas déjà là pour sécuriser le périmètre, comme à l'accoutumée sur les scènes de crime.

Tout ce qui lui reste à faire, c'est s'assurer que les survivants sont en sécurité, que personne ne touche aux preuves… et faire usage de ses neurones.

— À première vue, déclare-t-elle à Lachlan, assis en face d'elle près de la cheminée, rien ne semble lier ces meurtres entre eux. Les victimes ne se connaissaient pas avant leur arrivée. Du moins, pour autant qu'on sache. Mais peut-être que de nouveaux éléments vont apparaître au cours de l'enquête. Ce qui manque maintenant, c'est un mobile.

— J'ai horreur de rester ainsi pieds et mains liés, répond Lachlan, clairement frustré.

— Moi, c'est surtout le meurtre de Bradley qui m'interpelle. Je le connaissais bien, il était constamment en train de manigancer quelque chose et il avait une sacrée audace. Il est impliqué dans cette histoire, j'en mettrais ma main au feu. Il aura vu ou entendu quelque chose et cela lui a coûté la vie. Mais quoi ?

— Et s'il s'était mis en tête de faire chanter quelqu'un ?

— C'est exactement ce que je pense, cela ne me surprendrait pas venant de lui. Mais qui faisait-il chanter ? Lequel de ces gens est notre tueur ? À moins qu'il ne soit pas tout seul ? N'importe lequel d'entre eux aurait pu pousser Dana. N'importe lequel d'entre eux aurait pu étrangler Candice. Et n'importe lequel d'entre eux aurait pu frapper Bradley, mis à part Henry et Beverly, qui sont les seuls à être restés à l'intérieur quand il a été tué.

— C'est exact, acquiesce Lachlan.

— Et n'importe lequel d'entre eux aurait par exemple pu glisser quelque chose dans le verre de

Henry, s'il n'est pas mort de cause naturelle. Ils ont tous admis être allés se réchauffer devant le feu à un moment ou à un autre, et Henry était justement assis à cet endroit. Sans compter qu'il a dû rendre l'assassin nerveux avec ses théories…

David a mal partout à force d'être resté assis toute la nuit, les muscles crispés. Il est impatient de rentrer chez lui, mais il sait pertinemment que ce n'est pas pour tout de suite.

Il passe son temps à contempler Gwen – en se demandant si par miracle elle aura envie de le revoir quand cette affaire sera derrière eux – et à réfléchir à l'identité du meurtrier. Les autres ont l'air de penser que c'est Ian, ou du moins ils en étaient convaincus hier soir. Mais ce n'est pas son cas.

Il n'y en a qu'un qui connaît la vérité, et c'est l'assassin lui-même. Et David croit savoir qui il est. Le problème, c'est qu'il n'a pas la moindre preuve. Et aucune envie de partager ses hypothèses avec Sorensen, en tout cas pas pour le moment.

Gwen a terriblement envie de connaître l'identité du tueur.

Elle se sent mal à l'aise quand elle repense à ce qui s'est passé juste avant l'aube, quand Henry leur a suggéré de liquider Ian. La peur rend les gens dangereux, c'est effrayant. Heureusement que David a réussi à mettre fin à ce projet abominable. Un homme capable de garder la tête froide alors que les gens autour de lui perdent la raison, un homme comme lui ne peut avoir assassiné sa femme ou qui que ce soit d'autre.

Elle veut vraiment savoir qui est le meurtrier pour avoir enfin la certitude que ce n'est pas David.

Ian fait les cent pas devant les fenêtres du lobby, en faisant de son mieux pour ignorer les autres dont il sent le regard peser dans son dos. Il est soulagé par la présence du policier qui surveille tout le monde et le protège, mais malgré tout il n'est pas complètement rassuré. Il a juré à tout le monde qu'il n'avait assassiné personne, mais on dirait qu'ils ne le croient pas. De toute façon, la seule chose qui compte, c'est ce que pense la police. Mais il va peut-être avoir besoin d'un bon avocat. Il pense à David Paley, David qui lui a probablement sauvé la vie. Peut-être qu'il voudra bien le représenter si les circonstances l'exigent, c'est-à-dire si la police décide de l'arrêter.

35

Dimanche, 16 h 10

James entre dans le salon pour raviver le feu qui menace de s'éteindre. La sergente Sorensen et le policier Lachlan sont toujours assis devant la cheminée quand un bruit de moteur se fait entendre dans l'allée.

— Les équipes de la voirie doivent être au travail ! s'exclame Lachlan en se levant d'un bond.

— Ouf ! lance Sorensen, soulagée. Cela ne devrait plus prendre longtemps avant l'arrivée des renforts.

Ils s'avancent dans le lobby, et la policière aperçoit par les fenêtres un énorme chasse-neige jaune qui remonte péniblement la voie.

James est sorti de la cuisine en entendant le véhicule mais les autres, figés sur place, ne font pas un geste. Sorensen les dévisage à tour de rôle : James, Beverly, Matthew, Gwen, David, Ian et Lauren, avant de se tourner de nouveau vers la fenêtre. Son visage se fend alors d'un sourire à la vue du camion de la police scientifique qui roule juste derrière le chasse-neige.

Gwen observe les membres de l'équipe scientifique qui se dispersent pour se mettre au travail. Les officiers Wilcox et Perez restent dans le lobby, comme s'ils craignaient que l'un des survivants ne tente de prendre la fuite.

La jeune femme est curieuse de voir ce que les policiers vont découvrir. Elle a passé tellement de temps avec ses compagnons d'infortune tout au long de ce week-end atroce. Elle a appris leurs secrets – en tout cas certains secrets. Ils l'ont tous échappé belle. Et pourtant, elle a le sentiment de bien mal les connaître. En fin de compte, Gwen retiendra de ces deux terribles journées un enseignement plutôt angoissant : on ne connaît jamais réellement personne. Et quand elle sortira enfin d'ici, il lui sera difficile de s'empêcher de penser que tous les gens qu'elle rencontre portent tout au fond d'eux la graine du mal.

La sergente Sorensen reçoit un appel lui annonçant que l'inspecteur a été retardé. Elle est donc toujours aux commandes de l'enquête. Les membres de la police scientifique travaillent rapidement et efficacement et elle sait pertinemment que, même s'ils font très attention, rares sont les coupables qui s'en tirent sans laisser de traces.

Les techniciens déposent leurs marqueurs pour baliser les scènes de crime et prennent de nombreuses photos. Ils étudient les cadavres l'un après l'autre et échangent des informations à voix basse. De toute évidence, les corps ne seront pas déplacés avant un bon moment.

Puis elle les suit à l'extérieur, où ils examinent attentivement l'endroit dans la neige où Bradley est tombé. Des projecteurs ont été installés en fin d'après-midi et l'éclairage est presque aveuglant.

— On dirait qu'il a été frappé une seule fois derrière la tête, déclare l'un des spécialistes. Le coup a été porté avec suffisamment de force pour le tuer.

— Venez voir ! l'interpelle un autre technicien en faisant signe à Sorensen de s'approcher.

Il se penche et pointe du doigt un objet dans la neige. Elle ajuste ses lunettes, mais ne distingue rien. Le technicien se sert alors d'une pince pour extraire de la neige quelque chose de minuscule. Une boucle d'oreille en diamant. Pas facile à voir.

— Vous dites que cela se trouvait sous le corps ?

— Elle était gelée dans la neige, donc cela ne doit pas faire bien longtemps qu'elle est tombée. Cela doit remonter au maximum à la tempête de vendredi. En plus, c'est une boucle pour oreille percée, je suis certain qu'on pourra en tirer une belle analyse d'ADN.

— C'est donc une femme ! s'exclame Sorensen, incapable de dissimuler sa surprise.

— On dirait bien !

— C'est du bon boulot, les gars.

De retour à l'intérieur, la policière demande à Ian de l'accompagner pour répondre à quelques questions supplémentaires. Elle remarque les autres qui se tortillent dans leurs fauteuils sous le coup de l'anticipation.

Ian, pâle et fébrile, la suit dans la salle à manger. Elle lui rappelle qu'elle lui a lu ses droits et il s'effondre sur son siège, les yeux élargis par l'angoisse.

Sorensen pose un petit sachet contenant l'indice sur la nappe blanche de la table.

— Avez-vous déjà vu cette boucle d'oreille ?

De toute évidence, il ne s'attendait pas à cela et reste muet de saisissement.

— Reconnaissez-vous cette boucle d'oreille ?

Il acquiesce lentement :

— C'est celle de Lauren. Enfin, elle ressemble à celles qu'elle portait…

— Quand l'avez-vous vue la porter pour la dernière fois ?

— Où l'avez-vous trouvée ?

Il a visiblement compris les implications de sa question, mais Sorensen se contente d'attendre qu'il lui réponde.

— Hier, il me semble.

— Vous n'en êtes pas certain ?

— Elle les portait hier.

— D'accord, dit Sorensen.

Elle a bien noté, quand elle a traversé le lobby, que Lauren ne portait pas de boucles d'oreilles, contrairement à Beverly et Gwen. Or, aucune de ces deux femmes n'a eu la possibilité de monter dans sa chambre pour remplacer la paire si elle s'était rendu compte qu'elle en avait perdu une.

— Avez-vous remarqué à quel moment elle a arrêté de porter ses boucles d'oreilles ? demande-t-elle encore.

— Non, répond-il dans un chuchotement en secouant la tête.

Tous observent avec inquiétude la sergente qui revient dans le lobby. Ils sont sur des charbons ardents depuis le retour dans la pièce de Ian, clairement en état de choc.

Lachlan se tient aux côtés de Sorensen, une paire de menottes à la main.

David remarque à quel point tout le monde est désormais en alerte. Son rythme cardiaque s'accélère au moment où les policiers s'arrêtent devant Lauren.

— Levez-vous.

Lauren se lève, prise de frissons, et Sorensen poursuit d'une voix ferme :

— Lauren Day, vous êtes en état d'arrestation pour le meurtre de Bradley Harwood…

David n'écoute pas la suite et se contente de fixer la jeune femme tandis qu'on lui lit ses droits. Elle ouvre la bouche pour protester, mais elle peut à peine respirer. Elle lance un regard paniqué en direction de Ian mais celui-ci ne fait pas un geste, il semble trop choqué pour réagir.

Alors Lauren, apeurée, se tourne vers David. Elle a besoin d'aide ; elle a besoin d'un avocat. Mais quand leurs yeux se rencontrent il détourne rapidement les siens. Les autres, quant à eux, ont l'air abasourdis par la tournure des événements.

Ian se sent littéralement au bord de la nausée quand il entend les menottes se refermer dans un cliquettement autour des poignets de Lauren.

Ça ne peut pas être vrai, se dit-il, son cœur battant à tout rompre dans sa poitrine. Il ne peut pas y croire. Il passe les mains dans ses cheveux sous le coup du stress.

Elle semble tellement normale.

Il était convaincu que c'était Matthew qui avait tué tout le monde. Ce mec né avec une cuiller d'argent dans la bouche avait vraisemblablement tué sa fiancée après leur dispute, avant d'essayer de couvrir ses traces avec l'arrogance propre aux gens de sa classe. Peut-être que Candice et Bradley l'avaient découvert et il s'était alors senti obligé de les réduire au silence. Mais pendant tout ce temps le meurtrier n'avait jamais été Matthew. Le jeune homme n'est qu'une victime ; il a perdu la femme qu'il aimait. Ian le considère avec pitié. Il ne sera plus jamais le même homme.

Tout comme Ian, au fond. Les événements du week-end les ont tous profondément changés.

Soudain, il se sent défaillir et se retient de vomir. La police s'est peut-être trompée. Lauren n'a certainement pas tué tous ces gens. Pour quel motif les aurait-elle assassinés ?

Il la regarde de nouveau. Ses lèvres serrées, ses yeux clos. Et c'est alors qu'il comprend que tout est vrai. Il ne peut s'empêcher de la dévisager, tout en se demandant ce qu'elle peut bien penser derrière ses paupières fermées. En fait, cette femme est une parfaite inconnue.

Ian se dit qu'il l'a vraiment échappé belle et cette pensée le fait frémir rétrospectivement. Dire qu'ils ont passé plusieurs mois ensemble. Il avait même cru tomber amoureux d'elle.

Lauren se fait arrêter sous les yeux éberlués de Matthew. Le jeune homme ignore quelles sont les preuves, mais il a confiance en la police. Il est envahi de chagrin et d'une rage indicible. Il ressent également un certain soulagement, celui d'échapper aux soupçons d'avoir assassiné sa fiancée. Il fait un pas instinctif en direction de Lauren, puis il s'immobilise. C'est elle qui a tué Dana, bon sang. C'est elle ! Il a encore du mal à le croire. C'est elle qui a poussé sa fiancée dans l'escalier et qui lui a cogné la tête sur la marche pour s'assurer qu'elle était bien morte. Ensuite, elle s'est arrangée pour que tout le monde pense pendant un bon moment que c'était lui, le coupable. Son désespoir et sa peur avaient été tellement intenses qu'il avait presque songé à mettre fin à ses jours.

— Pourquoi l'avez-vous tuée ? demande-t-il d'une voix forte, tourmenté par la douleur.

— Veuillez reculer, lui ordonne la sergente.

Lauren ouvre les yeux et regarde Matthew.

— Mais je ne l'ai pas tuée ! Je n'ai assassiné personne ! Ils se trompent. Il s'agit d'une effroyable méprise. Ce n'est pas moi ! affirme-t-elle en tournant la tête vers Ian dans un geste de détresse, se disant qu'il va forcément lui venir en aide. Ian ! Dis-leur ! Dis-leur que ce n'est pas moi !

Mais il la considère avec une expression étrange, comme si elle lui faisait peur. Que vient-il de raconter à la police, quand ils l'ont appelé dans la salle à manger ? Que sait-il ? Il ne peut pas être au courant de quoi que ce soit !

Soudain David s'avance et la met en garde :

— Taisez-vous ! Ne dites plus un mot !

36

Dimanche, 17 h 45

Lauren plonge les yeux dans ceux de David. Ce n'est pas le regard d'un homme qui la croit et qui a l'intention de la protéger. Elle se laisse glisser par terre, menottée, et referme les paupières. Ils ne font pas un geste pour la relever alors elle s'adosse contre le canapé. Elle entend des gens parler à voix basse autour d'elle mais ne fait aucun effort pour écouter.

Elle ne leur dira rien. Elle a parfaitement le droit de garder le silence, et elle ne va pas se gêner.

Quand Ian lui a proposé de partir en week-end en amoureux, elle était loin d'imaginer que les choses se dérouleraient ainsi. Elle n'avait rien prévu.

Ses pensées la ramènent à la première soirée. Dès leur rencontre, elle avait immédiatement ressenti une aversion certaine pour Dana. La jeune femme lui rappelait quelqu'un, mais Lauren n'arrivait pas à mettre le doigt dessus. C'est après les cocktails, pendant le dîner, qu'elle avait eu le déclic. Quand Dana s'était exclamée en riant : « On aurait dit qu'une personne venait de tomber du toit ! » C'est à ce moment précis qu'elle s'était souvenue. Alors son cœur s'était mis à battre la chamade et elle avait été prise de sueurs froides.

Dana – autrefois, elle se faisait appeler Dani – n'avait pas fait mine de la reconnaître. Jusqu'à ce qu'elle fasse ce commentaire. C'est alors que tout était devenu clair. Lauren avait compris que Dani feignait de ne pas savoir qui elle était. Dani avait toujours su jouer la comédie mais, apparemment, elle voulait que Lauren comprenne qu'elle l'avait reconnue.

Elles avaient toutes les deux beaucoup changé, du moins en apparence.

Cela faisait un bout de temps. Quinze ans. La moitié de sa vie. À l'époque, Lauren était une ado sans attrait, boudeuse et boulotte, et Dani l'avait harcelée sans relâche.

Dani aussi avait beaucoup changé. À quinze ans, elle portait les cheveux très courts, arborait le look d'une dure à cuire pas commode. Comme elle. Rien à voir avec la nouvelle version – Dana –, féminine, raffinée, une poule de luxe. Pas étonnant que Lauren ne l'ait pas remise au premier abord. Dani la belliqueuse était pourtant bien là, dissimulée sous cette fausse Dana dont on n'aurait jamais pu penser qu'elle ait connu une seule nuit dans un foyer d'accueil, à passer sa frustration, sa rage et ses angoisses sur des filles plus vulnérables qu'elle.

Lauren aussi avait fait table rase du passé… Et elle n'avait aucune intention de le voir resurgir lors de ce week-end. Elle était en couple avec Ian, désormais. Il était exclu que Dana lui cause du tort. Elle devait faire en sorte que Dana ne dise rien.

Elle n'avait pas cessé de réfléchir le reste de la soirée. Elle avait laissé Ian la prendre dans l'escalier de service, mais ses pensées étaient ailleurs. Est-ce que Dana allait se mettre à parler ?

Lauren avait tenté de se convaincre que Dana aurait eu beaucoup à perdre, elle aussi. Elle était sur le point de convoler en justes noces avec un homme, riche de surcroît, qui vraisemblablement ignorait tout des antécédents de sa fiancée. Le problème, c'est que Dana était au courant d'un élément du passé de Lauren que celle-ci ne pouvait lui permettre de divulguer.

Quel putain de manque de bol !

Tout lui était revenu, cette nuit-là. Cette période horrible de sa vie. Elle était tellement en colère. On venait de la retirer de la maison familiale pour la placer dans ce foyer pitoyable à l'autre bout de la ville. Ses parents la trouvaient trop indisciplinée et elle avait d'abord songé qu'ils voulaient lui donner une leçon. Comme Lauren les avait alors haïs ! Son père en avait eu sa claque d'elle, mais sa mère pensait seulement qu'elle était malheureuse. Sa pauvre mère si patiente. Qui n'avait jamais compris qui était sa fille.

Le foyer d'accueil était atroce. Elle n'avait même pas de chambre à elle et devait la partager avec deux autres filles. L'une d'elles, grande, mince et mauvaise comme une teigne, était Dani. Lauren n'avait jamais su pourquoi elle s'était retrouvée là, personne ne parlait jamais de sa vie d'avant. La salle de bains, partagée entre six filles, était d'une saleté repoussante, la nourriture tout juste mangeable. Mais Lauren l'avalait quand même tout en se méprisant de se remplir l'estomac pour essayer de trouver un peu de réconfort.

Les filles avaient pris l'habitude de monter sur le toit. Cela semble incroyable aujourd'hui, quand on y repense, mais elles escaladaient l'antenne de télévision extérieure pour se hisser sur la toiture. La maison se trouvait tout au bout de la rue et personne ne pouvait les voir fumer les cigarettes que Dani volait dans le sac de Mme Purcell, la femme censée s'occuper d'elles. Un après-midi, l'un des enfants, Lucas, qui faisait plus vieux que ses treize ans, était monté derrière elles et avait réclamé une cigarette à Dani. Bien entendu, celle-ci lui avait dit d'aller se faire foutre. Il était resté quand même, à les importuner, jusqu'au moment où Dani lui avait dit que ses parents ne reviendraient jamais le chercher. Elle avait entendu une assistante sociale raconter à Mme Purcell qu'ils avaient fait une overdose et que Lucas n'avait plus personne au monde. Dani pouvait vraiment être une belle salope, parfois. Le gamin s'était mis à pleurer en hurlant :

« Tu mens ! Je vais leur dire ce que tu fais !

— Te gêne pas, avait répondu Dani en faisant tomber sa cendre. Putain, t'es qu'un gros bébé. »

Alors Lucas s'était tourné vers Lauren et lui avait lancé, pour le seul plaisir de se sentir moins mal en blessant quelqu'un d'autre :

« Et toi, grosse vache, t'es trop moche. »

Lauren s'était levée brusquement et l'avait poussé du toit sans autre forme de procès.

Dani, choquée, s'était tournée vers elle.

« Putain ! Tu sais ce que tu viens de faire ? »

Elles s'étaient penchées pour contempler le corps du garçon immobile dans la cour pavée, le crâne éclaté dans une mare de sang, et elles s'étaient carapatées au centre commercial pour ne retourner au foyer qu'à la nuit tombée.

Tout le monde avait pensé que Lucas avait fait une mauvaise chute ou qu'il s'était jeté dans le vide. C'était un gosse à problèmes, ses parents étaient des drogués. Personne ne leur avait jamais demandé où elles se trouvaient cet après-midi-là. Mais Dani avait tout vu, et pendant quelques jours elle l'avait menacée de tout raconter.

Et puis Dani avait quitté le foyer moins d'une semaine après l'accident. Elle avait enfoui ses affaires dans un sac-poubelle et elle était partie sur un « À la prochaine, les tocards ! ». Elle était sortie de leur vie en claquant la porte derrière elle. Lauren ignorait totalement si elle était repartie chez ses parents ou avait rejoint un autre foyer d'accueil.

Lauren désirait tellement rentrer chez elle. Elle n'aurait jamais pensé qu'elle resterait aussi longtemps chez Mme Purcell, mais cela avait pris des semaines et des semaines, au point qu'elle s'était demandé si ses parents viendraient la récupérer un jour. Pendant tout ce temps, personne ne lui avait rien dit, et sa rage avait décuplé.

Sa mère était finalement venue la chercher, seule. Son père avait fait ses bagages et elle ne l'avait jamais revu. Lauren était retournée à la maison et elle avait recommencé à faire strictement ce qui lui chantait. Deux ans plus tard, sa mère s'était remariée, son beau-père l'avait adoptée et elle avait pris son nom.

Et puis Dani était apparue au Mitchell's Inn.

Cette nuit-là, Lauren n'avait sciemment pas pris ses somnifères. Elle avait attendu que Ian soit endormi puis, quand elle n'avait plus entendu que le vent qui frappait aux fenêtres, elle s'était glissée hors de sa chambre et était venue toquer tout doucement à la porte de Dana. Elle était toute seule dans le couloir, la tempête grondait au-dehors. Un coup avait suffi.

Dana avait ouvert la porte et l'avait observée avec circonspection. Lauren lui avait dit qu'elles devaient se parler. Dana avait jeté un regard en arrière vers son fiancé endormi, elle avait glissé la clef de sa chambre dans la poche de son déshabillé et lui avait emboîté le pas dans le couloir sans prononcer un mot. Elle avait suivi Lauren dans l'escalier jusqu'au palier du premier étage, puis elle s'était arrêtée comme si elle refusait d'aller plus loin.

« Attends. On peut parler ici, avait-elle chuchoté.

— Il faut clarifier deux ou trois trucs », avait répondu Lauren en la regardant droit dans les yeux.

Dana l'avait fixée de ses grands yeux avec la même expression que dans la salle à manger, au moment du dîner, quand elle avait fait cette allusion à une personne tombée du toit. Elles partageaient un passé douloureux. La seule question qui se posait désormais, c'était : et maintenant on fait quoi ?

Le visage tendu, Dana lui avait demandé :

« Qu'est-ce que tu veux clarifier précisément ? Oh, attends, tu as peur que j'aille raconter à tout le monde que tu es une meurtrière, avait-elle ajouté avec un sourire affecté.

— Ferme-la, Dani. Ne crois pas que tu peux me bousculer comme avant. Les choses ont changé depuis le temps.

— Oh, je n'ai pas l'impression qu'elles aient changé tant que ça. J'ai encore l'avantage, vu ce que je sais à ton sujet, avait répondu Dana avec un petit rire.

— Je ne pense pas que ton Matthew serait très charmé par ton passé…

— Oh, va savoir. Mon passé est sombre, mais je ne suis pas une criminelle. »

Lauren avait attrapé Dana par son déshabillé et avait violemment tiré sur les pans du décolleté pour faire apparaître le petit tatouage révélateur. Une vipère.

« Tu l'as gardé, s'était esclaffée Lauren. Tu ne sais pas que tu peux le faire enlever ? »

Dana l'avait considérée froidement et avait chuchoté de sa voix sèche et familière :

« Tu as toujours été une sociopathe. Qu'est-ce que tu vas faire ? Me faire tomber moi aussi ? »

Alors, d'un mouvement brusque et violent, Lauren avait poussé Dana en bas des marches. Le bruit de sa chute avait été amorti par la moquette épaisse. La jeune femme avait émis un cri bref qui avait paniqué Lauren. Elle s'était figée un court instant, mais il était trop tard pour faire machine arrière…

Dana était allongée, immobile au pied de l'escalier, et Lauren n'avait pas beaucoup de temps avant que quelqu'un n'arrive. Elle avait dévalé les marches pour aller vérifier si Dana respirait encore. Elle avait posé le doigt sur sa gorge et senti le pouls de la jeune femme. Alors Lauren avait saisi une poignée de ses cheveux et lui avait fracassé le crâne, de toutes ses forces, contre le bord de la marche. Elle avait jeté un regard anxieux vers le haut de l'escalier, quelqu'un avait dû entendre le cri de Dana. Elle avait déjà une petite idée de ce qu'elle allait raconter. Mais personne n'était venu. Le pouls de Dana ne battait plus. La jeune femme était morte. Lauren avait regagné sa chambre sur la pointe des pieds par l'escalier de service. Ian était toujours profondément endormi.

Elle l'avait tuée. La seule personne qui savait ce qu'elle avait fait toutes ces années auparavant. Elle ne ressentait qu'un profond soulagement. Et la satisfaction d'avoir tué Dani avant qu'elle puisse épouser cet homme riche et obtenir tout ce qu'elle avait toujours désiré.

Tout le monde penserait que Dana était tombée toute seule dans l'escalier.

Lauren avait rampé sous les draps et passé la nuit à ressasser les événements. Elle n'éprouvait aucun remords.

Mais l'inquiétude avait commencé à l'envahir au petit matin. Tout s'était passé si vite. Et si Dana avait eu le temps de parler d'elle à Matthew ? Et si on se rendait compte que ce n'était pas un accident ? Et si Dana vivait encore ?

Alors Lauren s'était levée à l'aube, sans avoir fermé l'œil de la nuit. Elle était descendue sans bruit pour ne réveiller personne. Son cœur battait si fort qu'elle avait l'impression qu'il remplissait toute sa cage thoracique. Elle s'était penchée par-dessus la balustrade du palier. Dana n'avait pas bougé. Puis elle était allée inspecter le corps. Nul doute que la jeune femme était bel et bien morte. Elle avait été si soulagée qu'elle en avait presque éclaté de rire.

C'est alors qu'elle avait poussé un hurlement de tous les diables. Les gens avaient accouru et elle avait fait en sorte qu'ils la voient inclinée sur le corps à chercher un pouls, au cas où la police trouverait ses empreintes digitales. Elle avait espéré que la chute de Dana leur apparaîtrait accidentelle. Et pour ceux qui n'étaient pas de cet avis, Matthew pourrait toujours servir de suspect idéal. Elle était persuadée qu'elle était hors de danger… mais c'était compter sans David, qui avait suggéré que Dana avait été assassinée. Toutefois, il n'y avait aucun élément incriminant en ce qui la concernait. Personne ne risquait de deviner que Dani et elle avaient été liées… Elle n'avait décidément rien à craindre.

Jusqu'à ce qu'elle tombe sur cette note dans son livre, celui qu'elle avait oublié dans le lobby après le petit déjeuner. Elle l'avait emporté en haut après le repas du midi et avait découvert une petite feuille de papier, même pas pliée, en dessous du marque-page. Quelqu'un avait tracé en lettres majuscules, sans doute pour déguiser son écriture : « J'ai vu ce que vous avez fait à Dana. »

Son cœur avait fait un bond dans sa poitrine, comme sous l'effet d'un choc électrique. Quelqu'un avait été témoin de la scène ! La note n'était pas signée, mais juste auparavant Candice se trouvait dans le lobby, le livre à la main, et elle l'avait reposé précipitamment en voyant Lauren. Qui d'autre aurait pu glisser ce petit mot dans le volume ? Est-ce que cette femme allait essayer de lui extorquer de l'argent ? Lauren s'était sentie mal à l'aise à l'idée que quelqu'un, dissimulé derrière une chaise ou dans une alcôve, avait pu assister à la scène. Quelle imprudence, quelle prétention de sa part, d'avoir cru un seul instant qu'il lui suffirait de jeter un rapide coup d'œil pour en conclure qu'il n'y avait personne dans les parages ! Candice avait tout vu. C'était obligé. Et voilà qu'elle tentait de la faire chanter. La salope ! Mais Lauren n'était pas le genre de femme qu'on fait chanter.

La jeune femme avait vite compris ce qui lui restait à faire. Cela ne lui faisait rien de tuer, puisque c'était nécessaire. Elle avait toujours été capable de prendre le taureau par les cornes. En ce sens, elle était différente des autres. Et elle l'avait toujours su, depuis qu'elle était toute petite.

Mais elle avait toujours eu l'instinct de cacher sa différence. Et l'intelligence de se fondre dans le moule, en observant les gens et en faisant mine d'agir comme eux. Personne ne s'en était rendu compte. Cela lui permettait de jouir d'une liberté que les autres ne semblaient pas posséder. Elle pouvait accomplir ce dont ils étaient incapables.

Après avoir trouvé la note, elle avait raconté à Ian qu'elle avait envie de s'isoler un peu. Elle avait pris la direction du petit salon du deuxième étage, son livre à la main. Affronter Candice dans la bibliothèque était bien trop risqué. L'écrivaine ne tarderait pas à remonter dans sa chambre à un moment ou à un autre, de toute façon. Lauren avait déjà remarqué qu'elle portait un foulard de soie autour du cou.

Au bout d'un certain temps, elle avait entendu du bruit dans le couloir et avait quitté son fauteuil près de la fenêtre pour jeter un coup d'œil sans se faire voir. C'était Candice, qui ouvrait la porte de sa chambre. L'écrivaine était entrée dans la pièce et avait laissé ouvert. Lauren s'était alors avancée à pas furtifs dans le couloir désert. Dans sa chambre, Candice, debout devant son bureau, lui tournait le dos. Lauren n'avait pas de temps à perdre à négocier. Elle ne connaissait qu'un seul moyen de régler son compte à un maître chanteur. Alors elle s'était approchée sur la pointe des pieds sur la moquette épaisse et avait saisi les deux extrémités du foulard noué autour du cou de Candice. Elle avait tiré de toutes ses forces et n'avait relâché sa pression qu'au moment où elle avait été absolument certaine que Candice était morte. L'écrivaine avait glissé au sol. Lauren avait vérifié qu'elle ne respirait plus et était ressortie de la chambre, refermant la porte en tenant la poignée avec sa manche. Elle était ensuite retournée dans le petit salon, où elle avait tranquillement repris sa lecture.

Une bonne chose de faite.

Puis elle avait eu une autre idée. Après s'être assurée que personne ne venait, elle avait traversé le couloir et avait réussi à forcer la porte de la chambre inoccupée en face de celle de Gwen et Riley. Elle avait appris à le faire durant ses frasques adolescentes. Elle avait dérangé le lit pour faire croire que quelqu'un y avait dormi. Puis elle s'était dirigée vers la salle de bains pour tourner le robinet avec une serviette et éclabousser un peu l'évier. Enfin, elle s'était glissée hors de la chambre dans le plus grand silence pour retourner dans le petit salon. Elle s'était sentie très maligne. Et cette fois, elle était totalement sûre que personne ne l'avait vue.

Elle avait cru que les choses en resteraient là.

Quand le corps de Candice avait été découvert, elle n'avait eu aucun mal à faire semblant d'être horrifiée, d'avoir peur, alors qu'elle ne ressentait rien. Elle s'était comportée comme les autres, en copiant leurs émotions comme un vrai caméléon. C'était ce qu'elle avait fait toute sa vie. Cela lui était facile.

Ils s'étaient tous agglutinés dans la chambre de Candice et avaient complètement contaminé la scène de crime. Elle avait fait exprès de s'agenouiller auprès de la victime pour desserrer son foulard, au cas où. De cette façon, elle n'aurait pas à s'inquiéter si la police trouvait ses empreintes digitales.

Mais à ce moment-là, elle s'était déjà rendu compte de sa terrible erreur.

Cela s'était produit au moment où ils étaient tous rentrés de la glacière, avant que le corps de Candice soit découvert. Bradley était parti la chercher à la bibliothèque. Lauren s'était penchée sur le bureau de la réception en quête d'un stylo parce qu'elle avait eu envie de faire des mots croisés à la lueur de la lampe à huile. C'est alors qu'elle avait remarqué un petit carnet de feuilles blanches du même format que la note trouvée dans son livre. À la lumière de son iPhone, elle avait repéré l'empreinte de lettres en majuscules d'imprimerie. Même à l'envers, les mots « vu » et « Dana » apparaissaient clairement.

C'était le bureau de Bradley. Elle n'avait jamais vu son père ou quiconque s'y asseoir. De toute évidence, c'était le jeune homme qui avait écrit la note. C'était lui, et pas Candice, qui avait vu Lauren tuer Dana. Elle avait saisi un stylo à la hâte et s'était écartée de la réception le cœur battant à se rompre.

Tout en feignant d'être absorbée par ses mots croisés, elle s'était dit que Candice avait sans doute lu la note, vu qu'elle avait eu le livre entre les mains.

Et comme elle savait que c'était Lauren qui le lisait, il valait mieux en fin de compte que cette fouineuse ne soit plus de ce monde. Aucun regret. Par contre, Bradley… De toute évidence, c'était lui qui avait tout vu.

Plus tard, après la découverte du corps de Candice, elle avait compris que Bradley devait être terrifié en pensant qu'elle avait tué aussi l'écrivaine. C'est sans doute pour cette raison qu'il n'avait pas osé lui extorquer de l'argent. Il avait compris ce qu'elle avait fait. Il devait mourir aussi.

Quand Riley s'était enfuie dans la nuit et que Bradley était sorti à sa suite, elle avait saisi l'opportunité de le faire taire une fois pour toutes. Elle avait attrapé son manteau, avec ses gants en cuir dans la poche. Ian voulait l'attendre, mais elle l'avait persuadé de partir rapidement à la recherche de Riley et avait fait semblant d'avoir du mal à enfiler ses bottes. Restée seule sous le porche, elle avait saisi le gratte-bottes et suivi prestement la direction prise par Bradley. Elle était arrivée sur lui et, folle de rage, lui avait assené un coup de toutes ses forces.

Puis elle avait tendu l'oreille, craignant que l'un des clients n'ait entendu le jeune homme s'effondrer dans la neige, mais le vent couvrait tous les sons. Personne n'était venu. Elle pouvait entendre au loin Gwen, paniquée, appeler Riley. Lauren avait abandonné son arme dans la neige et s'était éloignée du corps à pas de loup pour gagner l'autre côté de l'hôtel. Peu après, elle avait vu David et Matthew apparaître devant la porte d'entrée avec la lampe.

Quand elle avait entendu les cris, elle avait eu envie de retourner auprès du cadavre de Bradley, mais les choses ne s'étaient pas exactement passées comme elle l'avait espéré. David était déjà là, tenant la lampe faiblissante, Gwen sur ses talons. James était penché sur la dépouille de son fils. Lauren avait tenté de se rapprocher pour chercher le pouls de Bradley et s'assurer qu'il était vraiment mort mais David l'en avait empêchée. Alors elle avait martelé sa poitrine en pleurant, dans un numéro très convaincant. Mais cela avait été peine perdue. Elle n'avait pas pu approcher le corps ni même aider à le transporter dans l'hôtel.

Elle s'était alors demandé si David se méfiait d'elle.

Dommage qu'elle ait dû révéler la vérité à propos de Ian, mais elle n'avait pas passé l'après-midi avec lui, après tout. Elle était parvenue à le discréditer en suggérant, sans avoir l'air de s'en rendre compte, qu'il devait être l'assassin. Un sacré coup de chance, son mensonge au sujet de son frère. Elle aimait Ian autant qu'elle était capable d'avoir des sentiments pour une personne, mais elle n'avait pas le choix. Elle lui trouverait vite un remplaçant.

Le problème de la police, c'est qu'ils n'ont aucun mobile. Ils ne pourront jamais faire le lien entre Dana et elle. Elles n'ont pas vécu plus de deux semaines dans le même foyer. Les personnes placées allaient et venaient en triste procession, gardant dans un sac-poubelle leurs maigres possessions. Elles avaient été placées dans une famille d'accueil, pas dans une prison pour jeunes délinquants. Et, en plus, c'était dans un autre État. En apparence, Lauren est blanche comme neige. Elle n'a jamais été inquiétée pour aucune de ses exactions.

Elle a vraiment fait attention. Elle a touché Dana devant tout le monde, ce qui expliquera la présence de son ADN le cas échéant. Idem pour Candice. Et pour Bradley, elle portait des gants, ils s'étaient tous agglutinés autour du corps, et en plus ils l'avaient transporté dans la glacière. Tous les indices devaient être contaminés.

Pourtant, ils ont forcément quelque chose contre elle, quelque preuve irréfutable, se dit Lauren. Peut-être ont-ils trouvé sa boucle d'oreille. Ils auront alors rappelé Ian dans la salle à manger pour l'identifier. Elle sent qu'elle transpire à grosses gouttes.

Elle avait bien remarqué au petit matin qu'il lui manquait une boucle d'oreille. Elle aurait pu la perdre n'importe où. Bien avant, en fait, qu'elle se lance à la poursuite de Bradley. Ils ne s'étaient même pas battus. Elle s'était contentée de lever le gratte-bottes au-dessus de sa tête et de l'abattre sur le jeune homme, qui avait glissé à terre sans un bruit. Mais elle s'était inquiétée à l'idée qu'elle avait peut-être perdu le bijou sur le lieu du crime…

Juste au cas où, elle avait retiré l'autre boucle sans que personne autour d'elle s'en aperçoive, et elle l'avait glissée sur la table d'appoint.

Heureusement qu'elle a fait preuve de présence d'esprit. S'il s'avère qu'ils ont effectivement trouvé sa boucle d'oreille près de Bradley, elle soutiendra qu'elle les avait retirées au moment de partir à la poursuite de Riley et les avait posées sur la petite table. L'assassin aurait très bien pu en prendre une pour la planquer sur la scène de crime.

L'explication est parfaitement plausible. D'autant plus qu'ils ne vont pas trouver la moindre preuve supplémentaire contre elle. Sa culpabilité ne pourra pas être prouvée hors de tout doute raisonnable.

Elle ne leur dira rien.

37

Dimanche, 18 heures

Les équipes de la voirie s'activent à déneiger, sabler et saler les routes. La police ne va pas tarder à demander aux survivants de se rendre au commissariat pour faire leur déclaration. La sergente Sorensen vient d'être informée de l'arrivée imminente d'un inspecteur. Elle se dit qu'ils se sont plutôt bien débrouillés tout seuls jusqu'à maintenant.

Un technicien s'approche d'elle avec un ordinateur portable dans les mains.

— J'ai réussi à contourner le mot de passe de Candice White et à récupérer ce sur quoi elle travaillait.

— Et ? demande Sorensen en levant un sourcil.

— On dirait bien qu'elle écrivait un roman sur deux femmes qui tombent amoureuses et adoptent un bébé.

— Allons bon ! s'exclame la policière, surprise.

— Lisez vous-même.

Dimanche, 18 h 30

Ian a passé la dernière demi-heure à l'extérieur, à faire démarrer les véhicules et racler le givre sur les pare-brise. Il fait déjà nuit, mais toutes les fenêtres de l'hôtel sont éclairées.

Gwen s'avance sous le porche. Sa voiture, que la dépanneuse vient de sortir du fossé, est garée devant le Mitchell's Inn.

Elle se sent coupable à l'idée de reprendre la route sans Riley. Quelle horreur de rentrer sans elle, de l'abandonner ici ! Elle est encore dans la forêt, avec des techniciens qui la prennent en photo et l'examinent sous tous les angles dans la lumière des projecteurs. Gwen ne pourra jamais se le pardonner.

David s'approche d'elle par-derrière. Elle ne sait pas quoi lui dire. Se pourrait-il qu'ils aient, malgré tout, une chance tous les deux ? À cette pensée, elle a aussitôt l'impression de trahir Riley. Celle-ci lui en voudrait tellement !

— Gwen, ça va ? lui demande David, dont l'inquiétude sincère lui fait immédiatement baisser la garde.

Elle meurt d'envie d'enfouir son visage contre sa poitrine. Au lieu de ça, elle hoche vivement la tête pour empêcher ses larmes de couler.

— Tu avais des soupçons, pour Lauren ?

— Oui. Elle avait touché Dana, puis Candice, devant tout le monde. Une bonne stratégie si l'on craint d'avoir laissé des empreintes. Il est presque impossible que ce ne soit pas le cas. Elle a aussi essayé de s'approcher de Bradley, mais je l'en ai empêchée. Par la force. C'est à ce moment-là que j'ai commencé à avoir des doutes à son sujet. Mais je n'avais aucune certitude.

— Je ne me suis pas doutée une seconde que Lauren pouvait être l'assassin.

Elle avait été choquée par l'interpellation de la jeune femme et Ian lui avait appris, ainsi qu'à David, que les policiers avaient retrouvé la boucle d'oreille de Lauren dehors, vraisemblablement sur la scène du crime vu la vitesse avec laquelle ils l'avaient arrêtée.

— Elle ne s'est pas approchée de Bradley après sa mort, donc si la police a trouvé sa boucle d'oreille à proximité du cadavre…, reprend David.

— Je l'aimais bien, je lui faisais confiance. Pourquoi a-t-elle fait tout ça ? demande-t-elle à David en levant les yeux vers lui.

— J'ignore quelles étaient ses raisons, mais j'imagine que les conclusions de l'enquête devraient nous éclairer. À mon avis, elle a tué Bradley parce qu'il en savait trop. Et puis, je pense que Lauren est une psychopathe et qu'elle arrive très bien à le dissimuler. Ces gens sont différents, tu sais, rien à voir avec toi et moi.

Elle le regarde avec attention. Ce n'est plus l'homme qu'elle a rencontré vendredi soir. Il semble las, moins sûr de lui. Mais ils ont tous changé, elle y compris, et elle se demande comment il la voit désormais. Elle sait que, dès qu'elle prendra place dans sa voiture, Riley, sur le siège passager, la mettra en garde : « Il a tué sa femme. Garde tes distances. »

Beverly franchit tristement la porte de l'hôtel, devant laquelle discutent Gwen et David, et descend à pas lents l'escalier du porche. Henry est resté dans son fauteuil devant l'âtre, comme s'il devait y demeurer à jamais. Cela lui fait un drôle d'effet de partir sans lui, de l'abandonner. Mais le coroner doit emporter le corps pour pratiquer une autopsie. Il va y avoir beaucoup de choses à régler, les funérailles à organiser. Et comment va-t-elle annoncer aux enfants que leur père est mort ? Quel choc pour eux ! Ils ont vu leurs parents partir en week-end tous les deux et ne s'attendent certainement pas à n'en voir revenir qu'un.

D'abord, elle va devoir s'arrêter au commissariat et faire sa déclaration. C'est seulement quand ils auront accompli cette formalité qu'ils auront la permission de tous rentrer chez eux. Sauf Lauren, évidemment.

Elle aperçoit Matthew qui monte dans sa voiture, écrasé de chagrin. David et Gwen sont encore en train de discuter. Beverly fait une marche arrière et descend lentement l'allée en direction de la ville et du commissariat.

Il aura suffi d'un week-end pour que sa vie change à jamais. Elle était arrivée ici avec l'espoir de reconquérir son mari. Et voilà qu'elle rentre chez elle veuve.

Beverly vérifie dans son rétroviseur que personne ne l'observe. Il n'y a aucun véhicule derrière elle, en plus l'obscurité est tombée. Mais elle attend tout de même d'avoir passé le premier virage pour s'autoriser à sourire.

Elle se sent si légère qu'elle a l'impression de flotter.

Elle repense à l'épisode de la fouille de l'hôtel, quand elle avait aidé les autres à vérifier les sacs de tout le monde. Celui de Lauren contenait un flacon entier de somnifères. Personne n'avait remarqué que Beverly en avait renversé une poignée dans sa main, puis dans sa poche, avant de reposer le flacon dans le sac. Il faisait si sombre, et personne ne faisait attention.

À ce moment-là, elle n'était pas encore certaine de le faire, mais elle avait arrêté sa décision après la mort de Bradley. Et, tout en se demandant si la quantité serait suffisante, elle avait subrepticement versé les cachets dans le verre de scotch de son mari en croisant les doigts. En espérant que, combiné à l'alcool qu'il avait déjà ingéré, cela suffirait. Et cela avait suffi. Beverly est consciente que l'autopsie révélera la présence des somnifères, établissant que Henry a été assassiné. Mais il n'aura pas été la seule victime du Mitchell's Inn. Et Lauren, qui a tué les trois autres, n'est pas vraiment en mesure de parler sans se mouiller. Impossible pour elle de jurer : « Mais ce n'est pas moi qui ai tué Henry ! »

Elle ne peut rien dire.

Remerciements

J'ai la chance d'être assistée par des personnes des plus talentueuses, engagées et enthousiastes, et je leur dois énormément.

Tous mes remerciements vont ainsi à mes éditeurs aux États-Unis : Brian Tart, Pamela Dorman, et à leur merveilleuse équipe de Viking Penguin, pour leur excellent travail.

Un grand merci à Larry Finlay et Frankie Gray chez Transworld UK, et à leurs fabuleux associés – vous êtes exceptionnels.

À Kristin Cochrane, Amy Black, Bhavna Chauhan et à la magnifique équipe de Doubleday Canada, merci, une fois encore, pour tout. Je n'y serais jamais arrivée sans vous.

Je remercie particulièrement Helen Heller, que j'apprécie plus que les mots ne peuvent l'exprimer. Merci encore à tous les associés de Marsh Agency pour l'excellence avec laquelle vous représentez mes romans dans le monde entier.

Un grand merci à Jane Cavolina pour la qualité de son travail d'édition.

Mille mercis au lieutenant Paul Pratti, du bureau du shérif du comté de Sullivan, pour ses généreux conseils.

Je voudrais ajouter que toute erreur survenue dans le texte est entièrement de mon fait.

Enfin, et toujours, je remercie du fond du cœur mon mari, Manuel, et nos enfants, Christopher et Julia : votre soutien et votre enthousiasme représentent tout pour moi.

Composition et mise en pages
FACOMPO, Lisieux

Imprimé en Espagne par:
CPI Black Print
en juillet 2021

Pocket - 92 avenue de France, 75013 Paris

S31563/02